LYCIA BARROS

Rute

A estrangeira

Volume 1

Coleção *Elas*

Ases da Literatura

Preparo de originais: Laura Dias

Revisão: Janaina Vieira / Gabriele Antunes

Projeto gráfico e diagramação: Renan Barros

Capa: Hugo Breves.

CIP-BRASIL. CATALOGAÇÃO NA PUBLICAÇÃO SINDICATO NACIONAL DOS EDITORES DE LIVROS, RJ

B279b

Barros, Lycia

Rute – a estrangeira / Lycia Barros. – Rio de Janeiro: Ases da literatura, 2020.

14-10884

403 p., il.; 16 X 23 cm

ISBN: 978-65-84870-22-2

1. Ficção brasileira. I. Título.

CDD: 869.93 CDU: 821.134.3(81)-3

---

www.asesdaliteratura.com

Disse, porém, Rute: Não me instes para que te abandone, e deixe de seguir-te; porque aonde quer que tu fores irei eu, e onde quer que pousares, ali pousarei eu; o teu povo é o meu povo, o teu Deus é o meu Deus.

(Rute 1:16)

Prefácio

As histórias da Bíblia não foram criadas para nos colocar para dormir. Toda a Palavra, de Gênesis à Apocalipse, nos remete à figura de Jesus. A história de Rute é verídica e faz parte dos livros canônicos da Bíblia. Portanto, não deve ser considerada um conto ou algo parecido.

Em toda a Escritura há apenas dois livros com nome de mulher, ambas no Antigo Testamento: Ester e Rute. Ou seja, culturalmente, o papel da mulher na sociedade nessa época parecia diminuído. Só isso já seria o suficiente para colocá-las no topo da minha lista de interesse. Porém, como podemos verificar em uma análise mais profunda da Palavra de Deus, percebemos que, apesar de o papel do homem ser relevante, inúmeras mulheres atuaram como juízas, profetisas, mulheres comuns, gentios e todas foram usadas por Ele para cumprir seus desígnios divinos e nos ensinar algo a partir de sua trajetória. Por essa razão, decidi começar uma nova coleção de livros chamada *Elas*, por meio da qual contarei as histórias de muitas dessas mulheres, com a devida licença literária para desenvolver o enredo.

Assim como todos os outros livros da Bíblia, o livro de Rute nos conduz a conhecer o caráter do nosso Mestre e o caminho da salvação. Em Lucas, capítulo 29, Jesus estava caminhando com dois homens e explicando-lhes que todo o Velho Testamento falava a respeito dEle. Esses homens, que já conheciam as histórias, ficaram chocados. Jesus trouxe luz a eles naquele momento. A Palavra tornou-se viva. E é para isso que ela serve: para nos levar ao Senhor. A Bíblia revela a identidade de Cristo e nos ensina, por meio de simbolismos, o que Ele veio fazer. Durante todo o Velho Testamento podemos ver a depravação do ser humano e a nossa necessidade de salvação. Quando olhamos para a história de Rute, vemos a ela, a Noemi e a Boaz como personagens centrais, mas todos eles são apenas representações. Eles são importantes, sim, mas o livro não foi escrito para promovê-los. Cada um deles foi citado nas Escrituras para nos apontar para Cristo.

Gostaria de deixar registrado o grande desafio que foi para mim criar um romance com base em uma história bíblica tão preciosa. Foi o livro que mais demorei a escrever. A dificuldade inicial foram as pesquisas sobre locais, cultura, cronologia, clima etc. Precisei gastar imenso (e maravilhoso) tempo em cima das Sagradas Escrituras. Depois, foram desafios pessoais e particulares que passei durante a escrita, que me obrigaram a exercer a minha fé e a estar ainda mais preparada para escrever esta história.

Porém, apesar dos obstáculos encontrados e enfrentados, com a ajuda de Deus e a intervenção do Espírito Santo, creio que pude captar e passar para estas páginas a essência dessa história tão linda, que já nos foi revelada por Deus e se renova no coração de cada filho dEle.

Meu desejo, com esse primeiro livro, é que o leitor consiga enxergar esses personagens na História da maneira correta.

Rute representa a humanidade afastada de Deus, e Boaz, o resgatador, aquele que lhe devolve tudo o que foi perdido, como Cristo faz conosco quando recuperamos a ligação perdida com Deus. Minha intenção jamais foi substituir a leitura da Bíblia com esta mera ficção. Como romancista, precisei preencher a história, mas tentei me ater ao máximo ao enredo já existente na Bíblia. Muitas situações podem soar fora de contexto para os dias de hoje. Era outro tempo, outras regras, outros hábitos... Contudo, espero ter conseguido clarear um pouco da cultura hebraica e elucidar os leitores a respeito das práticas dessa história. Portanto, não venho substituir a leitura que já existe nas Escrituras, pois a Palavra de Deus é completa, imutável e cheia de poder para mudar a vida daqueles que a leem. Ou seja, é insubstituível.

A autora.

Mapa do território moabita 830 AC

Parte 1

MALOM

O chamado

Capítulo 1

E sucedeu que, nos dias em que os juízes julgavam, houve uma fome na terra; por isso um homem de Belém de Judá saiu a peregrinar nos campos de Moabe, ele e sua mulher, e seus dois filhos.

(Rute 1:1)

Era tudo culpa dela. Se eu não estivesse esperando por tanto tempo naquele calor, não teria ficado tentada a mergulhar no Mar Morto. Agora, estava com a roupa toda molhada e tinha certeza de que minha mãe não gostaria nada, nada de me ver daquele jeito quando eu voltasse para casa. Além disso, para piorar, estava entardecendo.

Flutuando sem nenhum esforço na água salgada, apertei meus olhos negros em direção ao sol. Tive a nítida impressão de que ele já descera mais um pouquinho a oeste.

Que ótimo!

Se eu bem a conhecia, Orfa devia ter se distraído com qualquer coisa pelo meio do caminho até aqui e perdido a carona. Especialmente, se tivesse passado pela feira central e encontrado com o rapazote judeu, franzino e sem graça por quem andava suspirando nos últimos tempos. Pelo tanto que falava nele, era como se o conhecesse por toda vida, embora nunca tivessem trocado uma palavra sequer.

Que ridículo!

Eu fingia estar interessada no assunto, mas ainda não nutria interesse suficiente em garotos para compreender a empolgação da minha amiga com ele. Ela era um pouco mais velha do que eu. Segundo nossas mães, nossa diferença de idade era apenas de nove luas, porém Orfa parecia ser bem mais madura. Seu corpo estava desenvolvido e sua cintura estava mais saliente.

Eu ainda era como uma tábua na frente e atrás, mas me sentia feliz assim. Minha mãe não tinha seios muito volumosos e eu devia ser como ela quando crescesse. Ouvi dizer que, quando começamos a ter curvas, de repente começam a aparecer famílias na nossa casa para negociar o casamento dos filhos. Não que eu achasse que alguém apareceria na minha porta, muito menos pagaria algum dote por mim. Afinal, eu não tinha nenhum atributo especial. E duvidava que qualquer família da vizinhança fosse querer como nora uma menina criada por uma mulher de reputação duvidosa, como eu.

Deitei a cabeça sobre o espelho d'água e mirei a paisagem fértil de Moabe por algum tempo, com mínimas ondas deslizando silenciosamente ao meu lado. As copas das árvores estavam lindas ao longe, alaranjadas pelo crepúsculo, assim como a minha pele, cor de bronze. Respirei fundo e observei alguns pássaros planando em círculos no firmamento. Imaginei-me ali com eles, livre, podendo ir para onde eu quisesse... Desfrutando do silêncio que há no céu. Minha cidade era barulhenta demais, mas ali, naquele precioso momento de solidão, eu conseguia ouvir os meus pensamentos.

Contudo, o grito de uma das crianças da caravana em que eu havia vindo me arrancou do meu devaneio. Eu havia lavado roupa para aquela família de vizinhos para conseguir que me trouxessem junto com eles. Eu adorava o mar, mas eram muitas horas de viagem para vir a pé. Por isso, sempre que alguém vinha naquela região eu dava um jeito de me enfiar entre eles. Minha mãe jamais poderia desconfiar.

O tempo já havia esfriado. Precisávamos partir. Então, dei um soco na água, levantei-me e fui pisando duro para fora do mar, com os pés ficando cobertos de lama preta. Torci um pouco a minha roupa pelo caminho e depois peguei com brutalidade minhas sandálias em cima de uma pedra próxima. Calcei-as e apertei meus cabelos para escorrê-los. Pareciam uma longa mancha de óleo descendo pelo meu tronco até o quadril. Depois, sentei-me na carroça e tomamos o caminho de volta. Prometi a mim mesma não falar com Orfa, pelo menos por duas luas, por ela ter me deixado esperando-a.

Já estava mais escuro quando afinal cruzamos o portão da cidade de Kir, iluminada pelas tochas acesas. Eu saltei do transporte em movimento e me espremi nas ruelas entre as pessoas e animais, torcendo para não aparentar estar tão molhada. Pisei em algo pastoso pelo caminho e torci o rosto de nojo, mas preferi ignorar a informação. Pelo odor e número de cabras e ovelhas à minha volta, eu já imaginava o que era. Minha pele pinicava por causa do sal, por isso parei perto do poço e subi um balde cheio de água doce para me limpar. Primeiro lavei os pés, depois passei pela pele do braço, esfregando-o com as mãos que mergulhava na água enquanto eu espiava em volta, temendo ser reconhecida por algum amigo da minha mãe. Colocava o balde de volta no fundo do poço quando senti alguém tocar em meu ombro.

— Rute, finalmente te achei...

Trincando os dentes, não olhei para trás. Apenas deixei o balde cair no fundo do poço e me virei em direção à minha casa.

— Rute... — Orfa me seguiu.

— Não venha atrás de mim.

— Eu juro que tentei chegar a tempo, mas a minha mãe...

— Não me venha colocar a culpa em sua mãe outra vez.

— Mas é verdade, eu... quer parar, por favor? — Ela me puxou pelo cotovelo.

Girei o corpo com violência e meu cabelo úmido chicoteou no meu rosto. Apertei os lábios.

— Me solta, Orfa! Não é a primeira vez que você me deixa de lado. A gente tinha combinado de se encontrar. Você prometeu...

Ela respirou fundo.

— Sim, eu prometi. E, se você me ouvir um pouco, saberá o que me prendeu aqui na cidade.

Cruzei os braços, mas não retruquei. Ela ficou feliz com a minha breve concessão de paz e abriu um sorriso enorme.

— O Senhor Elimeleque esteve na minha casa.

Raiva esquecida, arregalei as pálpebras.

— O Senhor Eli... O pai de Quiliom?

— Sim! — Ela uniu as mãos e deu três pulinhos, animada com a possibilidade de fazer parte da tal família judia.

Senti meus olhos queimarem e fechei as mãos em punho ao lado do corpo. Isso não era possível, ainda era cedo demais.

— E o que ele queria? — Olhei firme para ela, como se eu não soubesse a resposta.

Orfa sorriu mais ainda. Então, eu soube que, em breve, perderia a minha melhor amiga para o marido que ela sempre desejou em segredo. Precisei de um breve momento para digerir a informação.

— Você não pode aceitar isso — grunhi. — Ainda é muito nova.

— Não sou tão nova assim, Rute. Já até cubro a cabeça com o véu. Minha mãe também se casou mais ou menos no mesmo tempo, quando suas regras começaram.

Mirei sua pele escura por debaixo do pano claro. Não me importava que usasse aquele tecido sobre a cabeça, Orfa ainda era a minha amiga de infância. A mesma menina que passou a vida brincando de esconder comigo pelas ruas da cidade. E agora, iria se casar?

— Ele já fez uma oferta? — Eu quis saber.

— Sim, o dote já está acertado. — O sorriso dela já não era tão certo.

Esperei alguns segundos.

— Mas ele é estrangeiro! É da tribo de Israel! Como pode gostar dele?

Seus ombros quicaram.

— Quiliom é diferente dos rapazes daqui. É respeitoso, trabalhador, está sempre ajudando os pais... Aliás, a família dele prosperou mais do que muitas outras aqui da capital.

— Isso não interessa. Ele é judeu! — cuspi a última palavra.

Minha amiga estendeu os braços ao lado do corpo e ficou carrancuda.

— Eu não ligo para isso. Você deveria era ficar alegre por mim, Rute. Sabe que eu gosto dele.

Não consegui evitar que uma lágrima escorresse pelo meu olho ao ouvir aquilo. Queria estar feliz por ela, de verdade, mas a única coisa em que eu conseguia pensar era que dali para a frente eu estaria sozinha de vez. Completamente sozinha.

— Pois, então, parabéns. Espero que seja muito feliz. — Virei-me de costas e saí correndo em direção à minha casa, ouvindo os ecos dos seus chamados atrás de mim.

Ao chegar, empurrei a porta com força e corri para junto do lagar de azeite. Sentei-me no chão de terra batida e abracei os joelhos, espremida entre ele e o forno de tijolos. Fiquei algum tempo chorando baixinho e limpando os olhos com a manga do vestido. Envolvi o polegar da mão direita com a esquerda e fiquei apertando, algo que sempre fazia quando estava nervosa.

Eu não era muito bem vista pelas outras famílias da cidade por conta da má conduta da minha mãe. Então, as meninas da minha idade mal se aproximavam de mim, embora eu sempre tivesse me esforçado ao máximo para não dar nenhum motivo para provocar burburinho. Chegava a ser recatada demais, evitando espaços lotados, festas, fugindo da presença de homens... Eu baixava a cabeça ao passar pelos idosos e sempre cedia a vez quando estava na fila do poço para pegar água. Mesmo assim, raras foram as vezes em que consegui um sorriso de agradecimento de volta.

Fiquei remoendo a notícia de Orfa até que, quando a escuridão da noite se instalou de vez, fui acender uma vela e ouvi uma risada feminina do lado de fora da casa. Fungando, fiquei de pé e puxei devagarinho a cortina da janela. Avistei a silhueta da minha mãe. Havia uma sombra muito próxima a ela, que eu não distinguia muito bem, mas sabia que era o homem que a visitava nos últimos tempos. Um senhor de rosto descarnado e azedo. Eles sussurravam algo um para o outro e se espremiam contra a nossa porta, de forma que eu não conseguia vê-los com perfeição. Mas, infelizmente, consegui ouvir algumas frases.

— A menina está aí?

— Acho que sim.

— Então, o que acha de passarmos antes na minha tenda?

— Não posso, tenho que ajudar as mulheres amanhã cedo. Haverá uma cerimônia de sacrifício ao deus Quemos. Será uma grande festa.

— Cerimônia? — A voz masculina estava risonha. — Ah, Saidi, então por que não aproveita para sacrificar a sua pestinha? Você vive dizendo que ela te dá muito trabalho...

Com uma mão na boca espremi o corpo contra a parede. Aquele sempre fora o meu maior temor, desde pequena. Eu sabia que, algumas vezes, os deuses exigiam sacrifícios humanos para se contentarem. Em geral, crianças ou adolescentes puras. Soube que uma prima minha, de apenas dois meses, já havia sido sacrificada. Hoje, ela teria o mesmo tempo de vida que eu. Eu procurava ser desleixada o suficiente para não ser aceita por nenhum desses deuses.

— Ora, pare com isso... — retrucou minha mãe. — Nenhum deus decente aceitaria uma menina tão suja. Amanhã, depois da festa, talvez eu te faça uma visita.

Sem querer ouvir mais nada, corri para o meu tapete e fechei os olhos com força. Talvez não fosse tão má ideia se eu arranjasse logo um marido. Talvez, pelo menos uma vez na vida, eu estaria atrelada a alguém disposto a me proteger para sempre.

Capítulo 2

Portanto, eis que eu a atrairei e a levarei para o deserto, e lhe falarei ao coração.
(Oséias 2:14)

Na manhã seguinte, fui obrigada ajudar a minha mãe a fazer as comidas do grande festejo. Segui suas costas pelo meio da multidão, segurando de modo desajeitado um cesto de palha cheio de farinha para fazer os pães. Estaquei quando observei um grupo de crianças vestidas de modo especial, inclusive bebês sendo cumprimentados com grande alegria pelos que passavam. Abracei forte o cesto em meus braços e senti um aperto no coração. Em breve, eles estariam preparados para "se encontrar com Quemos".

Pessoalmente, eu não conseguia enxergar a "grande honra" naquilo tudo. Para mim, era uma barbaridade covarde. Testemunhei uma vez um sacrifício desses de perto e jamais vou me esquecer daquela imagem medonha. A criança tinha apenas dois anos e chorava muito quando foi jogada no forno. Antes de morrer, ela esticou os braços em direção à mãe, que estava atarantada entre as lágrimas e um sorriso forçado. A fisionomia perturbadora da menina, prestes a ser imolada, ficou em minha cabeça durante semanas. Aliás, até hoje tenho alguns pesadelos com ela. De lá para cá, sempre mantive os olhos bem fechados quando os sacrifícios aconteciam. Eu me perguntava como uma mãe poderia ceder um filho para morrer daquele jeito e, diante dessa perspectiva, minha própria mãe já não parecia tão aterrorizante.

Lembrando-me dela, olhei para a frente e reparei que a tinha perdido de vista. Meu coração acelerou e perscrutei a multidão. Se não me achasse atrás dela, minha mãe pensaria que fugi das minhas tarefas de propósito. Algo que, para falar a verdade, havia passado pela minha cabeça. Porém, eu estava deprimida demais com o iminente casamento de Orfa para me empenhar em fazer alguma besteira.

Pus-me a caminhar para procurá-la, mesclando-me à multidão e seguindo na direção para onde estávamos indo. A cidade parecia mais cheia do que o normal por conta do evento e estava impossível distinguir a cabeça coberta da minha mãe. O calor, o odor intenso de bebida e tabaco e o comprimir dos corpos começaram a me deixar nauseada. Eu não sabia em que tenda ela havia combinado de ajudar as outras mulheres.

Comecei a sentir muitas dores na barriga, tropeçando em meus próprios pés, nas pessoas e nos animais que encontrava pelo caminho. Mirei um trio de mulheres dançando no palco preparado para o sacrifício. Os sinos em seus tornozelos e pulsos fizeram uma leve dor de cabeça se insinuar. Para afastar-me do som, acelerei o passo. Foi quando dei um esbarrão em alguém, derrubando toda a minha farinha no chão.

— Oh, não... — Abaixei-me para pegar o cesto, que estava virado de cabeça para baixo. — Minha mãe vai me matar! — Levei as mãos à lateral da cabeça.

— Quer ajuda? — Vi alguns dedos na frente do meu rosto.

Olhei para cima e mirei um menino moreno, com o cabelo comprido e bagunçado caindo em torno do rosto fino. Seu braço magro, um pouco sujo de farinha, estava esticado para mim. Ignorei-o, peguei o cesto e me levantei.

— Olha o que você fez! — Apontei o objeto vazio em minhas mãos.

— Eu? — Seus olhos ficaram confusos. — Foi você quem me deu uma trombada.

— Porque estava parado no caminho.

— Eu paro onde eu quiser.

Finalmente reparei em seu sotaque diferente e o reconheci. Era judeu, da família de Quiliom. Odiei-o mais ainda e joguei a minha cesta de modo brusco no chão.

— Não, não pode parar onde quiser. Você devia era voltar para a sua terra! Você e toda a sua maldita família!

Ele colocou as mãos na cintura, os olhos perturbados com a minha reação exagerada. Reparei que era um pouco maior do que eu. Talvez, um ou dois anos mais velho. Tinha um nariz um pouco torto que, naquele momento, eu adoraria entortar um pouco mais.

— Um dia com certeza voltaremos, se Deus permitir. Assim, não precisaremos mais assistir a coisas horrorosas como essa... — Apontou uma das crianças "escolhidas" que passava por nós, agarrada na perna da mãe. Vestiam túnicas alvas como as nuvens, mas que em breve estariam manchadas de sangue.

Eu não queria concordar com ele. Por isso, rebati:

— Pois se acha que nossos costumes são tão ruins, mais um motivo para voltar. Não precisamos de mais judeus por aqui. E agora, saia da minha frente! — Empurrei-o para o lado. — Preciso procurar a minha mãe.

— Ei! — Ele gritou e eu olhei para trás. Tinha um sorriso debochado nos lábios. — Não se esqueça da sua cesta.

— Ela não serve mais para nada. — Virei o corpo e marchei na direção oposta, sabendo do castigo que me aguardava.

A imagem de Moloque já estava no centro, meio homem, meio peixe, com a calda curvada para trás e as mãos em concha na frente do corpo. Era ali que seria colocada a criança, que morreria sufocada pelo calor.

A fogueira foi acesa em torno da imagem e retrocedi para as sombras mais profundas da minha infância. Tapei os ouvidos com força. Tinha medo de que, se afastasse as mãos das orelhas, ouviria os gritos das crianças, que se debateriam naquela fornalha. Porém, meu esforço não foi suficiente para abafar aquele som horroroso.

Chorei com elas, angustiei-me com seu desespero e pedi mil vezes a Moloque que as deixasse viver. Que tivesse misericórdia. Que desse aos homens um sinal de que estava satisfeito com o nosso povo e não precisava mais de oferendas de inocentes... mas, ele não me deu ouvidos.

Mais uma vez.

Meu coração batia tão forte que era como eu o pudesse ouvir. Além disso, eu sentia muitas cólicas e estava com dor de cabeça, nauseada. O som dos cascos dos cavalos que passavam parecia ressoar dentro dos meus ouvidos.

Minha mãe estava furiosa quando finalmente me achou no final dos festejos. Eu estava espremida contra um muro, sentada no chão, ainda tapando os ouvidos. Queria estar bem longe do aglomerado de pessoas que cercavam o sacrifício, ansiosas por assistir à carnificina, mais fascinadas com uma morte do que interessadas em agradar aos deuses.

Para agravar a minha dor, ela me puxou pelos cabelos e colocou-me de pé.

— Onde você estava? — gritou.

— Eu me perdi.

— E cadê a nossa comida?

— Caiu no chão.

— Você não presta para nada! — Ela me jogou contra a parede e deu um suspiro. Fiquei tonta por um momento. — Por que está chorando?

— As crianças...

Ela deu um muxoxo.

— Ainda com isso? Já não sabe que esse é um momento solene? Quando os deuses estão satisfeitos, nós prosperamos, estamos protegidos.

— Eu sei, mas...

— Sem mas. — Ela me puxou pelo pulso, depois mirou minha cintura e fez um "o" com a boca. — Você...

Não compreendi a sua expressão até que olhei para baixo e vi minha saia manchada de sangue.

— Eu devo ter me machucado. Desculpa. — Mirei-a com temor. Minha mãe não gostava que eu fizesse nada que pudesse dar trabalho para ela, e isso incluía me machucar.

— Cale a boca e me siga. — Ela agarrou-me pela parte de cima do braço com força brutal e me arrastou para casa.

Chegando lá, abrandou o aperto e esfregou em um gesto rápido as marcas de dedos que havia deixado em mim. Depois de me fazer trocar de roupa e colocar meu traje sujo de molho na água quente, explicou de modo sucinto o que havia acontecido comigo. Ressaltou que, como eu era mole para tudo, até isso havia acontecido um pouco tarde para o padrão natural das meninas. Em seguida, passou um pano velho e puído que ela já não usava mais pela minha cabeça, cobrindo-a. Disse que dali para a frente eu já era uma mulher e precisava andar com a cabeça coberta, embora ela mesma nem sempre fizesse isso. Então, agitada, sentou-se à minha frente e puxou o próprio vestido até os joelhos, começando a se abanar com as mãos. Eu mal acreditava que eu já poderia ser mãe se quisesse. Eu nem tinha seios direito! Como poderia amamentar uma criança?

— Foi um dia e tanto... — comentou ela e olhou-me, pensativa. Parecia satisfeita com alguma coisa. Senti meu estômago revirar ao pensar no motivo. — Precisamos começar os preparativos, a pensar nos candidatos.

Engoli em seco, sentindo um súbito aperto na garganta. Eu não queria nem ouvir aquele assunto.

— Não quero me casar — afirmei, categoricamente.

Ela jogou a cabeça para trás e deu uma gargalhada deliberada, exibindo os dentes tortos e amarelados.

— Você é mesmo minha filha... — Pôs um dedo na frente da boca. — O filho de Nir, Lior, anda de olho em você. Já percebeu?

Fiz cara de nojo. Lior era um rapaz pesadão, filho do carpinteiro, o menino mais estranho da cidade. Era calado e vivia pelos cantos com as mãos sujas de preto e o pescoço largo curvado para baixo. Se me notava, era com um olhar assustado e perdido, como se tivesse medo de mim ou de qualquer outra pessoa que se aproximasse. Vez ou outra eu o via tirando meleca. Estremeci só de lembrar.

— Prefiro ser sacrificada — rosnei de forma dramática.

— Não diga besteira. — Minha mãe ficou de pé e subiu a faixa da sua cintura roliça até embaixo do busto. — Vou já falar com a família dele. Será um belo casamento, vantajoso para você. Ele tem um coração mole e te dará uma vida de ociosidade. Nós duas sabemos que você não conseguirá nada melhor do que isso, sendo minha filha.

Minha mãe era conhecida como uma mulher despudorada desde que meu pai a repudiou e foi morar em outra cidade. Os rumores diziam que ele havia descoberto um de seus casos e, por amá-la demais, não conseguiu castigá-la como merecia. Simplesmente partiu. Mas nunca conversamos abertamente sobre o assunto. Ela, no entanto, não parecia fazer muita questão de defender sua honra, pelo menos não para mim.

Comecei a sentir uma vontade súbita e intensa de chorar. Minha vida não podia ficar pior. Assim que ela saiu de casa, também corri para fora. Cruzei a multidão, esbarrando em alguns carregadores suados, vendedores ambulantes e cestos de vegetais. Tudo ao meu redor passava como um borrão. Mantive os pés em movimento constante até que passei para fora da muralha da cidade. Quando minhas pernas começaram a arder, parei, resfolegando, e coloquei as duas mãos nos joelhos, puxando ar para os meus pulmões famintos.

Mirei a areia e a escuridão do deserto. Ele parecia tão sombrio quanto a vida que me aguardava, caso eu me casasse com um estranho. Meu destino parecia estar escapando das minhas mãos. Meu coração batia com força e minha vontade era de correr e correr em direção ao infinito. A cabeça ainda latejava, mas a cólica já havia passado. Eu preferia me afogar no Mar Morto a passar o resto da vida ao lado de alguém como Lior .

— Você está bem? — Assustei-me com uma voz feminina.

Voltei a face para cima e vi o rosto de uma bela mulher. Seus olhos eram doces e sua expressão preocupada e sincera.

— Não. — Eu disse e sentei-me no chão, começando a chorar.

Ela hesitou um pouco. Depois, com cautela, acomodou-se ao meu lado.

— Está sentindo alguma dor? — Pousou uma mão em minhas costas.

— Sim.

— Onde?

— Aqui. — Apertei o punho contra o peito.

Ela sorriu com ternura e apertou os lábios por um momento. Suas maçãs da face sobressaíram quando fez isso.

— Algum menino... — Sugeriu.

— Sim, e eu o odeio! Não quero me casar.

— Ah... — O sorriso dela esvaneceu. A senhora mordeu os lábios carnudos, passeando os olhos por minha face.

— Ele é tão ruim assim? Sabe, o amor pode vir com o tempo...

— Não nesse caso. Não sei por que tenho que me casar, só porquê... só porquê... eu não pedi para... — Não consegui terminar a frase, corando e pressionando a mão em meu ventre.

— Ei... — Ela passou a mão com delicadeza em meu queixo, compreendendo. — Isso não é nada demais. Pelo que entendi, você se tornou uma mulher, só isso. É o ciclo da vida. As pessoas se casam, os homens trabalham, as mulheres têm filhos...

— Pois eu acho isso muito injusto! — Protestei. — A vida deles é muito mais estimulante. Por que nós não podemos trabalhar? Podemos fazer qualquer coisa que os homens fazem, e muito melhor!

Seus lábios se esticaram para mim.

— Bom, é um pensamento admirável. Mas cuidar de uma família também pode ser um desafio e nós mulheres somos muito mais preparadas para isso. Veja você, eu tenho dois filhos e um deles agora vai se casar. Sinto-me abençoada por tê-lo criado para ser um homem de fé, bom e honesto, que agora é capaz de ter a sua própria família.

Parando de chorar, examinei o seu rosto de perto. O sotaque era inconfundível.

— A senhora é a mãe de Quiliom?

— Sim. — A judia sorriu mais ainda. — Meu nome é Noemi. Sou mãe de Quiliom e Malom. Você conhece meus filhos?

— Mais ou menos... — Resmunguei e olhei para a frente com desagrado. — Minha amiga Orfa será sua nora.

— Isso mesmo. — Ela empurrou o meu ombro com o dela, como se estivesse feliz com a notícia. — Sei que não é judia, mas me parece ser uma boa moça.

— Mas não sabe cozinhar. — Avisei logo, achando que a notícia poderia minar de alguma forma o casamento.

Noemi deu uma risadinha.

— Ela vai aprender. E, um dia, você também.

Espiei rapidamente o seu rosto, com um ar convencido.

— Já sei fazer um bolo de flor de farinha com figos como

ninguém — gabei-me.

— É mesmo... — Ela se levantou e estendeu a mão para mim. — Essa é uma das receitas que sempre desejei aprender. Quem sabe algum dia você possa me ensinar.

Ao ouvir aquilo, senti um prazer estranho se espalhar pela minha coluna, como uma maré de calor. Peguei a mão dela, fiquei de pé e mirei sua face mais uma vez. *Eu? Ensinar algo a uma mulher mais velha?* Minha mãe sempre dizia que eu só abria a boca para falar asneiras. Que não fazia nada direito. E essa mulher, que mal me conhecia, acreditava que eu seria capaz de fazer alguma coisa a ponto de ensinar-lhe?

— A senhora parece muito nova para ter um filho que vai se casar — comentei, desejando devolver a lisonja.

— Também me casei muito nova. Assim, na sua idade.

— E a senhora... o amava? — Atrevi-me a perguntar.

— Ainda não, mas confiava em Deus o suficiente para saber que Ele traria um homem bom para mim.

Isso era uma coisa que eu admirava nos hebreus: a confiança que tinham em seu Deus.

— E Ele trouxe?

Ela se aproximou do meu rosto para falar baixinho.

— Mais do que eu poderia imaginar. Elimeleque é a luz da minha vida.

Examinei a sua expressão e vi que seus olhos brilharam ao dizer aquilo. Não costumava ver mulheres referindo-se aos seus maridos dessa maneira. Imediatamente, desejei um dia poder falar assim de alguém.

— Por que vieram morar aqui? Por que saíram de Belém?

Seu sorriso diminuiu.

— Porque lá havia fome, enquanto os campos de Moabe permaneciam férteis, como são até hoje.

— Ah... — Mirei os meus pés por um tempo, depois ergui os olhos mais uma vez. — O seu Deus estava irado com o seu povo? Por isso lhe tirou a comida?

— Isso eu não posso saber. O que sei é que o nosso povo passou por grande período de infidelidade espiritual. Os judeus ora estão buscando ao Senhor, ora estão se voltando para outros interesses. Clamam ao Senhor com propósitos egoístas. São um povo rebelde, muitas vezes. Só se voltam para a fé nos momentos de sofrimento... Mas não foi sempre assim, sabe? A única coisa que sei é que os planos de Deus sempre têm um propósito. — Noemi mirou o deserto por um momento, talvez refletindo sobre as próprias palavras. — Acho melhor voltarmos agora, já está escurecendo — sugeriu.

Continuei mirando o seu rosto, sem me mover.

— O que a senhora fazia aqui fora sozinha, antes de eu chegar?

Ela abraçou os próprios braços e olhou para Kir, cheia de pesar. Seu rosto estava iluminado pela metade e o véu que cobria sua cabeça moveu-se lentamente por conta do vento.

— Hoje, quis me afastar um pouco da cidade.

Lembrei-me dos gritos das crianças e solidarizei-me com ela. Eu não estava nem um pouco ansiosa para voltar a sentir o fedor adocicado de sangue. A cidade devia estar uma imundície.

— Eu também. Não gosto desse tipo de festividade — confessei, segura de saber que ela não me julgaria por isso, pois não era moabita.

Seus cílios longos e negros voltaram-se para mim e Noemi me mirou por um momento. Depois, um sorriso tímido tocou seus lábios rosados, que eram envoltos por uma tez mais clara do que a minha. Colocou atrás da orelha os caracóis castanhos, que estavam soltos por baixo do lenço.

— Acho que vai ser difícil dormirmos hoje. Que tal irmos tomar um copo de leite morno adoçado com mel? Assim, mantemos a mente ocupada e distantes da lembrança do que aconteceu aqui hoje.

Meus ombros subiram e desceram em uma funda respiração. Não sabia o que minha mãe acharia se não me encontrasse em casa quando voltasse. Muito menos se soubesse que eu estava em companhia de uma judia. Mas, eu estava atordoada demais para voltar para lá. E ansiosa por desfrutar mais da companhia daquela criatura gentil, que contradizia tudo o que eu sempre ouvia sobre os judeus.

Em Moabe, os hebreus eram desprezados por seu moralismo. Eram ridicularizados por conta de suas leis rígidas. Diziam que era um povo separatista e que acreditava ser o único povo escolhido pelo seu Deus invisível. Porém, aquela mulher não parecia se considerar melhor do que eu. Então, sorrindo para a minha nova amiga, resolvi aceitar o convite. Ela passou um braço pelos meus ombros, aconchegando-me, e me levou de volta para dentro das muralhas de Kir.

Capítulo 3

Restaurarei o exausto e saciarei o enfraquecido.
(Jeremias 31:25)

Minha proximidade com Noemi cresceu com velocidade nos dias seguintes. Comecei a decorar seus horários e tarefas e pedia para a minha mãe para fazê-las ao mesmo tempo. Até me oferecia para fazer coisas que eram tarefas dela, deixando dona Saidi com um olhar perplexo, porém satisfeita de ter mais tempo livre para si mesma. Minha mãe atribuía minha nova conduta à maturidade que eu havia adquirido por ter-me tornado mulher, e eu deixava que acreditasse nisso. Assim, podia passar mais tempo conversando com aquela senhora sábia e divertida, que a cada dia eu admirava mais.

Noemi me ensinou a fazer novos penteados, a escolher as melhores frutas no mercado, a cozer um vestido novo e, conforme prometido, pediu-me para ensiná-la a receita do meu bolo de figos, o que fiz com grande prazer. Eu gostava de sua simplicidade. Noemi não andava com vários apetrechos como as mulheres da nossa cidade, mas estava sempre limpa e bem vestida. Sabia combinar as cores de forma harmônica e portava-se com muita dignidade. Contudo, isso não a impedia se ser brincalhona de vez em quando. Dávamos várias gargalhadas ao lavarmos as roupas juntas, brincando de tacar água uma na outra. Eu estava feliz com aquela nova e inesperada amizade, tão improvável. Apesar da nossa diferença de idade, eu podia conversar abertamente com ela. Noemi me aconselhava sem julgamentos e, muitas vezes, apenas me ouvia. E olha que eu falava bastante. Ter uma boa ouvinte era um bálsamo para mim.

Certa vez, enquanto estávamos à beira do poço lavando as roupas, ela pegou-me examinando um viajante de pele clara que acabava de chegar montado a cavalo. Estava muito corado pelo sol, com o rosto e braços refletindo uma cor ardente. Não era jovem como eu, devia ser quinze anos mais velho. Eu não o estava contemplando com interesse e sim com curiosidade, pois sua aparência era muito diferente da nossa. Seu cabelo tinha um tom de vermelho intenso, contrastando com o tecido branco e torcido que usava circulando a lateral da cabeça. Mirava as pessoas com os olhos castanhos e curiosos, franzindo o nariz fino por conta da claridade. Seus lábios largos e bem moldados sorriam para os companheiros de viagem, causando duas covas profundas em suas bochechas. Pela pata empoeirada do cavalo, o grupo parecia ter vindo de longe. Ao acompanhar meu olhar, Noemi riu-se baixinho.

— Que foi?

Enruguei a testa para ela, observando as pontas de suas

longas madeixas tocando na água do balde.

— Eu estava me lembrando de como era ter a sua idade. O quanto eu imaginava como seria aquele que roubaria o meu coração. — Seu rosto estava suado enquanto falava. — Este rapaz é nosso parente distante, veio trazer notícias da família do meu marido. Como pode perceber, ele é muito bonito. — Baixou a voz e apontou com o queixo para o homem que eu examinava minutos antes. — Mas não fique olhando demais.

Minhas bochechas ficaram vermelhas. Esperei o barulho dos cascos de todos os cavalos passarem por nós antes de responder.

— Eu não estava pensando sobre isso. — Enxuguei o suor da testa com o pulso. O sol estava a pino sobre nossas cabeças. — Não penso nessas coisas.

— Pois deveria. — Seu sorriso doce abriu-se para mim. — Já é uma mulher e logo, logo seu coração vai bater mais forte por alguém.

— Acho muito difícil. — Baixei os olhos para o tecido velho que lavava. — Além do que, sou muito sem graça. Ninguém se interessaria por mim.

Noemi largou sua roupa de lado, apertando os lábios. Em seguida, pegou a minha mão, impedindo-me de continuar a tarefa.

— De onde você tirou isso? Você é uma criatura excelente, esperta e esbelta. Também é pura e esforçada. Que homem não se encantaria por você?

— Está dizendo isso porque gosta de mim.

Minha amiga segurou meu queixo com uma mão, obrigando-me a olhar para ela. Eu adorava quando me tocava com tanta delicadeza e respeito.

— Não, não é só isso — continuou. — Eu vejo mesmo todas essas virtudes em você. Também vejo como os meninos da cidade te olham, só você não percebe. O que te levou a acreditar que não era desejável?

Meus olhos ficaram úmidos. Noemi sabia pouco sobre a minha mãe, mas já havia compreendido a relação horrorosa que tínhamos. Até me incentivava que eu as apresentasse, mas eu tinha medo de que ela se afastasse de mim se conhecesse melhor a mulher que havia me criado: a rainha da imoralidade. Por isso, mantinha minha mãe afastada dessa parte da minha vida. Meus melhores momentos eram sempre quando eu estava longe dela.

Noemi segurou minhas mãos molhadas entre as suas.

— Querida, qualquer rapaz teria muita sorte de ter uma esposa maravilhosa como você. Eu sei que vive dizendo que não vai se casar. Porém, no dia em que o Senhor lhe mostrar a pessoa certa, você dará o seu coração sem receios. Tenho orado por você. E sei que Deus tem algo excelente preparado para ti. Eu sinto isso.

Nunca ninguém havia intercedido por mim, nem a Quemos nem a nenhum outro deus. Eu estava cada dia mais curiosa sobre a imensa e firme fé da minha amiga mais velha. Noemi era uma pessoa serena e parecia que era essa sua fé no tal Deus Criador que a fazia ser tão confiante. Lembro-me de vê-la algumas vezes sozinha no campo, com a cabeça baixa e as mãos levantadas. Essa era a maneira dela de falar com o seu Deus. Quando saía daquele momento, Noemi sempre parecia mais leve. Eu queria ser como ela, queria ter aquela calma diante dos problemas da vida, queria ter alguma entidade em quem confiar, mas não conseguia.

— Sabe... — Ela continuou, tornando a esfregar as roupas com vigor: — Vejo muitas meninas daqui sorrindo e alisando o vestido quando o meu menino passa. O Malom, você o conhece de vista, mas ele não costuma dar atenção para elas. Ele é do tipo que precisa de algo não convencional para prender a atenção.

Espiei seu rosto. Eu não gostava muito do filho dela, mas não queria ofendê-la. Desde que nos esbarramos naquela festa, ele sempre dava um sorrisinho indolente quando me via passar, analisando-me. Eu apenas empinava o queixo e o ignorava, passando reto. Não queria dar conversa para aquele atrevido.

No entanto, parece que quanto mais você deseja ignorar uma pessoa, mais ela aparece na sua vida.

A gente se cruzava em todo lugar. Não era que eu estivesse procurando por ele nem nada do tipo. Malom simplesmente... aparecia. Meu pulso acelerava e a respiração se tornava mais rápida na presença dele, então eu já saía de casa esquadrinhando a rua para ver se ele estava por perto — para evitá-lo, é claro. Fora isso, eu também estava furiosa com Quiliom, que agora monopolizava toda a atenção de minha amiga Orfa. Pensando nela, lembrei-me de um de seus conselhos:

— Acho que entendo o que quer dizer. — Sorri para

Noemi. — Quando éramos pequenas, Orfa sempre me dizia que nunca devíamos deixar que um menino soubesse que tínhamos medo dele. E agora, que gostamos dele.

— É isso mesmo. — Noemi achou graça.

Estávamos rindo quando Orfa aproximou-se de nós na beira do poço.

— Rute! — Sua expressão se acendeu ao me ver.

Ela estava mais bonita que de costume. Andava agora muito bem arrumada, com túnicas novas e tecidos finos cobrindo-lhe a cabeça. Assim que chegou perto, abaixou-se para cumprimentar a futura sogra, depois elas se abraçaram. Não sei por qual razão, minha garganta fechou-se com aquela cena.

Foi então que me dei conta de que, em breve, Noemi teria uma nova nora dentro de casa, monopolizando-lhe a atenção. Alguém com quem pudesse se distrair, fazer coisas de menina e, com certeza, não haveria mais espaço para mim em sua vida. Orfa ocuparia o meu lugar. O pensamento fez um grande nó formar-se em meu peito. Então, comecei a recolher as minhas roupas.

— Aonde vai? — quis saber Noemi. — Ainda não acabamos.

— Preciso voltar. Minha mãe deve estar me esperando.

Os olhos da mais velha voltaram-se para a futura nora, depois de novo para mim.

— Tudo bem. — Sua voz era suave. — Nos vemos no mercado amanhã de manhã?

— Talvez sim, talvez não. Vamos ver. — Abaixei-me rapidamente, me despedindo, e voltei a passos largos para casa, retendo lágrimas quentes nos olhos.

Fui pensando sobre aquela situação. Não queria perder nenhuma das duas. Como passei a frequentar a casa de Noemi de vez em quando — escondida da minha mãe, é claro —, pensei que essa seria boa uma forma de conviver mais com Orfa quando ela se casasse. Afinal, ela também moraria naquela casa. Noemi sempre tomava o cuidado de nunca me levar lá quando seus filhos ou marido estavam presentes, para não me constranger ou manchar a minha reputação. Seu cuidado carinhoso só fazia com que minha afeição por ela crescesse mais.

Era isso: eu teria que ir mais vezes na casa dela. Assim, não ficaria de fora de sua vida.

O plano parecia perfeito, até que cheguei em casa e avistei Lior e o pai sentados à mesa com minha mãe. Senti-me trespassada por um tremor.

— Olha ela aí... — disse alto a dona da casa, com evidente alegria. — Está vendo, senhor Bati, desde que soube que iria se casar, Rute começou a se empenhar ainda mais nas tarefas domésticas. Lava roupas e tudo... E está um primor na cozinha!

O velho senhor enrugou os olhos cansados quando sorriu para mim. Tinha o rosto sulcado e uma cabeleira cinzenta, coberta de sujeira.

— Temos visto a menina pela cidade, sempre ocupada. De fato, parece uma moça muito trabalhadora. — Seu tom foi cordial.

— Prendadíssima! — emendou minha mãe.

— Já sabe costurar?

Falavam de mim como se eu não estivesse presente.

— Não sei... — Minha mãe pôs um dedo na boca, seu rosto em formato de lua ficou pensativo. — Mas aprende muito rápido. Será um par de mãos e tanto para ajudar a sua senhora.

— Eu sei costurar — falei pela primeira vez.

— Desde quando? — Minha mãe fez um sorriso torto e olhou para o senhor Bati. — Essa menina sempre me surpreende. É um prodígio! — Era a primeira vez que ela me elogiava na minha frente, e só para se livrar de mim, como se eu fosse uma mercadoria a ser negociada.

— Aprendi a costurar com a melhor mulher que conheci na vida. O nome dela é Noemi. E eu a amo — afirmei, com esperança de machucar a minha mãe.

Ela me olhou com indiferença, tornando a facada ainda pior.

— Bom, tanto faz. Como pode ver, senhor Bati, a donzela está pronta para se casar. Tem praticado seus gracejos femininos. Quando podemos marcar as bodas?

— Eu ainda não disse que aceito — intervi.

— Não há nada a dizer. — Ela lançou-me um olhar duro. — Vamos marcar a data?

O velho senhor engoliu a saliva e mirou o rosto do filho. Depois pigarreou e tornou a olhar a mulher com expressão ansiosa à sua frente.

— Dona Saidi, acho que seria de bom proveito se a noiva pudesse opinar.

— Não quero ser uma noiva. Nem de Lior, nem de ninguém. — Joguei as roupas limpas no chão.

Quando ergueu o rosto para mim, vi as narinas da minha mãe se alargarem em desagrado. Mas, segundos depois, virou-se para o senhor com uma falsa expressão horrorizada.

— Rute, olha os modos.

— Que modos? Não aprendi nenhum modo com você.

Ao ouvir isso, ela ficou cega e se levantou, dando-me um tapa na cara.

— Sente-se, agora! — gritou com brutalidade.

Meus olhos queimaram de raiva, mas obedeci, satisfeita de tê-la feito sair do controle e perder a pose de matriarca preocupada com o meu futuro. Acomodei-me no chão e fiquei olhando para Lior, com uma expressão carrancuda, para que ele contemplasse bem o seu futuro caso se casasse comigo. Assustado com a cena, o pobre garoto desviou os olhos para o piso e começou a torcer as mãos. Contra a minha vontade, senti pena dele. Talvez fosse igual a mim e estivesse ali à força, por vontade do pai.

— Bom... — O senhor Bati quebrou o silêncio. — Acho melhor esperarmos mais um tempo, até que a menina esteja preparada.

Pela primeira vez vi um sorriso de canto no rosto de Lior. Quando ele me espiou, sorri de volta às escondidas. Havíamos escapado, ambos, por fim. Minha mãe desesperou-se quando as visitas começaram a se levantar. Esticou as palmas das mãos para a frente tentando detê-los.

— Não, podemos acertar tudo agora. Ela está assim porque... Bem, sabe como são as garotas nessa idade. Eu vou conversar com Rute e tudo ficará resolvido.

— Tudo bem. — O pai de Lior mirou o meu rosto e espremeu os lábios. — Mas, até lá, vamos dar mais um tempo para os dois pombinhos pensarem. Não precisamos correr com nada. Até mais, dona Saidi. Até mais, mocinha.

— Até mais, senhor Bati. — Estiquei os lábios para ele e inclinei-me em despedida, deixando o ar sair livre de meus pulmões.

Assim que eles saíram pela porta começou a correria dentro de casa. Minha mãe pegou um pedaço de pau que usava para ajeitar a madeira na lenha e veio à minha caça, furiosa. Saí derrubando tudo pela frente e subindo nos móveis com bastante habilidade. Entretanto, como o ambiente era pequeno, assim que ela me encurralou em um canto da casa começou a me bater sem dó.

— Garota estúpida! Onde acha que vai achar outro pretendente sendo malcriada desse jeito?

— Desculpa, mãe... — Eu soluçava entre as pauladas, nem um pouco arrependida.

Aguentei firme até ela cansar de me bater, o que aconteceu rápido, uma vez que ela não era uma pessoa fisicamente ativa — pelo menos, não para o que deveria ser. Quando acabou, eu estava cheia de ferimentos nos antebraços, que usei para me defender dos golpes. Fora isso, ela tinha acertado uma ou duas vezes no meu quadril. Minha mãe jogou o pedaço de madeira de lado com violência e apontou um dedo indicador para mim.

— Você tem quatro luas para arrumar um marido, entendeu? Ou então vai embora daqui. Não posso mais colocar comida na sua boca. Vai ter que se virar sozinha a partir de agora. Que Ashtar te ajude, porque eu não consigo mais...

Aquela ameaça não soou como uma maldição para mim. Afinal, ela havia me dado a hipótese de "me virar sozinha". Eu podia fazer isso, podia achar outro lugar para ficar e trabalhar pelo meu próprio sustento. Não precisava de marido nenhum.

— Tudo bem, aceito o desafio. — Ergui uma sobrancelha.

Ela me olhou, abismada, depois jogou as mãos para cima e saiu pela porta de casa. Na mesma hora, peguei um de nossos lençóis malcheirosos e comecei a jogar as poucas coisas que possuía sobre ele. Eu só tinha duas peças de roupa: um lenço de cabeça novo, que Noemi havia me dado, e um cachorrinho de madeira, que ganhei do meu pai quando era pequena. Era a única recordação que tinha dele. De resto, tudo naquela casa era da minha mãe. Joias, colares e vestidos que ela ganhava de seus amantes. Eu não queria nada daquilo. Amarrei tudo na minha trouxa e saí de casa, disposta a não voltar nunca mais.

Capítulo 4

Em todo tempo ama o amigo, e na angústia nasce o irmão.
(Provérbios 17:7)

Só fui até a porta da cidade, onde fiquei encarando o deserto, com cara de tola. Vacilei. Para onde eu iria? Eu não tinha a menor ideia de onde ficava a cidade mais próxima, nunca havia saído dali, a não ser para visitar o Mar Morto, mas não podia desistir de tomar as rédeas do meu destino. Não podia voltar para casa e me conformar em correr atrás de um marido que gerisse a minha vida. Diferente das outras meninas, eu não tinha uma natureza romântica. Não estava à espera de que minha alma levantasse voo quando encontrasse o rapaz certo. Tinha certeza de que minha sensação de completude, ainda ausente, não viria de nenhuma companhia humana.

Estava entardecendo e eu encarava o horizonte contra o sol, aquele tipo de sol que nos apanha os olhos e cega em vez de aquecer. Meu coração batia com força, tropeçando em si próprio. O vento soprava forte, fazendo doer meus ouvidos. Respirei fundo e tentei raciocinar com clareza. Era tarde, em breve escureceria e eu teria de dormir em algum lugar.

Roendo uma unha, retornei ao interior da cidade, o olhar vagueando incerto. Fui andando sem rumo até sentir o estômago roncar. No meio de toda a confusão, eu não havia comido quase nada naquele dia. Observei o chão onde ficava o mercado e avistei um pêssego caído, abandonado por algum comerciante. Quando o peguei, vi que estava mordido de um lado. Limpei-o o máximo que pude e levei-o até o poço para lavá-lo. Aproveitei para lavar as feridas em meu antebraço. Em seguida, comi. Estava duro e azedo, não matou a minha fome, mas foi o único alimento que encontrei.

Com os olhos úmidos, pensei em desistir da fantasia de me cuidar sozinha e voltar para a casa com o rabo entre as pernas. Com sorte, minha mãe ainda estaria na rua com alguma companhia masculina e nem saberia que eu havia tentado fugir. Contudo, algo em meu interior me impediu. Eu não queria voltar para ela. Não queria me render. Vi meus pés caminhando em direção a um lugar conhecido, o único onde eu sabia que encontraria conforto e abrigo.

Quando cheguei perto da residência de Noemi, não tive coragem de bater em sua porta. Não queria abusar de sua bondade. Vi, pelas frestas da janela, que a casa estava iluminada por dentro e um cheiro delicioso de peixe cozido fluía de lá. Ainda deviam estar acordados.

Contornei a residência, ouvindo risos de garotos, e parei atrás dela, pensando no que fazer. Era estranho. Só de saber que ela estava ali dentro já me fazia sentir mais segura. Estava cada vez mais frio. Coloquei a trouxa no chão, desamarrei-a, e pequei um xale que passei sobre os ombros. Depois, aninhei-me contra a parede da casa, buscando um pouco de seu calor. O chão estava duro e feria ainda mais o meu quadril machucado, mas não me importei. Estava tão exausta que fechei os olhos e entreguei-me à escuridão, imaginando-me diante de uma lareira. Ouvindo risos. Sendo feliz.

A claridade já tocava o meu rosto quando senti algo cutucando o meu antebraço. Demorei para me lembrar onde estava, mas então senti minhas costas doerem e abri os olhos devagar. Dei um grito quando avistei a silhueta de Lior contra o sol, em pé na minha frente, com um galho de árvore na mão.

— Ahhh!

Ele quase riu e colocou um dedo na frente da própria boca.

— Shhhhh... Não grita. A maioria dos vizinhos ainda não acordou.

— O que está fazendo aqui? — indaguei, tonta, me levantando.

— Você parecia uma moribunda aí deitada, vim conferir — informou com um levantar de ombros.

Revirei os olhos, com ar de tédio.

— Por que eu estaria morta?

— Sei lá, te vi caída aí no chão, toda torta. Parecia uma oferenda para os deuses.

Estalei a boca e massageei o braço dolorido. Depois, mirei o telhado da casa. Já havia fumaça saindo dela. Baixei o tom de voz.

— Você me cutucou com o galho? — Fiz cara feia para ele.

— Funcionou, não é?

Abaixei-me e recolhi a minha trouxa do chão. Depois, cobri a cabeça com um lenço comprido a fim de disfarçar o quanto estava empoeirada.

— Você é muito esquisito.

— Por que estava dormindo atrás dessa casa? — Lior quis saber, examinando a construção.

Abanei a minha trouxa no ar, como se fosse óbvio que agora eu era uma errante.

— Ah... — Ele franziu o cenho, quebrou o galho que segurava e jogou as metades no chão. — Não precisava fugir. Não vou me casar com você. Pensei que tinha entendido isso ontem.

— Não foi por causa de você. — Empinei o queixo. — Vou seguir a minha vida sozinha. Posso me virar muito bem.

— Estou vendo... — Assustando-me, Lior esticou a mão e tirou uma folha seca que estava presa no meu cabelo. — Bom, preciso ir trabalhar. — Começou a se afastar, mas então se deteve e olhou para trás, hesitante. — Já sabe para onde vai?

Quiquei os ombros. De fato, eu não tinha a menor ideia. Lior me mirou por um tempo, depois coçou os cabelos oleosos antes de perguntar:

— Tá com fome?

Meu estômago parecia estar colado nas costas. Eu estava faminta, mas não sabia se devia aceitar esmolas assim tão cedo. Esperava que minha dignidade se esvaísse com o tempo. Dentro de uma hora ou duas...

— Eu me viro — afirmei, incerta.

Ele esboçou um sorriso tímido.

— Não tenho dúvida disso. Mas, se quiser, posso arrumar algo para você, só por hoje.

Franzi o cenho, calada por um momento.

— Por que faria isso? Nunca fomos amigos.

— Exatamente por isso. — Ele ficou lá parado, com os braços esticados para baixo.

Senti sinceridade em suas palavras, então assenti e comecei a segui-lo pela cidade, calada. Tudo estava muito quieto e os nossos passos na areia eram audíveis. Lior fez uma parada na frente de sua casa, onde entrou e saiu minutos depois, com um pequeno cesto coberto nas mãos.

Nós nos afastamos dos portões da cidade e sentamo-nos em uma pedra áspera, em um local um pouco isolado, mirando o deserto. Comi uma tâmara e bebi um copo de leite de ovelha com mel. Em seguida, dividimos um pedaço de pão de endro. Relutei um pouco quando ele o dividiu e me deu a minha parte, uma vez que suas mãos estavam escuras por causa do seu ofício. Porém, não queria parecer mal-agradecida, então aceitei. Fizemos a refeição em um silêncio amistoso. Quando acabamos de comer, ele reuniu os restos no cesto e ficou ali sentado ao meu lado, sem nada dizer. Comecei a ficar constrangida.

— Obrigada. — Encarei-o, desejando quebrar o silêncio.

Meu novo amigo abanou a cabeça para os lados.

— Desculpe por ontem. — Mirava o chão enquanto falava. — Foi ideia do meu pai. Ele se preocupa comigo porque não tenho muitos amigos e acha que uma esposa seria a solução para eu não andar tão sozinho.

Juntei as duas mãos e abracei meus joelhos.

— Eu imaginei.

Lior me olhou de relance.

— Sei que uma senhorita como você jamais olharia para alguém como eu.

Senti um incômodo no peito ao ouvir aquilo. Eu sabia como era se sentir assim: indesejável. E, mesmo que eu não me sentisse atraída por ele, comecei a enxergar o rapaz gentil por debaixo da carapuça brusca.

— Não diga isso. — Lembrei-me das palavras de Noemi. — Tenho certeza de que, quando a pessoa certa aparecer, ela te amará como você é.

Lior deu um sorriso triste e começou a riscar a pedra com um dedo sujo. Fiquei observando-o fazer nela o desenho invisível de um equino.

— Gosta de cavalos? — Apontei o desenho fantasma.

— Gosto — Não ergueu os olhos para mim. — Mas meu irmão gostava mais.

— Gostava? — Uni as sobrancelhas.

— Ele morreu. Foi sacrificado na última festa.

Meu coração se encheu de pesar. Então, por instinto, pousei uma mão em suas costas, imitando o gesto que Noemi fazia comigo sempre que eu ficava triste. Eu jamais havia tocado em um menino antes.

— Sinto muito.

Lior balançou a cabeça para os lados.

— Ele ainda nem sabia falar direito... — Continuou a desabafar, mirando a terra batida. Levei uma mão aos lábios, forçando as lágrimas a voltarem para dentro dos olhos. — Mas não podia ver um cavalo passar que começava a gritar de alegria. Eu tinha que ficar de olho para ele não correr e ser atropelado por um.

— Pelo visto, você era um bom irmão.

O rosto dele ficou muito vermelho, seus olhos se enevoaram.

— Eu... sinto falta dele. Mas agora ele está com Quemos, não está? — Mirou-me com um olhar ansioso.

Não soube o que dizer. Então, apertei os lábios e mirei seu rosto rechonchudo com compaixão. Algo em meu interior me dizia que aquilo não era senão uma fantasia. Depois, voltei o rosto para o céu azul.

— Você precisa trabalhar hoje? — eu quis saber.

Meu novo amigo secou os olhos, surpreso com a pergunta.

— Suponho que sim.

— Mas... tem que ser agora?

Levantou um dos ombros, vagueando o olhar para o lado esquerdo.

— Não sei.

— Vem comigo. — Levantei-me e puxei-o pela mão, tocando-o pela segunda vez. — Vamos aproveitar um pouco este dia lindo.

Algum tempo depois, estávamos boiando lado a lado no Mar Morto, enchendo os pulmões com o ar salgado ao redor. Havíamos ficado parados no portão da cidade até que um grupo de viajantes concordou em nos levar até lá. Eu estava sentido minhas feridas arderem, mas sabia que o sal da água estava curando-as, por isso aguentei.

Lior olhava para a imensidão acima de nós, tão imerso em pensamentos que parecia que estava sozinho. Sua expressão serena me dizia que ele nunca havia tirado um tempo para si mesmo, e estava precisando. Talvez, aquele breve momento de paz trouxesse um pouco de alívio pela falta do irmão. Fiquei feliz por ter passado por cima de toda resistência que eu tinha em relação aos meninos e ter proporcionado aquilo para ele. Ri em segredo ao perceber como suas mãos ficaram limpas de repente. Pelo visto, eu não era a única me beneficiando daquele banho.

Comemos os restos do que tínhamos trazido e, quando o sol estava bem alto, voltamos para a cidade. Fizemos parte do caminho a pé até acharmos um grupo de viajantes que concordaram em nos levar até lá. Dessa vez, tivemos que montar em camelos. Lior nunca tinha montado em um e achou tudo muito divertido, mas demoramos um pouco mais para chegar à cidade. Fui torcendo as minhas roupas pelo caminho para secarem.

Antes que entrássemos pelos portões, agradecemos aos bons homens que nos ajudaram e eu e Lior preferimos nos despedir. Deixei que meu novo amigo fosse na minha frente, para não dar a impressão errada sobre termos ficado tanto tempo fora. Despedi-me com uma leve dobra de joelhos e Lior com um aceno de cabeça.

Fiquei olhando para o portão da cidade ao entardecer, pensando no que faria dali para a frente. Eu não tinha nenhum plano para colocar em ação. Pensava sobre isso quando senti uma mão tocando em meu ombro. Quando me virei, minhas maçãs do rosto ficaram em brasa. E pode ter sido essa única exibição de vulnerabilidade que fez Malom exibir um sorriso convencido no rosto.

Capítulo 5

Compartilhem o que vocês têm com os santos em suas necessidades. Pratiquem a hospitalidade.
(Romanos 12:13)

— O que está fazendo aqui? — Malom cruzou os braços.

— Não é da sua conta! — Virei-me de modo dramático para voltar à cidade, mas mergulhei em uma vénia desgraciosa e tropecei em meus próprios pés, tombando de joelho no chão.

Com um reflexo rápido, Malom abaixou-se e segurou-me pelos cotovelos.

— Você é mesmo desastrada, hein?

— Pois é, deve ser porque minha mãe me pariu no meio do campo, enquanto estava trabalhando na colheita. Ela simplesmente abaixou e eu caí de cabeça no solo. De lá para cá, estou sempre caindo.

Uma expressão de gracejo surgiu em seu rosto.

— Isso é verdade?

— Claro que não! — Puxei os meus braços de suas mãos

e tentei me levantar sozinha, mas me enrolei com a minha trouxa entre as pernas.

— Pena uma menina tão bonita ter uma personalidade tão irascível. — Ele se abaixou mais uma vez e me puxou para cima, colocando as mãos embaixo do meu braço.

Assim que fiquei de pé, soprei o cabelo que me caía nos olhos e empurrei-o para trás com brutalidade.

Quem ele pensava que era para me tocar?

Malom franziu o cenho.

— Por que fez isso? — Colocou as mãos na cintura. — Eu só estava lhe ajudando.

— Estava era se aproveitando, colocando essas suas mãos pervertidas em mim!

Ele abriu um sorriso arteiro, que deixou minha boca seca. Reparei que suas pálpebras eram grossas e negras como as de sua mãe, e havia uma névoa de transpiração em seu lábio superior.

— Não fique sempre tão defensiva. — Ele tirou a trouxa das minhas mãos de repente e começou a voltar para a cidade. — É uma escrava das próprias suspeitas.

— Ei, me devolve isso!

— Acaso vai acampar no deserto? — Ele nem sequer olhou para trás.

Sem alternativa, juntei o resto de dignidade que me restava e apressei o passo atrás dele.

— Por que você está sempre no meu caminho?

— Ou talvez seja você que esteja sempre no meu. Anda — Virou para trás. — Esse sol já está muito forte.

Resignada, continuei seguindo-o até a entrada da cidade, observando-o. Seus modos eram grosseiros, mas ele tinha um encanto natural. Parecia mais seguro do que os meninos de sua idade. Caminhamos em direção à sua casa e, quando Noemi me avistou na porta da sua cozinha, largou um pano que estava nas mãos e veio me receber.

— Querida, o que aconteceu com você? Olhe os seus braços...

Fui direta:

— Tomei uma surra da minha mãe.

Noemi fez um "O" com a boca, mas reteve o que ia dizer. Puxou-me para que me sentasse em um banco próximo a ela. Acomodei-me, sentando-me por cima da ponta dos meus dedos.

— Vamos, conte-me o que aconteceu. — Ela ficou me mirando enquanto examinava as feridas.

Engoli em seco e ergui os olhos para Malom, que estava parado com minhas trouxas nas mãos. Ele entendeu o recado, revirou os olhos e largou minhas coisas em cima da mesa. Depois disso, saiu dizendo que ia juntar-se ao pai no trabalho.

— Pronto — Noemi insistiu. — Agora que estamos sozinhas, me coloque a par da situação.

Respirei fundo antes de falar.

— Minha mãe queria me obrigar a casar com uma pessoa

que eu não quero. Na verdade, nem ele queria. Ela disse que, se eu não me casasse com Lior, não poderia mais morar na casa dela. Por isso, saí.

— E quando isso tudo aconteceu?

— Ontem.

Seus olhos se arregalaram.

— E onde você dormiu?

Baixei o rosto em direção ao meu colo.

— Atrás da sua casa — murmurei.

— Ao relento? Oh, querida… — Minha amiga me abraçou e comecei a chorar em seu ombro. — Por que não me chamou? Poderia ter dormido aqui dentro.

— Não queria te incomodar.

— Não incomodaria. — Apertou-me mais em seus braços. — Mas eu certamente a aconselharia a esfriar a cabeça e pensar melhor. Afinal, sua mãe deve saber o que é melhor para você.

— Não. — Balancei a cabeça e me afastei de seu corpo. — Ela não liga para mim. Ela não é como você, Noemi. Nunca me amou. Eu sempre fui um fardo para ela. Se ao menos meu pai tivesse me levado com ele… mas nem ele me quis. Nem mesmo o fedorento do Lior me queria. Ninguém nunca vai me querer… — Continuei a chorar.

Noemi segurou meu rosto e me fez olhar para ela. Mirou-me com aquela firmeza que sempre sabia ter em momentos de crise.

— Você está enganada. — afirmou. — Existe alguém que lhe quer. Alguém que te ama muito: o seu Criador.

Funguei e enxuguei o nariz.

— Está falando do Deus a quem você serve?

— Sim. Deus ama todas as criaturas. As pessoas se afastaram dele por opção, você sabia?

Fiz que não com a cabeça, confusa com a informação.

— Pois, então, deixa eu lhe contar uma história...

E assim Noemi serviu-me um copo de água e me contou tudo que sabia sobre a criação do mundo, do homem e da mulher. Falou-me sobre os primeiros humanos e de como eles desfrutavam da presença plena com o Senhor do Universo. Depois, falou-me sobre como eles resolveram desobedecer a Deus, mesmo sabendo que correriam o risco de morrer. Ali no Éden, explicou-me ela, houve a ruptura de relacionamento do homem com Deus. Mas Ele nunca estava longe de nós e bastaria que buscássemos com sinceridade a Sua presença para senti-la. Segundo ela, Deus havia escolhido o povo de Israel como seu, mas os estrangeiros que vivessem entre eles e O reconhecessem como único Deus também seriam aceitos por Ele.

Ouvi tudo com grande interesse, mas com certo distanciamento. Achei aquela história um pouco fantasiosa. De todo modo, desviou os meus pensamentos do meu próprio sofrimento. Pedi a Noemi que orasse ao Deus dela por mim. Ela sorriu e me disse que faria isso. Agradecida, levantei-me e peguei a minha trouxa para partir. Já estava anoitecendo e eu não queria incomodá-la mais.

— Ei, aonde pensa que vai? — Noemi ficou de pé e tirou as coisas de minhas mãos.

Examinei o seu rosto, depois meus olhos vaguearam pelo cômodo.

— Eu... não sei.

— Pois, até que saiba, vai ficar por um tempo aqui comigo. E para que sua mãe não fique preocupada, vou mandar avisá-la onde você está. Estou mesmo precisando de uma ajudante.

Meu coração começou a bater mais forte.

— Quer que eu more aqui com você? — Aquilo seria demais para mim.

— Claro. Acha que eu te deixaria dormir na rua de novo?

Meus olhos inundaram-se de lágrimas mais uma vez. Eu amava aquela mulher e viver sob o mesmo teto que ela seria uma grande honra. Sem pensar duas vezes, corri para abraçá-la, depois ajoelhei-me na sua frente e segurei suas mãos.

— Eu juro que não vou atrapalhar, minha senhora. Eu posso ser sua serva. Lavo, cozinho, cuido dos animais... nunca mais vai precisar fazer nada nesta casa. Eu prometo!

Noemi deu um risinho e me levantou pelos ombros para poder me enxergar de frente.

— Não estou buscando uma serva, estou hospedando uma amiga. Eu sempre gostei de fazer as coisas na minha casa, por isso nunca tive servas pessoais. E, a partir de hoje, me chame de Noemi. Mas, ainda assim, acho que você precisa conversar com a sua mãe, depois que as duas não estiverem mais de cabeça quente. E outra coisa... — Ela me puxou pelo pulso para nos sentarmos de novo. — Tenho dois jovens rapazes em casa. Portanto, vou ter que dizer aos outros que você está trabalhando aqui, para preservar a sua reputação. — Fiz com a cabeça que sim, ela continuou: — Vou pedir aos meninos que arreiem mais uma cortina e vou separar um cantinho da casa para você, temos espaço de sobra para desenrolar mais uma cama. Assim, terá um pouco de privacidade.

Meus olhos estavam quentes de tanto chorar.

— Esse arranjo é muito mais do que eu poderia querer. Muito mais do que mereço. Nunca poderei te agradecer por tamanha bondade, Noemi.

— Me agradeça colocando essa cabecinha no lugar. — Ela beijou a minha testa com carinho. — Acho que é uma boa hora para repetirmos a sua receita de bolo de figo. Malom não para de elogiar a sua receita.

Corei de satisfação ao ouvir aquilo.

— Tudo bem. — Levantei-me. — Vou colocar as minhas coisas em um canto e lavar as mãos para te ajudar.

Quando fui colocar a trouxa em um canto da casa, vi Noemi sorrir ao perceber uma sombra no chão do lado de fora da porta. Havia um rapaz parado e escutando a conversa. Um rapaz que gostava muito de bolo de figos.

Capítulo 6

O Senhor ampara os que caem e levanta os que estão abatidos.

(Salmo 145:14)

Nas semanas seguintes Malom sempre aparecia de súbito em casa no meio do dia. Afirmava que tinha assuntos a tratar perto da residência e por isso vinha almoçar, lanchar, consertar o telhado, limpar poço ou fazer a sesta. Perguntava ostensivamente à mãe se havia algo novo a ser reparado na casa. E, fingindo que caía no joguinho dele, Noemi lhe arrumava dezenas de tarefas para que passasse a maior parte do dia nas redondezas e não dos campos da família como o pai, o irmão e os outros trabalhadores. Tenho certeza de que a dona da casa estava torcendo para que algo acontecesse entre nós, por isso sempre elogiava um na frente do outro. Eu morria de vergonha quando ela fazia isso. Entretanto, sua expressão eternamente bondosa me impedia de ser rude com ela. Eu a respeitava como se fosse a mãe amorosa que nunca tive.

Já Orfa ria em segredo comigo falando sobre como Malom era óbvio. Em sua opinião, estava claro o interesse dele por mim. Eu, por minha vez, fingia ignorá-lo em todas as ocasiões que podia, pelo menos por fora. Pequenos gestos corriqueiros que eu sempre fazia ficavam muito atabalhoados sob o seu escrutínio. Preferia lidar com Quiliom, que não me dava muita atenção.

Eu cumpria as minhas tarefas falante e com alegria, até que Malom aparecesse no ambiente. Então, não sei por que, eu fechava a cara e começava a deixar as coisas caírem, enfurecida com minha própria inabilidade. Nesses momentos eu aproveitava para os ouvir as conversas entre eles em sua língua nativa, que era muito parecida com a nossa, mas com algumas variantes. Aos poucos, fui aprendendo a participar da conversa no idioma deles. Durante as refeições, quando todos estavam conversando, qualquer que fosse a opinião de Malom sobre um assunto, eu o antagonizava. Noemi e o marido sempre riam um para o outro quando eu fazia isso.

Vez ou outra eu encontrava Lior pela cidade e ele trazia um cesto de comidas para nos sentarmos e conversarmos em algum canto. Ele era um rapaz muito sensato, porém divertido. E um dia me disse algo que me fez ficar sem falar com ele por uma semana. Aquela raiva toda sem motivo que eu sentia pelo caçula de Noemi só podia significar uma coisa: Malom também mexia comigo, por mais que eu não quisesse admitir.

No fundo, meu amigo tinha mesmo razão. Eu dormia naquela casa ouvindo o som da respiração de Malom. Acompanhava a sua rotina de se levantar e esticar a coluna para trás. Eu o via lavando a cabeça com a água do poço depois de um dia de trabalho duro. Servia-lhe a comida. Lavava os tecidos sobre os quais ele dormia e, confesso, às vezes, sem que ninguém visse, aproximava-me da sua cama só para sentir o seu cheiro.

Fora isso, meu rosto ficava em brasas quando ele sorria para mim, assim como no dia em que estávamos todos comendo um cozido maravilhoso, acompanhado de vagens refogadas, saladas, legumes e muito pão, em torno da mesa. Seu Elimeleque falou algo engraçado e eu comecei a rir, sem querer cuspindo vinho pelo nariz. Malom, que segurava um pedaço de pão na frente da boca, abriu um sorriso tão lindo que comecei a tossir no mesmo momento, como uma idiota. E quando ele não me olhava, eu me mexia ainda mais, para que logo me notasse. Meus dias estavam se tornando uma verdadeira provação. Estava começando a ficar difícil disfarçar o meu interesse por ele.

Por fim, chegou o dia do casamento de Orfa e Quiliom. Eu estava ajudando a minha amiga se arrumar na casa dela, preocupada com a possibilidade de encontrar a minha mãe na festa pela primeira vez desde que fui embora. Não que ela tivesse sido convidada, mas não seria a primeira vez que ela invadiria uma cerimônia. Entretanto, Orfa estava uma massa trêmula de nervos. Não parava de falar. Estava me deixando louca de tanto mexer a cabeça enquanto eu tentava arrumar sua trança.

— Faz o favor de ficar quieta! Já é a terceira vez que preciso desfazer e refazer seu cabelo — reclamei.

— Não consigo, amiga. Estou muito nervosa. Mal acredito que dentro de algumas horas serei uma mulher casada. — A noiva batia palminhas.

— Como será um casamento judeu? — devaneei.

— Parece que é bem bonito. Vamos nos casar debaixo de uma tenda linda chamada... — Estalou os dedos para lembrar. — ...rupá! Noemi andou treinando comigo sobre tudo que devo fazer.

— Que bom que seus pais concordaram em fazer a cerimônia judia.

Ela enrugou o nariz rapidamente.

— Eles não conhecem o Deus dos hebreus, mas gostam muito dos meus sogros. Dizem que são pessoas decentes e trabalhadoras e que, por isso, devem servir a um Deus bondoso. Fora que os negócios do seu Elimeleque parecem ir cada vez melhor. Ele prospera a uma velocidade que tem chamado a atenção da cidade... — Olhou para a porta e baixou a voz de tal modo que tive que me aproximar de seu rosto para continuar a ouvir. — Eu soube que alguns moabitas fizeram ofertas ótimas para comprar as terras dele, mas ele não aceitou, deixando-os furiosos. Disse que os campos dele são consagrados ao Senhor. — Fez um sinal de desaprovação com a cabeça e tornou a falar mais alto. Estiquei-me. — Sabia que meu futuro sogro deixa parte da colheita dele caída no chão? Quiliom me disse que eles fazem isso para que os pobres tenham o que comer. Eu achei um desperdício, mas enfim...

Sorri ao ouvir aquilo. Aquela atitude refletia totalmente o modo de vida daquela família.

— E você? — Terminei de amarrar seu cabelo. — Também vai servir ao Deus dos judeus?

Orfa ergueu as sobrancelhas.

— Por mim tanto faz, mas foi uma exigência de Quiliom. E eu quero fazer de tudo para agradar meu marido. — Ela parou de falar e virou-se para mim, em seguida se levantou e me segurou pelos braços, esfuziante. — Não acredito que vamos morar na mesma casa. Seremos como irmãs!

— Bem... — Abaixei o olhar e coloquei o pente dela sobre uma mesa. — Sou mais como uma convidada abusada demais para ir embora. Mas, um dia, terei de ir.

— Não, se se casar com Malom.

Minhas faces esquentaram e cruzei os braços.

— Não vou me casar com ele só para morar naquela casa.

— Como se esse fosse o motivo... — Orfa ajeitou a própria túnica.

Fechei a cara para ela, alargando as narinas. Orfa revirou os olhos.

— Ah, vai, para com isso... — Ela colocou as mãos na cintura. — Todo mundo repara em como você fica perto dele. Não sei por que continua com esse orgulho bobo. Admite logo.

Fiquei parada mirando minha amiga por um segundo, depois suspirei e sentei-me no banco, com os ombros arriados.

— Tudo bem. Pode ser que eu tenha algum interesse por ele.

— Algum? — Ela ergueu uma sobrancelha. — Você parece um furacão quando está perto de Malom, derruba tudo.

Tapei o rosto com as mãos.

— Eu sei. Eu não entendo as minhas reações. Malom me irrita tantas vezes que eu mal posso contar. Ele mastiga de boca aberta, taca caroços de frutas no irmão durante as refeições, ri fazendo barulho com o nariz, tem uma língua afiada e modos muito duros.

— Poréeeeeeem — salientou minha amiga de infância —, ele tem um coração de manteiga. E parece que esse coração está derretidinho por você.

Neste momento, ouvimos três batidinhas na porta.

— Entre — solicitou a noiva.

Com suavidade, Noemi abriu o tranco e apareceu pela brecha.

— Está na hora. — Sorriu com ternura.

Chorei o tempo todo ao longo da cerimônia. Um sacerdote da "tribo de Judá" havia vindo de longe para fazer a celebração, que ocorreu cercada de arbustos de aloendros. Fiquei lembrando do tempo em que éramos só eu e Orfa contra o mundo. Ela havia sido a minha melhor amiga durante toda a vida. A única pessoa com quem eu podia contar. Mas, agora, eu também tinha Noemi, pelo menos por algum tempo.

Durante a festa foram servidos pães, frutas, azeites, vinhos, suco de tâmara e vários tipos de carnes maravilhosas. Como minha alimentação era, em geral, à base de peixe, estranhei no começo, mas, assim que o meu paladar se acostumou, devorei tudo que passou pela minha frente. Adorei especialmente as codornizes. Como resultado, em poucas horas eu estava morrendo de dor de barriga. Por isso, dei uma desculpa qualquer para voltar para casa, onde vomitei em uma vasilha até que consegui me livrar de tudo que queria sair do meu estômago.

Ainda estava tonta e molhando a boca com a água quando ouvi os passos de alguém entrar pela casa.

— Está tudo bem com você?

Ao ouvir a voz, virei para trás e falei com sarcasmo:

— Está tudo ótimo, Malom.

— Sua cara está mesmo ótima. — Ele falou, mas abriu um sorriso zombeteiro.

Estava lindo com sua roupa nova. Vestia uma túnica azul-marinho, aveludada, com uma faixa marrom na cintura, bordada e com fios dourados. Havia ofuscado o noivo o tempo todo durante o casamento. Pelo menos, para mim.

Ao desviar os olhos dele, dei-me conta do meu estado. Apesar de usar um vestido simples feito por Noemi, eu estava descabelada, suada de correr até a casa, e provavelmente pálida após ter vomitado tanto.

— O que você quer aqui? — eu quis saber, sentindo as náuseas voltarem.

Ele abriu os braços, apontando o lugar.

— Essa é a minha casa.

— Ah... — Fiquei ainda mais irritada por não ter o que dizer contra isso. — Fique na sua casa, então. Vou passar mal em outro lugar.

Quando ameacei ir para fora, ele me segurou por um dos braços e me puxou para tão perto dele que pude sentir o seu hálito.

— Por que tem tanta raiva de mim? — inquiriu com os olhos vincados.

Ergui o queixo, começando a tremer.

— Quem disse que tenho raiva de você? Não sinto nada por você. Nada! — gritei a última palavra.

— Pois, para mim, parece que você sente raiva é de si mesma.

Uma linha apareceu entre as minhas sobrancelhas. A proximidade com o seu rosto estava fazendo meu coração espancar as costelas.

— Por que eu sentiria raiva de mim? — Forcei um tom debochado.

Malom deixou a cabeça cair de lado, com um sorriso divertido no rosto, desafiando-me.

— Porque gosta de mim, mas não quer gostar. Porque já foi rejeitada tantas vezes que tem medo de ser rejeitada de novo. Tem medo de dar o seu coração a alguém que possa abandoná-la. Você criou uma redoma em torno de si mesma, Rute. Se quer saber, eu também não me sinto confortável pelo modo como me sinto em relação a você. Uma garota que me distrata o tempo todo. Me ignora. Mas não posso fazer nada sobre isso. Pelo menos, eu não fujo.

O impacto de suas palavras, e da verdade intrínseca que havia nelas, fez-me paralisar. Fiquei contemplando seus olhos negros, decidindo se fugia, batia nele ou se caía no choro. Onde estava Noemi para me salvar daquela situação? Malom me encarava de volta com uma intensidade penetrante. Já não sorria mais. De repente, nossas expressões foram mudando, suavizando, e eu já não sabia mais se queria sair dali. Abriu-se uma pequena fenda em meu coração, o vislumbre de um sentimento inesperado que eu evitava havia muito tempo. Vi a confusão de sentimentos nos olhos de Malom, assim como ele deve ter visto nos meus.

Saímos do encantamento ao ouvir os passos de Quiliom aproximando-se da casa e chamando pelo irmão. Malom teve um momento de consciência sobre as liberdades que havia tomado comigo e soltou o meu braço.

— Desculpe — pediu em voz baixa e passou as mãos pelos cabelos. — Isso foi inapropriado.

O noivo do dia chegou até nós cedo demais. Quando nos encontrou sozinhos na cozinha, observou a cena por um par de segundos. Em seguida, sorriu de modo matreiro para o irmão mais novo.

— Estava lhe procurando para tomarmos um vinho especial — comentou com ironia. — Mas, pelo visto, está mais especial aqui dentro.

Se meus cabelos não fossem negros, teriam enrubescido como o resto do meu corpo.

— Não seja grosseiro! Ela estava passando mal. — Malom chamou-lhe a atenção. — Mais respeito com a Rute. Ela agora é como se fosse uma irmã.

Olhei para ele, perturbada. Irmã? Que tipo de afirmação era aquela depois do que passamos poucos segundos antes?

— Não sou sua irmã. — Pensei alto demais. No mesmo segundo, ambos me encararam com perplexidade e eu quis me enfiar em um buraco na terra. — Sou serva da sua mãe — tentei consertar.

— Pois eu acho que deveria ser algo mais. — Quiliom abriu o sorriso. — Tem muita gente torcendo por isso. Venham, vamos dançar. A noite ainda é uma criança. — E puxou Malom, que olhou para trás enquanto estava sendo arrastado, a tempo de me abrir um sorriso convencido.

Rendida, assim que melhorei voltei para a festa. Dancei a noite toda com Orfa. Tudo compelia para melhorar meu humor: as pessoas alegres em roda, o cheiro de comida assada e as faíscas das tochas que flutuavam pelo lugar, tornando o cenário mágico. Até que, a certa altura, minha amiga foi chamada a se retirar com o noivo para consumar as suas obrigações matrimoniais. Eu estava exausta e feliz, havia tempo não me divertia tanto.

Ao voltar para casa de Noemi, o episódio entre mim e

Malom na cozinha não saía da minha cabeça. Minhas emoções estavam em rebuliço e eu não sabia o que fazer a respeito dos meus sentimentos por ele. Geralmente, Orfa que era mais dada a esse tipo de paixões ingovernáveis. Era tudo novidade para mim. Eu estava com medo e tinha vergonha de me aconselhar com Noemi sobre o filho dela. Precisava decidir sozinha que rumo tomar.

Pensava nisso quando ouvi a doce voz da dona da casa me chamar da área onde ficava o forno de lenha. Levantei-me de meu pequeno quarto e fui até lá, arrastando-me descalça pelo piso poeirento. Meus pés estavam doloridos de tanto pular e dançar. Quando cheguei, senti um mal-estar instantâneo na boca do estômago e meu coração quase saiu pela boca.

— Mãe?

Eu mal podia acreditar que Saidi estava ali, ao lado de Noemi. Eu havia sido muito habilidosa em me esquivar dela durante a festa. Até estranhei que minha mãe não tivesse vindo me perturbar. Por que raios ela havia vindo me encontrar agora?

— Sua mãe gostaria de conversar com você — Noemi anunciou com um sorriso intermediador.

Pela primeira vez olhei contrariada para a senhora que tanto amava.

— Por que fez isso? Por que trouxe essa mulher aqui? Sabe o que ela fez comigo durante todos esses anos...

Com muita calma, Noemi veio até mim e passou um braço pelos meus ombros.

— Calma, querida. Ela me procurou porque queria saber de você. Só quer saber como está.

— Ela nunca quis. Por que gostaria de saber agora? — Mirei minha mãe, que teatralizava uma expressão de arrependimento tão bem orquestrada que quase me iludiu. — Aposto que, quando soube que haveria um casamento nesta casa, pensou que fosse meu. Deve ter pensado que eu ia me dar bem em cima de uma família com posses e veio se aproveitar. Não foi isso? É por isso que está bancando a mãe arrependida? Fala! — Dei um passo furioso até ela.

— Eu sinto saudades suas — sussurrou de volta, com a maior cara de pau, recuando de modo inofensivo.

— Saudades de quê? De eu lavar suas roupas? — Comecei a capitular com os dedos. — De fazer a sua comida? De eu arrumar a casa? De me bater?

Dona Saidi levou um lenço ao rosto e começou a chorar, sacudindo os ombros. Contorci a face de nojo pela sua atuação. Em seguida, secou os olhos e assumiu uma postura resignada, esticando a coluna e cruzando as mãos na frente do corpo. Estreitei os cílios para ela. Não confiava em seus sentimentos, sabia que sua alma era negra como breu.

— Vá embora! — pedi, lívida de raiva. A presença de alguém como ela naquela casa me dava arrepios. — Vá embora e não volte mais. — Voltei correndo para o meu cômodo.

Minutos depois, eu estava abraçando os joelhos e chorando com os olhos pressionados sobre eles quando Noemi abriu a minha cortina. Devagar, ela veio para perto de mim e sentou-se à minha frente.

— Rute... — Tocou a minha cabeça por trás. — Eu sei que

isso tudo é muito difícil para você. Sei que seu coração está machucado por tudo que aconteceu. Mas, para seguir em frente com sua vida, você precisa perdoar a sua mãe.

Balancei a cabeça para os lados, sem tirar a face dos joelhos.

— Eu não consigo. Não consigo e não quero. Ela não merece.

Noemi deu um suspiro profundo.

— Independente de ela merecer ou não, você deve fazer isso por si mesma. Para libertar o seu coração.

— Eu jamais vou conseguir esquecer tudo que ela me fez — afirmei entredentes.

— É claro que não. Você não tem como apagar o passado, mas tampouco deve ficar presa a ele. O perdão é um mandamento do Senhor. E sabe por que Ele nos ordenou a fazer isso? Para o nosso próprio bem. O perdão vai lhe ajudar a lembrar do passado, sem dor. Ou seja, é um benefício para você, acima de tudo. Você acha que, depois de tudo que passou, ainda merece ficar presa a esse sentimento destrutivo?

Enxuguei os olhos com o antebraço e mirei a face de Noemi. Como ela conseguia fazer isso? Incrivelmente, compreendi a lógica em suas palavras. Ela estava certa. Se alguém merecia sofrer naquela relação tortuosa que eu tinha com a minha mãe, com certeza não era eu.

— Eu vou tentar — prometi, enxugando os olhos. Passaram-se alguns segundos até que eu falasse de novo, envergonhada por meu ataque de raiva irrefletida: — Desculpe por ter falado daquele jeito com a senhora. Eu fui muito rude. Sei que só queria me ajudar.

Minha amiga sorriu.

— Eu lhe perdoo. — Ela beijou minha bochecha direita. — Viu? Não foi tão difícil para mim.

Sorri de volta, mas logo meus olhos ficaram úmidos outra vez. Noemi era tudo o que eu gostaria de ser. A expressão da bondade, da paciência, da mansidão...

— Eu queria que você fosse minha mãe — revelei com sinceridade.

Os olhos dela se enterneceram ao ouvir aquilo. Em seguida, Noemi apertou uma das minhas mãos e aqueceu o meu coração ao dizer:

— Eu já lhe amo como se fosse minha filha.

Capítulo 7

Portanto, aconselho que se desfrute o melhor que a vida pode proporcionar, porquanto debaixo do sol não existe nada mais feliz para o ser humano do que simplesmente: comer, beber e alegrar-se. Essa felicidade nos ajudará a superar os dias difíceis dias de trabalho durante todo tempo de vida que Deus nos conceder debaixo do sol.

(Eclesiastes 8:15)

Apenas seis meses depois do casamento de minha melhor amiga, eu estava debaixo da Rupá. Malom havia me pedido em casamento passados dois meses da cerimônia do irmão, quando afinal tomou coragem de se declarar. E eu, após empurrá-lo para cair sentado em um balde pelo descaramento de me fazer a proposta — e raiva por ter demorado tanto —, pulei no pescoço dele em seguida, dizendo bem alto que "sim".

A euforia da família foi geral, pois todos já torciam por isso. Minha mãe ficou sabendo da novidade e pediu para ajudar nos preparativos. Incentivada por Noemi, acabei permitindo, embora a presença dela perto de minha nova família sempre me deixasse desconfortável. Eu tinha medo de que Saidi tentasse tirar proveito deles de alguma forma, então ficava atenta para defendê-los, se fosse preciso.

No dia do casamento Noemi estava tão emocionada que precisou tomar vários chás de ervas calmantes para conseguir me ajudar.

— Nunca vi uma noiva tão radiante! — Ela uniu as mãos na frente da boca ao me ver com a túnica bege, de mangas curtas e com flores aplicadas abaixo do busto, que havia costurado para mim. — Meu filho é um rapaz de sorte.

Em silêncio, Orfa apenas mirou nós duas e de repente saiu do cômodo.

Meu casamento com Malom foi o dia mais feliz da minha vida. O céu estava pintado do mais brilhante azul e a mão do meu noivo na minha estava tão quente quanto a minha face ruborizada. Meu coração estava inchado de alegria. Nunca havíamos sequer nos beijado, pois Noemi aumentou a vigilância dez vezes mais sobre nós depois que ficamos noivos. Fora isso, meu futuro marido era sempre muito respeitoso comigo, embora eu percebesse que me olhava com ansiedade. Já éramos amigos, ríamos juntos, conhecíamos nossas dores, nossas manias e agora estávamos ambos animados para nos tornarmos marido e mulher. Nosso primeiro beijo não passou de um encostar de lábios na frente dos convidados, mas foi o suficiente para selar o amor que eu já sentia por ele.

Durante a festa, ao longe, vi que Lior nos observava e sorria para mim. Acenei discretamente para ele, sorrindo de volta. Eu não o havia convidado, pois as nossas famílias não eram próximas e o pai dele não gostava dos judeus. Contudo, éramos amigos. E ambos sabíamos que, dali para a frente, não poderíamos mais nos encontrar com tanta frequência. Afinal, agora eu seria uma mulher casada e não ficaria bem conversar com outro homem que não fosse da família em público. Meus olhos umedeceram quando o vi colocar uma pequena cesta de alimentos no chão para mim. Em seguida deu um tchauzinho e desapareceu no meio da plantação.

O tempo passou rápido nas primeiras semanas. Malom havia construído uma casinha para nós a metros da casa de seus pais, pois queria que tivéssemos privacidade. Seu rendimento era suficiente para manter uma vida boa e modesta. Orfa e Quiliom ainda viviam na casa dos meus sogros.

Minha amiga andava esquisita, não falava direito comigo e nem ajudava nas tarefas de casa. Todos comíamos juntos na cozinha da casa maior. Por isso, havia sempre muito o que fazer. Porém, por mais que eu e Noemi sempre a convidássemos para participar dos afazeres domésticos, ela preferia assistir suas unhas crescerem deitada no quarto.

Certa noite eu me surpreendi quando tinha acabado de dispor os pratos de barro na mesa de jantar e minha amiga chegou, saltitante, e se sentou com um sorriso imenso no rosto. Feliz por finalmente vê-la tão bem e tentei puxar assunto:

— Pelo visto, seu dia foi bom. Está corada e radiante.

— Foi mesmo. — Ela beliscou um pedaço de pão e riu para si mesma, como se guardasse um delicioso segredo. — E logo você saberá o porquê.

Antes que eu perguntasse mais alguma coisa, minha sogra entrou na cozinha carregando um grande cesto com mantimentos.

— Rute, querida, me desculpe. Eu acabei me demorando nas compras na cidade. Deixei todo esse serviço para você.

Sorri e ajudei-a com o cesto que pendia de sua mão.

— Não se preocupe, minha sogra, já está tudo adiantado. E a senhora devia me esperar para fazer essa tarefa. Isso aqui está muito pesado para carregar sozinha.

Noemi fez um aceno com a mão.

— Eu ainda sou forte, embora minha coluna venha dando alguns sinais de cansaço. Olhe... — Tirou um pano de cima dos alimentos, com um imenso sorriso no rosto. — Comprei esse bolo de amêndoas no mercado. Acabado de sair.

Dei risada do tamanho diminuto do bolo.

— Minha sogra, ele cabe na palma da minha mão. Não vai dar para todo mundo.

Ela sorriu para mim.

— Mas não é para todo mundo, é para o meu marido. Elimeleque ama amêndoas. Se eu deixasse, ele comeria um balde inteiro. Descobri esse vendedor de bolos quase vinte anos atrás e sempre trago para ele. O cheiro é divino, veja só — Ela inspirou e fechou os olhos, sem me deixar fazer o mesmo. Estava claro que *ela* era apaixonada pelo bolo. — Uma vez comi um pedacinho, é espetacular. Mas não é muito barato, por isso prefiro dar tudo a Elimeleque. Ele chega bem cansado da plantação. — Ela baixou a voz. —- É nesses pequenos detalhes que mantemos os nossos homens apaixonados. — Piscou.

Orfa deu um risinho debochado e colocou uma uva na boca, mas eu achei linda aquela pequena demonstração de amor. Fiquei pensando no que eu poderia fazer para manter Malom ainda mais satisfeito comigo.

Pouco tempo depois, todos foram chegando, lavando as mãos e se acomodando em torno da mesa, sentando-se em suas finas almofadas. Seu Elimeleque observou o bolo no canto da cozinha e deu uma risadinha. Noemi estava dispondo o resto dos pratos na mesa e não viu quando ele se abaixou e falou ao pé do meu ouvido.

— Dou-lhe uma caneca do meu melhor vinho se derrubar aquele bolo no chão.

Eu o encarei, com uma ruga entre as sobrancelhas.

— Pensei que o senhor gostasse do bolo...

Ele fez uma careta engraçada.

— Há vinte anos como isso para agradar a Noemi. A primeira vez que ela comprou chegou tão empolgada para me dar que não pude decepcioná-la. Desde então, venho fazendo esse sacrifício. Eu amo amêndoas, mas só elas puras. Esse bolo me dá enjoo. — Ele riu e se acomodou ao meu lado, mas antes deu um beijinho no topo da cabeça da esposa.

Só pude rir com aquela cena. Manter um casamento saudável parecia mesmo uma coisa complexa.

Seu Elimeleque fez a oração de graças e logo começamos a comer.

— Eita! Esse seu caldo está delicioso — ele elogiou.

— Obrigada, meu sogro. A sobremesa do senhor é um presente da minha sogra.

Ele segurou a risada, depois olhou para a esposa, que sorriu ao ouvir:

— Muito obrigada, querida. Você é sempre muito atenciosa comigo.

— Sabe — tentei soar despretensiosa —, esse bolo parece mesmo muito bom. Acho que, só por hoje, poderia dividi-lo com a minha sogra. Ela merece, depois de tantos anos trazendo-o para o senhor.

— Eu acho uma ótima ideia — ele disse, piscando para mim. — Aliás... — Virou-se para a esposa. — Vou fazer ainda melhor. Hoje o bolo será todo seu, pelos anos que fui beneficiado por esse carinho.

— Ah, não... — Noemi pôs uma mão no peito. — Mas eu comprei para o meu marido. Sei que fica feliz quando eu o trago.

Elimeleque aproximou-se da cabeça da esposa e beijou sua face.

— Pois hoje nada me fará mais feliz do que ver você desfrutar dessa iguaria.

Minha sogra ficou vermelha e sorriu.

— Se você insiste...

Eu e meu sogro trocamos uma risadinha cúmplice. Depois, ele me fez um imperceptível agradecimento com a cabeça.

— Esta comida está mesmo maravilhosa. — Beijou-me Malom. — Eu tenho muita sorte de ter uma esposa tão cheia de dons.

— Prendada e inteligente — emendou Noemi. — Acredita que ontem Rute foi comigo na banca do padeiro e estava lendo para mim? O dedinho dela não parava de correr da direita para esquerda por cima das tábuas de argila, onde estavam escritos os tipos de mercadorias.

Os olhos de todos se voltaram para mim, curiosos.

— Eu sei pouca coisa. — Enrubesci. — Aprendi um pouco com um comerciante quando era pequena. Ele tinha simpatia por mim e, quando a venda estava fraca, ele ficava entediado e me ensinava a ler algumas coisas. Em troca, eu cuidava da barraca quando ele queria sair. Mas logo a família dele foi embora de Kir, então nunca mais ninguém me ensinou nada.

— Isso é mesmo um prodígio. Eu nunca conheci uma mulher que soubesse ler, a não ser que fosse do palácio. — Elimeleque se serviu de mais uma porção de caldo. — Isso aqui está mesmo muito bom. Só não está tão bom quanto o guisado que a minha pombinha prepara.

— Oh, deixe disso... — Noemi riu, mas depois limpou com carinho um pouco de caldo da barba dele. Eram visivelmente apaixonados um pelo outro, mesmo após tantos anos de casados. Em seguida, virou-se outra vez para mim. — Algum dia eu vou pedir para você me ensinar um pouco do que sabe. Sempre quis aprender a ler. Uma vez, segurei um pergaminho nas mãos. Adoraria saber o que havia escrito.

— U-hum... — pigarreou Orfa, alto e bom som, chamando a atenção de todos. — Agora que acabamos com as bajulações, tenho uma surpresa para vocês.

Todos na mesa nos entreolhamos, constrangidos com o comentário ácido. Às vezes, eu não reconhecia aquela minha amiga meiga na cunhada do meu marido.

— Bom — ela continuou —, é com grande alegria que posso anunciar a expansão da nossa família. Quiliom — Voltou o corpo para o marido, que a mirava de boca aberta —, nossas preocupações foram inúteis. Não há nada de errado comigo. Em poucos meses vou lhe dar um herdeiro.

— O quê? — Noemi levou as duas mãos a boca e eu fiz o mesmo. — Isso é verdade?

— É, minha sogra.

— Glória a Deus! — Noemi ergueu as mãos para o céu e começou a louvar ao Senhor.

Todos ficamos de pé e comemoramos a maravilhosa notícia. *Então, era isso*, pensei aliviada, *Orfa estava preocupada por não estar engravidando, por isso andava tão distante de mim.* Ela só tinha oito meses de casada e não deveria ter se cobrado daquela maneira.

Quiliom ficou tão alegre com a novidade que beijou-lhe a barriga e começou a chorar. Sorri para eles e em seguida para Malom, que apertou minha mão e tornou a mirar o irmão abraçado à cunhada, imerso em pensamentos. Fiquei imaginando se ele já nutria essas mesmas expectativas. E também fiquei bastante amedrontada com essa possibilidade.

Estávamos prestes a completar dois meses de casados e eu mal havia me acostumado à ideia de fazer sexo. Minha primeira vez com ele havia sido muito esquisita, além de dolorida. Agarrei com firmeza em seus ombros, fechei os olhos e estranhei a sensação de desconforto.

Ele é meu marido, eu sou dele, isso é apropriado, eu ficava repetindo para mim mesma.

Pelo menos eu o amava e, quando acabava, gostava de deitar-me em seu peito e dormir ali pelo resto da noite. Na minha cabeça, porém, após passar tantas noites da minha infância ouvindo ruídos indecorosos da minha mãe, eu ainda não concebia a ideia de que aquele ato poderia ser lícito, puro ou um presente de Deus para o casal, como Noemi conversara comigo na noite anterior ao meu casamento.

Eu ainda não havia me aberto com ninguém sobre esse assunto tão delicado, embora desconfiasse que meu marido sabia que aqueles momentos não eram tão apreciados por mim. Eu acreditava que, com o tempo, tudo se ajustaria. No momento, sexo era meramente um dever a ser cumprido por um pacto selado entre nós, irrevogável.

Como, pois, eu poderia pensar em ter um filho? Eram muitas as novidades todos os dias. Eu precisava de mais tempo para me acostumar a ser a esposa submissa e produtiva que desejava ser. Noemi era a minha mentora, paciente e bondosa.

Eu engolia seus ensinamentos, não somente sobre as tarefas domésticas, mas também sobre a sua fé.

As coisas que eu havia escutado antes sobre os deuses moabitas só haviam feito cócegas em minhas orelhas. Eu nunca havia visto muito sentido em me curvar a ídolos de pedra, feito por mãos humanas. Agora, contudo, eu estava com sede de aprender mais sobre o Deus dos judeus. Um Deus que havia criado o Céu e a Terra em sete dias, que havia aberto o Mar Vermelho para os israelitas passarem, que operava maravilhas pelo cuidado com o seu povo. Um Deus presente, valente, protetor... Eu tinha muita sorte de ter uma pessoa como minha sogra para me falar mais sobre Ele, mesmo que nem sempre eu conseguisse abrir a minha intimidade e problemas para ela.

Excitado com a novidade do neto, meu sogro pegou sua harpa e começou a cantar hinos, que minha sogra me explicou serem salmos de alegria. Quando se desligou do abraço do marido, Orfa olhou para mim com aquele sorriso que eu bem conhecia e, enfim, senti-me reconectada à minha melhor amiga. Abraçamos uma à outra bem apertado e desejei que ela fosse muito feliz com a chegada daquela criança.

Porém, apesar de estar sempre rodeada pelo nosso amor, sua felicidade não duraria muito tempo.

Capítulo 8

Todavia, quando o medo me atacar, confiarei em Ti.

(Salmo 56:3,4)

Um ano depois do meu casamento eu estava sentada perto de uma fonte retirando água para fazer o almoço. O zumbido de um riacho corria ali perto e eu tentava desfrutar do prazer que aquele som me proporcionava. O clima em casa estava terrivelmente pesado, pois minha melhor amiga havia abortado o terceiro filho havia menos de uma semana. A cada aborto espontâneo sua energia parecia se diluir. Orfa estava desaparecendo em sua apatia.

De minha parte, a angústia pela ausência de um herdeiro também me consumia a cada manhã. Eu não mostrava nenhum sinal de fecundidade. Minhas relações íntimas com Malom já havia melhorado, mas minhas regras vinham religiosamente a cada mês. Meu marido não tocava nesse assunto comigo, talvez por ver o quanto o irmão e a esposa sofriam a cada gravidez frustrada que tinham. Mas será que algum dia eu iria engravidar? Aquela dúvida era como uma peste corroendo a minha alma.

Estava sendo horrível assistir Orfa definhar e tornar-se uma mulher depressiva e doente. Confesso que, em alguns dias, fiquei aliviada de ela não ter-se juntado a nós durante as refeições. No momento, um dos meus maiores temores era me tornar alguém como ela, caso eu não pudesse conceber. Sua imagem derrotada parecia refletir o meu futuro inevitável. Mesmo assim, por diversas vezes tentei animá-la, puxando conversas frívolas para tentar tirar sua mente daquele nevoeiro de dor. Porém, nas poucas vezes em que ela perguntava alguma coisa a meu respeito, tão logo eu tentasse mencionar, Orfa se lembrava de outra lamúria para despejar sobre mim. Era muito cansativo. Eu sempre tentava ouvi-la, demonstrando compaixão, mas, com o tempo, ela começou a se tornar agressiva. Dizia que eu havia me metido entre ela e a sogra desde o começo, roubando o seu amor e admiração. Que se sentia sozinha e desprezada naquela casa, por isso perdia os bebês.

Cheguei a me sentir culpada durante algum tempo, no entanto Malom me alertou para a má atitude dela desde o princípio. Orfa não nos ajudava nas tarefas de casa, não procurava ser útil, não era agradável... Era difícil entrosar uma pessoa quando ela mesma fazia questão de se excluir do convívio, como uma gata arisca. De todo modo, ainda que ela tivesse se tornado uma mulher voluntariosa e egoísta, eu ainda a amava como a uma irmã e tinha medo de que ela estivesse tendo pensamentos suicidas, por isso me mantinha por perto, monitorando-a.

Entretanto, foi por mero acaso que, naquela noite, passadas algumas horas depois do jantar, avistei-a saindo de casa através da minha janela. Noemi estava fora, visitando uma prima que estava doente e cujo marido estava viajando. Atrás da casa maior, meu marido e o irmão tomavam vinho quente em volta da fogueira com outros trabalhadores, planejando a festa da Páscoa, que seria dentro de uma semana. Seu Elimeleque, que estava exausto após um dia de trabalho, permitiu que eu lhe servisse um chá de ervas e agora já estava dormindo. Espremi os olhos ao avistar Orfa, coberta por uma capa marrom, saindo pela porta da frente em direção ao centro da cidade.

Segurei a respiração. O que ela estava fazendo saindo àquela hora da noite? Para onde iria? Seu marido sabia disso? Pelo modo como minha amiga olhou para trás, com o queixo encostando firmemente nos ombros e os olhos arregalados, me pareceu que queria ter certeza de que não estava sendo seguida.

Senti um aperto no coração. Não sabia o que fazer. Deveria ir atrás daquela insensata? Se Malom soubesse de minhas intenções, com certeza não permitiria. Contudo, algo me dizia que Orfa poderia colocar-se em perigo. E, se seu marido soubesse que ela havia saído sozinha ao escurecer, poderia causar um grande estrago em seu casamento, que já capengava pela falta de filhos. Seria um escândalo. Sendo assim, tomei uma decisão imprudente e fiz o mesmo: vesti a capa mais longa que tínhamos, cobrindo a minha cabeça, e saí atrás dela.

Era tarde, portanto muitos cidadãos daquela parte da

cidade já haviam se recolhido. Porém, conforme eu ia me aproximando do centro, observei alguns comerciantes que recebiam produtos de mercadores estrangeiros para expor no dia seguinte. Orfa se desviava de todos os obstáculos, pessoas, carroças e mantimentos, caminhando determinada em direção a uma zona que eu evitava a todo custo quando era criança. O lugar obscuro era de onde vinham gritos de sacrifícios humanos, além de um antro de devassidão. Enrolei mais a capa em torno do corpo, engoli a saliva e continuei seguindo-a. Eu agora já era uma adulta e não podia permitir que meus medos infantis me dominassem.

O burburinho de conversas de beco foi aumentando, alguns me pegando de surpresa, como o de uma gargalhada espalhafatosa vindo de um canto escuro. Acelerando o passo, passei por uma rua estreita e cheia de moscas que voavam em cima de poças, formadas por restos de comida. O lugar fedia terrivelmente. Eu estava prestes a gritar o nome de Orfa, por querer voltar o mais rápido possível para casa, quando vi sua silhueta virar à direita. Dei uma corridinha e, quando virei atrás dela, esbarrei em um homem que deixou um copo de barro cair no chão, molhando-me ligeiramente com sua bebida.

— Ei! — O bafo de álcool me atingiu como um golpe.

— Desculpe, senhor. — Recuei dois passos para trás e levei o dorso da mão automaticamente ao nariz.

O velho de barba branca e parcialmente careca parou e me analisou por alguns segundos. Depois coçou os cabelos sebosos da lateral da cabeça e colocou os dedos cobertos de poeira na cintura, sujando ainda mais sua túnica puída. Em seguida, abriu um sorriso maquiavélico, que revelou a falta de três dentes da frente.

— O que uma belezinha como você está fazendo aqui depois do pôr do sol? — especulou, enquanto tombava levemente para o lado direito, como uma torre que cai. — Buscando diversão?

— Eu, eu... eu preciso ir. — Desviei-me dele o mais rápido possível e fui ao encalço da minha amiga.

Após cambalear por mais alguns metros de lama, cobrindo o nariz com a capa, percebi que havia perdido Orfa de vista. Olhei para a direita e vi uma ruela onde, através da penumbra, observei a sombra de um casal tendo relações, encostados à parede. Meu rosto ficou quente e fechei os olhos. Depois espiei-os de novo, não movida por algum tipo de curiosidade pérfida, mas apenas para tentar ver se era a minha amiga que estava ali. Para o meu alívio, a mulher parecia ser bem mais alta do que Orfa. Mirei à minha esquerda. Um túnel de pedras e cheio de tochas, vazio, me guiava para outra parte do pátio. Eu podia ouvir o barulho de vários homens vindo de lá. O cheiro de fezes, chorume, bebida e fumaça estava me deixando nauseada.

Eu não sabia o que fazer. Ainda estava indecisa e pedindo a ajuda do Deus de Noemi para decidir como agir quando ouvi um barulho súbito perto de um cesto de palha, a dois passos de mim. Meu coração acelerou as batidas. Então, uma ratazana passou correndo em direção a um buraco da parede. Meus batimentos mal haviam se acalmado quando mais um casal apareceu de mãos dadas, dando risadinhas. Era um negociante estrangeiro e uma meretriz, conhecida de minha mãe. Eles se uniram ao outro casal, que ainda tinha intimidades na ruela, e eu decidi que por ali eu não iria passar de jeito nenhum.

Tentei fechar a mente para a orgia ao redor, que agredia a minha alma, e enfrentei o túnel à esquerda. Quando terminei de atravessá-lo, a luz foi como um soco em meu rosto. Precisei ajustar os olhos e fiz uma careta.

Segurando uma grande tocha, um homem iluminava uma briga que estava acontecendo entre dois moabitas. À volta deles, a multidão gritava selvagemente. Tentei passar despercebida ao redor dos espectadores, mas alguém segurou o meu braço, assustando-me, e me virei para ver quem era.

— Rute, o que está fazendo aqui?

Fiquei aliviada quando vi que era Lior, suado e com a pele rosada, provavelmente espremido pela multidão.

— Não posso explicar agora, preciso encontrar a Orfa — avisei.

— Venha, eu vi uma mulher passar por aqui. — Ele segurou minha mão e me guiou para fora do tumulto.

Meu coração deu um salto quando avistei minha amiga ao longe, acompanhada por outra mulher, entrando por uma passagem que imitava uma porta. composta por dois pedaços de tecido caídos.

— Obrigada Lior, eu sigo sozinha daqui.

— Se precisar de alguém para acompanhá-las até em casa, me avise — ele ofereceu.

— Obrigada, meu amigo. — Acenei com a cabeça e segui ambas o mais rápido que pude.

Entrei na tenda atrás delas e quase não pude acreditar no que meus olhos contemplaram no interior. Havia um altar com várias imagens de deuses moabitas e Moloque estava no centro. Às lágrimas, minha amiga estava parada em frente à escultura de Ishtar, deusa da fertilidade. Segurava um bolo para oferenda nas mãos enquanto sua companheira queimava incenso em honra à deusa a ser adorada e entoava uma canção:

— Ishtar, rainha dos céus, aceite as nossas libações...

Em um impulso corri até Orfa e derrubei o bolo no chão, que se desfez em vários pedaços. Com os olhos cheios de lágrimas, encarei-a, espantada com a sua perfídia. Ela arregalou os olhos para mim e depois se encolheu. Não era possível que não tivesse aprendido nada sobre o Deus dos hebreus com a nossa família! Ele abominava esse tipo de traição! Aquilo seria uma vergonha sem tamanho para o seu marido.

— O que pensa que está fazendo? — gritei.

Orfa ajoelhou-se aos meus pés.

— Me perdoe. Por favor, não conte nada para ele...

Puxei o seu queixo para mim.

— Não é a mim que você deve pedir perdão, e sim ao seu marido. E principalmente a Deus.

— A menina não devia ter interrompido a cerimônia

dessa maneira — interrompeu-nos a senhora que a acompanhava. Suas vestes negras, unhas grandes e pele desgastada me deram arrepios. — Vai atrair a ira de Ishtar.

— Eu não me importo com isso. — Não a encarei e puxei Orfa pelo braço. — Venha, levante-se. Vamos sair daqui. — Levei-a para fora daquela tenda.

Chorando, ela permitiu-se ser guiada por mim até estarmos bem longe daquela casa. Caminhamos em silêncio, a passos acelerados. Eu estava furiosa com o seu ato impensado. Se eu não a tivesse impedido, traria maldição para a nossa casa.

Quando já atravessávamos o pátio principal da cidade, Orfa se deteve e me chamou pelo nome.

— Rute...

Respirei fundo e virei-me para ela. Seus olhos vermelhos não me comoveram.

— Por favor, por favor, não conte nada para Quiliom... — implorou. — Ele já vem pensando em arrumar uma nova esposa, que lhe dê filhos. Se ele descobrir o que fiz, será o meu fim.

Senti a raiva abrandar com aquela informação. Eu não sabia que meu cunhado estava pensando em arrumar uma segunda esposa. Embora isso fosse aceito entre nós, não significava que a mulher ficasse feliz em dividir o marido com outra, principalmente se ela mesma fosse infértil. Devia ser sendo muito duro para Orfa, que já se martirizava por não conseguir desfrutar da maternidade. Para os judeus, os filhos eram herança do Senhor. Mirei minha amiga, fraca e vulnerável, e por fim a abracei. Ela se derreteu em meus braços, começando a soluçar.

— O que você fez foi muito perigoso, Orfa. Poderia ter trazido maldições para nossas vidas.

— Eu sei. — Ela se afastou e enxugou o nariz. — Mas eu estava tão fora de mim, tão desesperada...

— Você deve clamar ao Deus dos hebreus por um filho, é Ele quem abençoa o seu povo, e agora fazemos parte dele. Lembre-se da história de Sara, mulher de Abraão. Deus abriu sua madre quando já era uma senhora de idade.

— Mas eu não quero esperar até lá. — Orfa se contorceu como uma menina pequena. — Quiliom vai se livrar de mim e arrumar uma esposa frutífera, que encha a sua tenda de crianças. E eu viverei para sempre sozinha naquela casa, desprezada como uma serva.

Analisei suas palavras. Em nenhum momento ela havia pensado em clamar ao Senhor por um filho? Era triste para mim ver que Orfa tinha mais fé no poder de um deus de pedra moabita do que no Deus de Israel, que já tinha operado tantas maravilhas. Ela simplesmente não se interessava pelos ensinamentos de nossos sogros. Ainda estava agarrada aos deuses de seus pais. Eu, por outro lado, estava cada vez mais longe deles. Amava quando seu Elimeleque reunia a família em sua casa, aos sábados, para contar os feitos maravilhosos de Deus. Eu não compreendia por que aquelas histórias, que estavam mudando o meu coração, não faziam nenhum efeito na minha amiga. Ouvíamos em casa sobre o mesmo Criador, o mesmo poder.

Certa vez, questionei minha sogra sobre isso e Noemi disse: "As pessoas têm que abrir a porta do coração para deixar Deus entrar. Nós apenas plantamos a semente e, no tempo certo, se Orfa permitir, Ele amaciará o seu coração."

Lembrando-me dessas palavras apertei os lábios e enxuguei suas lágrimas.

— Seu marido ama você — afirmei com voz suave. — Tenha mais fé no seu amor. Quiliom jamais lhe deixaria de lado.

— Rute! — Ouvi um grito atrás de mim.

Paralisei e fechei os olhos. Eu conhecia aquela voz, era do meu marido. Virei-me e abaixei a cabeça, com os ombros retesados.

Malom chegou correndo até mim, seguido pelo irmão. Ambos pareciam ofegantes.

— O que vocês duas estão fazendo aqui? Perderam o juízo?

Eu pensava em uma desculpa para dar quando Orfa se antecipou.

— É tudo minha culpa. Eu tive um pesadelo com a minha mãe e resolvi vir até a cidade procurá-la. Acordei muito atordoada. Rute apenas me viu saindo e veio atrás de mim, para tentar me trazer de volta.

Malom estreitou os olhos e mirou meu rosto. Eu apertava as duas mãos suadas e entrelaçadas na frente do corpo.

— Foi isso mesmo que aconteceu? — ele inquiriu.

Baixei os olhos mais uma vez. Não queria mentir para ele.

— Isso foi muito perigoso. — Quiliom ralhou conosco. — Duas mulheres sozinhas aqui na cidade a uma hora dessas... O que vão pensar da nossa família?

Inclinei-me respeitosamente para Malom.

— Perdoe-me se o assustei, meu marido. Isso não vai se repetir — prometi.

Ele ainda me mirava com uma ruga entre as sobrancelhas quando um de nossos trabalhadores veio correndo, gritando em nossa direção. Sua expressão parecia apavorada. Foi como se um vento frio percorresse sobre mim.

— Fogo! — conseguimos ouvir quando ele chegava mais perto — Fogo!

Malom e Quiliom se entreolharam, depois correram até ele e o seguraram pelo braço.

— Onde é o incêndio? Em qual dos nossos campos? — Malom quis saber.

O jovem rapaz balançou a cabeça para os lados, esbaforido.

— Em nenhum deles, meu senhor. A casa. O incêndio é na casa do vosso pai.

Capítulo 9

Mas você, Senhor, não fique longe de mim. Você é a minha força, venha rapidamente me ajudar...

(Salmo 22:19)

Jamais poderei descrever com precisão o pesadelo que foram as horas seguintes. Após corrermos para casa, avistamos vários trabalhadores se movendo em equipe para tentar apagar as chamas. Jarros iam e vinham em uma velocidade vertiginosa. As labaredas altíssimas impediam qualquer um que tentasse se aproximar. Quando Malom soube que o pai estava lá dentro, desesperou-se e precisou ser segurando por vários homens para não adentrar o fogaréu. Quiliom, mais prático, corria para ajudar os demais.

Toda vizinhança trouxe vasos e a notícia chegou até minha sogra. Mal posso recordar sua expressão quando chegou perto da residência. Ao ver a calamidade, Noemi deu um passo para trás e colocou uma mão sobre o peito. Seu rosto, iluminado pela luz da queimada, refletia puro horror. Corri até ela e segurei-a, para que não desfalecesse. Em seguida acompanhei-a quando se colocou de joelhos e prostrou o rosto na terra, clamando pela vida do marido. Tudo à minha volta parecia um borrão envolvido em fumaça. Era como um pesadelo.

Horas depois, já ao amanhecer, quando finalmente controlaram o incêndio e trouxeram o corpo carbonizado do meu sogro para fora, o som cortante do choro de Noemi atravessou o coração de todos à volta, e isso tornou-se demais para a minha mente entorpecida. Senti minhas pernas enfraquecerem e caí de joelhos, mal assimilando a cena de terror ao redor.

A viúva tentou se jogar sobre o corpo, mas dois homens a impediram. Uma de suas amigas mais próximas tirou-a dos braços deles e a abraçou. Malom caiu de joelhos e rasgou suas vestes em alto choro. Seu irmão fez o mesmo. Orfa abraçava as pernas, sentada na terra, chorando histericamente. Estava em estado de choque. Não sabia a qual deles socorrer, de modo que saí correndo e busquei refúgio na beira do riacho, onde vomitei por cerca de cinco minutos. Ainda estava encurvada quando senti uma sombra me cobrir.

— Eu vim assim que soube de tudo...

Ao ouvir a voz de Lior, virei-me e o abracei. Ele assustou-se com a minha reação e não me abraçou de volta, apenas deu duas batidinhas nas minhas costas. Solucei agarrada a ele durante alguns minutos, sem acreditar no que eu estava vivendo. Quando finalmente me afastei, vi que o rosto dele estava bastante vermelho, como se ele tivesse chorado comigo.

— Eu ainda não acredito que seu Elimeleque está morto — sussurrei. — É tudo tão irreal.

— Eu sei... — Lior mirou a casa carbonizada. — Você precisa ser forte, Rute. Sua família vai precisar de você.

Passei as mãos pelo rosto molhado, tentando me recompor. Depois olhei para a casa. Eu não sabia de onde tiraria forças para dar suporte às pessoas que amava.

— Eu só precisava ter um tempo para mim, precisava chorar sozinha.

— Eu entendo. Olhe...

Lior desenrolou uma faixa de pano que estava amarrada à sua cintura e tirou dela algumas moedas de prata. Aquilo era muito dinheiro, de modo que arregalei os olhos quando ele tentou me entregar.

— O que é isso? — Franzi o cenho.

— É para ajudar a reconstruir a casa da sua sogra.

Em meio às lágrimas sorri com carinho.

— Obrigada, meu amigo, mas não é do seu dinheiro que preciso e sim do seu apoio.

Lior baixou a cabeça e guardou o dinheiro na sacola em seu cinto. Ficou sem saber o que fazer com as mãos.

— Me desculpe. Eu não sei como ajudar mais.

Toquei em seu ombro suavemente.

— Sua presença aqui já foi o suficiente. Agora eu preciso voltar, mas obrigada por ter vindo.

— Estarei aqui sempre que precisar. — Ele abriu um leve sorriso.

— Eu sei disso. Você é o irmão que nunca tive, Lior.

Ao ouvir isso, os olhos dele ficaram úmidos outra vez. Apertei sua mão e, com muito custo, consegui retornar para casa. Encontrei Malom sentado em um canto do chão da nossa residência, com a cabeça baixa e uma mão sobre os olhos. Devia estar sentindo um remorso indizível. Se não tivesse ido atrás de mim e de Orfa, talvez tivesse tido tempo de acordar o pai e salvá-lo das chamas. Pelo menos era nisso que *eu* estava pensando quando tudo ocorreu.

A culpa corroía-me a alma. Ajoelhei-me diante dele e toquei em seu braço. Malom se assustou e mirou-me com o rosto inexpressivo e cheio de olheiras.

— Eu sinto muito. — Foi tudo o que consegui dizer. Em silêncio, ele continuou me mirando. Sua face estava impassível. Eu gostaria de poder arrancar um pouco da dor em seu peito e trazê-la para mim. — Sinto muito por ter saído sem a sua permissão. Sinto muito por tudo isso ter acontecido... — Meu rosto se contorceu e uma lágrima desceu pela minha bochecha. — Eu amava o seu pai. Ele era um bom homem. Não merecia esse destino.

Minhas palavras ficaram soltas no ar por alguns segundos, até que os ombros de Malom subiram e desceram em uma profunda respiração.

— Não foi culpa sua — ele declarou. — Meus trabalhadores viram quando dois homens puseram fogo na casa e correram. Estavam com os rostos cobertos. Deviam estar há dias esperando a oportunidade perfeita. Aconteceria mais cedo ou mais tarde.

Arregalei os olhos e sustive a respiração.

— Está querendo dizer...

— Meu pai foi assassinado. — Ele se ajeitou e sentou-se mais ereto, como se com isso clareasse os pensamentos. — Há muitas pessoas descontentes com o nosso crescimento em Moabe. Alguns até fizeram uma oferta pelas nossas plantações, mas meu pai não as aceitou. Isso tudo foi vingança.

Caí sentada sobre o tapete, com uma mão sobre a boca aberta. Ainda me chocava até onde poderia ir a maldade humana. Matar um homem como seu Elimeleque por pura ganância?

Mirei meu marido novamente. Ele estava desconsolado. Inclinei-me para a frente e o abracei, deitando minha cabeça sobre um de seus ombros. Levemente, Malom encostou uma mão em minhas costas e deu duas batinhas, depois começou a se levantar. Senti falta do seu calor quando nos separamos.

— Preciso ajudar a preparar o corpo para o sepultamento — avisou ele e saiu pela porta, deixando-me sem saber o que fazer.

Quando o sol já estava alto, muitos amigos e vizinhos vieram ao nosso terreno para ajudar a reconstruir a casa maior. Trouxeram todos o tipo de doações: roupas, apetrechos para cozinhar, tapetes, tecidos... Noemi estava hospedada na casa de uma amiga, de modo que eu ainda não havia podido consolá-la. Orfa estava sendo amparada pela família da mãe.

Para ser útil, colhi legumes, comprei peixes na feira e pus-me a cozinhar para todos os voluntários que estavam nos ajudando, bem como para os judeus que cooperavam com Malom e o irmão para preparar o sepultamento do pai. Tomei o cuidado de não trazer nenhum fermento para casa, pois já havíamos tido a santa convocação e estávamos em um período em que só podíamos comer pães ázimos.

Embora já participasse das festas solenes, eu não conhecia o protocolo de sepultamento entre os judeus. Quiliom me explicou que eles costumavam enterrar seus mortos o mais breve possível, geralmente no mesmo dia, pois deixar um corpo sem enterrar por muito tempo mostrava falta de respeito pelo falecido. Achei uma atitude sensata, pois não havia razão para manter um morto conosco durante dias, cheirando mal, visto que não podemos lhe devolver a vida.

Foram todos muito cuidadosos nos preparativos. Quando fui servir as bebidas, vi familiares e amigos do meu sogro que, após lavá-lo, untaram seu corpo danificado com óleos aromáticos e o enrolaram com panos limpos. Muitos vizinhos moabitas vieram para expressar pesar e consolar a nossa família, de modo que pude perceber que meus sogros também eram bem quistos por parte daquele povo.

Enterramos meu sogro em uma caverna, em um túmulo escavado em rocha maciça. Havia moabitas e judeus na cerimônia. Eu nunca havia visto Noemi com uma expressão tão abatida. Ela estava abraçada aos dois filhos, chorando baixinho. Quiliom mantinha-se sério, mas lágrimas não paravam de jorrar de seus olhos. Malom estava apático, os olhos fixos na entrada da rocha onde o pai havia sido enterrado. Era um dia quente e eu podia sentir o calor subindo do solo, tornado tudo árido à nossa volta.

Ao voltarmos do funeral, apressei-me em preparar um lugar para todos em nossa humilde casinha, até que a de minha sogra e Quiliom — que, por ser o filho mais velho, agora seria o patriarca da família — ficasse pronta para recebê-los novamente.

Segurei a viúva pelo braço e conduzi-a com delicadeza para a cama que eu havia desenrolado para ela.

— Deite-se aqui, minha sogra. Descanse. Vou lhe preparar uma infusão. A senhora precisa dormir, passou a noite toda acordada.

Noemi obedeceu e mirou meu rosto. Ainda estava abatida, mas sua expressão estava mais calma.

— Todos estamos cansados, filha, inclusive você. Percebi que não parou de servir a todos um minuto sequer.

— Eu não fiz mais do que a minha obrigação. Eu... eu... — Contorci o rosto para não chorar. Não queria lhe dar trabalho e sim apoio.

— Rute, minha filha, eu já soube de tudo o que aconteceu. Você não tem culpa de nada. Os homens são maus.

Balancei a cabeça para os lados.

— Mas, se eu não tivesse saído atrás de Orfa...

— Nossa vida está nas mãos do Senhor. Se Deus achou que era a hora de levar meu marido, ninguém poderia evitar. Eu estou me repetindo isso a cada minuto para não enlouquecer. Um dia o encontrarei, tenho essa fé.

— A senhora é muito forte. — Enxuguei meu rosto e segurei a mão dela junto às minhas. — Eu estarei aqui para tudo que precisar. Não se preocupe com nada.

— Eu sei que posso contar com você. — Noemi começou a fechar os olhos. — Agora, me deixe descansar. Eu preciso fugir um pouco dessa nova realidade.

— Tudo bem.

Beijei sua mão com carinho e atravessei o cortinado que isolava a sua cama, sabendo que os dias que estavam por vir não seriam nada fáceis.

Capítulo 10

A alegria do coração ilumina todos o rosto, mas a tristeza abate todo o corpo.

(Provérbios 15:13)

A Páscoa nunca havia sido celebrada de modo tão triste. Nem mesmo o ajuntamento com amigos e familiares, as danças, a cheiro de cordeiro assado e as bebidas fortes foram capazes de nos trazer alegria. Mesmo assim, fingimos o melhor que pudemos. E, de comum acordo, nenhum de nós derramou nenhuma lágrima durante as festividades.

Cuidei do canteiro de ervas sozinha durante as semanas seguintes. Nossa casa andava extremamente silenciosa, por isso desejei todos os dias que eu ou Orfa gerasse um herdeiro. Uma criança certamente traria a alegria de volta àquela casa. Entretanto, Malom andava escorregadio. Passava muito tempo fora e sempre chegava cansado. No dia do descanso, passava boa parte dele dormindo. Isso quando não o fazia do lado de fora da casa, deitado na esteira de palha, perto da fogueira. Como eu poderia conceber um bebê desse jeito? Eu me preparava para ele, passava perfumes, cobria nossa cama com panos macios... mas nada disso o estimulava. Meu coração definhava de tristeza e acho que foi isso que motivou minha sogra a retomar as atividades comigo. Ela não suportava ver a minha situação. Achava errado o que o filho andava fazendo, mas o defendia dizendo:

— Malom está cumprindo um luto mais longo do que o nosso, mas logo vai se recuperar e tudo voltará a ser como antes.

Eu duvidava que isso fosse acontecer.

Já Quiliom andava ranzinza. Ele e Orfa passaram a brigar constantemente e muitas vezes ele saía e voltava tarde da noite. Nessas ocasiões eu ouvia minha amiga chorar amargamente. Certa vez, ela chegou a ir atrás dele no centro da vila e o encontrou conversando com uma meretriz. Orfa fez um escândalo, desrespeitando-o na frente de todos ao tomar o copo de vinho que bebia de suas mãos e lançar sobre a tal mulher. Furioso, Quiliom a arrastou para casa e, no dia seguinte, apareceu com a notícia de que iria se casar novamente. Já tinha até negociado o dote com a família de uma moça da tribo de Levi. Estremeci, temendo que Malom pensasse em fazer o mesmo, já que andava tão desinteressado de mim.

Contudo, quando meu cunhado estava prestes a marcar a data do casamento, Orfa fez algo inesperado: ingeriu propositalmente uma erva venenosa. Eu e minha sogra tivemos de correr para socorrê-la e creio que, se não tivéssemos feito isso tão prontamente, minha amiga não teria sobrevivido. Passamos uma semana orando ao Senhor, intercedendo por ela. Orfa demorou a se recuperar, passou alguns dias com febre, entre a vida e a morte. Acho que seu sofrimento amoleceu o coração de Quiliom que, arrependido, passou a ficar ao seu lado na cama atendendo a todos os desejos da esposa até que ela se recuperasse. Orfa, é claro, logo aproveitou-se da situação.

— Jure! Jure que nunca trará outra mulher para a nossa casa — pediu, com voz fraca e chorosa.

— Eu juro. — Ele beijou sua mão, com os olhos molhados.

Orfa sorriu e prometeu que faria votos ao Deus de Israel para que Ele lhe desse um herdeiro. Seu marido agarrou-se àquela promessa e prometeu deixar o assunto "segunda esposa" de lado.

Certo fim de tarde, eu estava sentada na beira do rio, chorando. Era um choro contrito. As lágrimas desciam pela minha face imóvel enquanto eu mirava as pequenas ondas frias que tocavam meus pés. Um pouco atrás de mim, o fogo de uma pequena fogueira que eu havia acendido crepitava, aquecendo as minhas costas. Eu não conseguia mais me livrar da sensação de tristeza, de impotência. Meu coração permanecia constantemente pesado.

Noemi, embora continuasse bondosa e preocupada com todos, andava muito calada, pensativa. Não tinha mais a mesma energia vibrante. Eu sentia falta dela. Dos seus sorrisos, do seu otimismo, das suas palavras de sabedoria. Às vezes, eu observava sua silhueta através da cortina de seu quarto quando ela estava de joelhos, orando baixinho. Tinha curiosidade de saber o que minha sogra estava pedindo e temia que clamasse por um neto. Eu queria tanto poder dar isso a ela... Rasgava-me o coração não ser capaz disso. Eu orava ardentemente para que Deus me abençoasse com um filho. Contudo, até que isso ocorresse, eu me sentia absolutamente oca e sozinha.

Olhei para trás quando ouvi alguns passos na areia. Abri os olhos levemente, surpresa ao ver a silhueta de Malom contra o pôr do sol se aproximar e sentar-se ao meu lado. Observei que trazia um pequeno frasco nas mãos morenas. Ele já não era aquele menino franzino que conheci, mas continuava magro e esbelto.

— Oi. — Ele beijou meu rosto suavemente.

— Oi. — Sorri para ele, encantada com sua súbita presença.

— Estava chorando? — Uniu as sobrancelhas.

— Eu? — Enxuguei os olhos. — Não é nada. Besteira minha.

— Não, não é... — Malom secou minha bochecha com o dedo. — Sei que tem tentado ser forte, mas tem sofrido com a nossa situação. Eu... — Abaixou a cabeça e abraçou os próprios joelhos. — Eu tenho sido negligente com você, me perdoe.

Apesar de o meu coração aquecer-se levemente com suas palavras, balancei a cabeça para os lados.

— Eu entendo. Aconteceu muita coisa.

— Sim, mas todos nós tivemos altos e baixos. Só você conseguiu ficar firme.

Eu o encarei. Não me sentia mais forte do que eles.

— A morte do senhor Elimeleque mexeu muito com todos nós. Cada um tem sua maneira de reagir.

Malom deu um sorriso fraco de lado.

— Não é só disso que estou falando, você sabe.

Corei e mirei minhas mãos entrelaçadas no meu colo.

— Você não me ama mais — afirmei, com um nó na garganta.

— O quê? — Seus olhos se arregalaram para mim. — De onde você tirou isso?

— Do... do seu afastamento — gaguejei — Eu percebo que você tem me evitado. Sei que não estou sendo uma esposa boa suficiente para você.

Malom virou o corpo para o meu lado e puxou os meus dois ombros em sua direção.

— Nunca mais repita isso, Rute. Você é muito melhor do que eu poderia desejar. É uma esposa trabalhadora, honesta, tem cuidado da nossa família e nos mantido unidos, apesar do terremoto que nos sobreveio. Eu tenho muito orgulho de ser seu marido.

Meus olhos imediatamente transbordaram de lágrimas. Eu não sabia que Malom me enxergava dessa maneira.

— Mas, então, por que... — sussurrei.

— Eu sou fraco — ele me interrompeu. — Não dei conta de tanto sofrimento e acabei me isolando. Fiquei tão focado na minha dor que não me dei conta de que outras pessoas também estavam sofrendo. Me perdoe, Rute, fui egoísta. Serei mais atento com seus sentimentos daqui para a frente.

Sorri em meio às lágrimas que desciam pelo meu rosto.

— É claro que perdoo. Eu te amo, Malom.

— Eu sei disso. E eu também te amo.

Ele segurou minha mão com as suas. Reparei no pequeno frasco que ele trazia consigo, encostado à minha pele.

— O que é isso? — quis saber.

Meu marido examinou o frasco e seu líquido amarelado. Pareceu hesitar um pouco antes de responder.

— Isso... — pigarreou — Bem, sabe, na tribo de Judá tem um homem que é especialista em ervas medicinais. Estive com ele esses dias e, bom, ele me disse que essa mistura é excelente para melhorar a fertilidade. Muitas mulheres engravidaram após tomar este medicamento. Então, pensei... — Ele corou e me entregou o potinho, como se fosse um presente. — Sei que você tem sofrido por ainda não ter gerado uma criança. Quem sabe isso possa ajudar...

Constrangida, recebi o pequeno frasco nas mãos. Estava claro para mim que todo aquele discurso era porque *ele* queria muito um filho. Sua aparente gentileza com aquele presente pareceu colocar sal na ferida aberta que eu trazia no peito.

— Eu vou tomar — prometi, triste. — Acho melhor voltarmos agora, já está escurecendo.

Naquela noite bebi a infusão e fizemos amor pela primeira vez em muitos dias. Quando acabou, Malom sorriu e beijou a minha testa com ternura.

— Tenha fé — ele disse.

Depois se virou para o lado e dormiu, enquanto eu funguei baixinho durante toda a madrugada.

Capítulo 11

Por que seu rosto está entristecido, se não está enfermo? Isso só pode ser tristeza da alma! Então, neste momento, tive muito medo...

(Neemias 2:2)

Nove anos se passaram depois daquela noite e já não havia mais esperança sobre a vinda de uma criança naquela família, nem de mim, nem de Orfa. Entretanto, eu não estava mais tão infeliz. Resolvi aproveitar a minha vida do jeito que Deus me havia dado. Era grata pela minha casa, pelo meu marido e pela minha sogra maravilhosa.

À noite, sempre nos juntávamos para lavar os pratos após as últimas refeições e ela me contava histórias sobre os milagres que Deus havia feito pelo seu povo. Durante muitos anos, a minha história preferida havia sido a de Sara, mulher de Abraão, que havia engravidado em idade avançada. Em segredo, eu ainda me apegava à convicção de que, se Deus havia feito aquilo por ela, por Rebeca e por tantas outras... se quisesse, poderia fazer por mim. Eu não era mais tão jovem do que quando me casei, estava mais madura, mas ainda me considerava uma mulher atraente. Não que me destacasse na multidão, mas tinha meus dotes. E meu marido fazia sempre questão de me lembrar disso.

— O jantar já está pronto — avisei quando ele entrou pela porta de casa de minha sogra, onde sempre comíamos juntos. Ele me deu um beijo atrás da minha cabeça.

— Advinha quem eu vi hoje vestido de noivo? — Malom instigou, enquanto lavava as mãos na água do vaso de barro.

— Quem? — indaguei, enquanto temperava o guisado.

— Seu ex-futuro-marido?

Uni as sobrancelhas e virei-me para ele, lambendo o dedão.

— Quem? — De súbito, joguei a colher na panela e arregalei os olhos, sorrindo. — Lior? Lior vai se casar?

— Parece que sim. Estava cercado pelos parentes, todos cantando juntos. Uma grande baderna na cidade.

— E ele parecia feliz? — Enxuguei as mãos.

Nunca mais havíamos tido contato, somente quando nos cruzávamos na cidade, mas eu nutria um grande carinho por aquele rapaz.

— Bom, ele estava sorrindo bastante.

Bati palminhas.

— Nossa, fico tão feliz por Lior! Quando o conheci, estava muito traumatizado com a morte do irmão. O menino foi sacrificado em uma adoração ao deus Quemos no mesmo dia em que conheci minha sogra.

Malom pegou um pedaço de pão de centeio, depois sentou-se à beira da mesa e fez um sinal negativo com a cabeça.

— Não sei como esse povo tem coragem de matar os próprios filhos. Uns querendo tanto ter um e eles desperdiçando os que têm... — Malom interrompeu a mordida que ia dar e olhou para mim. — Desculpe, me perdoe. Às vezes eu me esqueço que você é moabita.

E que ainda não me deu um filho, completei na minha mente.

— Até eu me esqueço disso. Tirando os raros momentos em que cruzo com minha mãe na cidade, eu me sinto muito mais pertencente ao povo hebreu do que à cidade de Kir.

— Que bom. — Malom sorriu e estendeu a mão para mim. — Sente-se aqui comigo — pediu. — Estou com saudade do seu cheiro.

Sorrindo, dei-lhe a minha mão e acomodei-me ao seu lado.

— Cheiro de temperos, você quer dizer.

— Eu gosto da minha Rute temperada — ele brincou e me deu um beijo na orelha.

Estávamos quase nos beijando quando Orfa entrou pelo cômodo, com a cara azeda de sempre.

— O jantar já está pronto, pelo visto. — Ela se sentou à nossa frente.

— Sim, pode se sentar. — Malom mirou-a com um olhar de quem bebeu vinho amargo.

Havia muito tempo ele já não tinha mais paciência com a personalidade irascível de Orfa, por mais que eu lhe pedisse que tivesse mais consideração com a cunhada. Levantei-me para tirar o guisado do forno de tijolos e colocá-lo na mesa.

— Noemi estava muito cansada e preferiu deitar-se mais cedo hoje. Quiliom não vem jantar? — Eu olhei para Orfa.

Nossa cunhada ergueu os dois ombros.

— Que me importa? Estou morta de fome.

— Pois deveria esperar o seu marido para comer. — O tom de Malom foi agressivo.

— Para quê? Para ele aparecer embriagado e eu ter que aguentar aquele bafo perto de mim? Seu irmão só me traz desgosto.

Malom enrijeceu o maxilar e ficou de pé.

— Você é que é um desgosto para a nossa família. Uma mulher intriguenta e preguiçosa. Foi por isso que meu irmão se tornou assim.

— Meu marido... — Toquei em seu ombro. — Não seja injusto. Orfa pode ter seus defeitos, mas não pode culpá-la pelas escolhas de Quiliom. Cada um responde pelos seus atos.

— Eu não preciso que você me defenda, Rute. Pare de sempre bancar a boazinha. Você é sempre tão subserviente com todos... É irritante! — Orfa revirou os olhos.

— Saia já dessa casa! — Ouvimos a voz da minha sogra, parada perto da cortina que dividia o ambiente do seu quarto. — Estou cansada de você vir aqui e ficar ofendendo a todos. Quiliom é seu marido e você deve respeitá-lo. Ou, ao menos, devia respeitar a mim, que também vivo aqui.

Orfa bateu a mão na mesa e colocou-se de pé.

— Essa casa agora é *minha*. Quiliom é o patriarca da família desde que o pai foi sepultado. Se alguém tiver que sair daqui, com certeza não serei eu.

Malom apertou os olhos para ela.

— Um patriarca sem filhos, vale a pena lembrar. Nem para isso você presta — alfinetou.

— E por acaso a sua mulher é diferente? Onde estão os seus herdeiros, Malom?

As narinas de meu marido inflaram e ele deu um passo para a frente. Eu estava aterrorizada com a situação. A cada dia as discussões entre ele e Orfa ficavam piores. Parecia que a única ocupação dela na vida era fazer uma cena. O ponto alto do seu dia era quando conseguia provocar um de nós.

Meu marido a culpava pelo irmão estar sempre embriagado. Quiliom já não se comportava mais como um verdadeiro judeu. Dava mau testemunho para toda a cidade. E Orfa, que já não era flor que se cheire na juventude, havia ficado pior ao longo dos anos. Como não engravidou, havia desistido de agradar ao marido. Passava os dias ociosa e enfadada, sempre a reclamar da própria vida e a fofocar na casa das vizinhas, falando mal de umas para as outras. Dizia, para quem quisesse ouvir, que viver sob o mesmo teto que um marido bêbado e judeu era um castigo que Quemos havia lhe dado por ter-lhe virado as costas. Noemi sofria muito ao ver a atitude dela e evitava referir-se à nora a todo custo. Eu desconfiava, inclusive, que Orfa já cultuasse imagens de deuses moabitas às escondidas, dentro da própria casa. Nunca pude comprovar tal fato, mas sabia que a fé que eu tinha no Deus de Israel havia nos afastado.

Minha amiga de infância me considerava uma tola por ser tão devotada à nossa família. Porém, eu os amava mais do que amei à minha parentela de sangue. Não podia me portar de modo diferente. Eu considerava minha missão cuidar deles, como se fosse o motivo pelo qual Deus me havia feito conhecer Noemi e os filhos. Minha sogra havia cuidado de mim quando eu era menina e eu pretendia retribuir a ela com o meu amor pelo resto da vida.

Ignorando a facada da última frase de Orfa, temi que Malom fizesse uma besteira e o segurei pelo braço com mais força. Para piorar, Quiliom entrou pela porta com um aspecto péssimo. Seus olhos estavam fundos e meio fechados, as bochechas enrubescidas, seu dorso estava encurvado e ele arrastava os pés.

— Olha aí, já chegou o bêbado. — Apontou sua esposa. — Não vou lavar suas roupas hoje de novo. E não vai se deitar ao meu lado, está fedendo feito um porco. Pode dormir no curral.

Meu cunhado fez uma careta e um sinal com a mão para que ela se calasse.

— Cale a boca, Orfa! Eu não estou me sentindo bem.

Preciso me deitar.

Orfa começou a servir-se do jantar.

— Pois durma por aqui — avisou ela. — Não quero que suje a nossa cama com seu cheiro encardido.

— Eu vou dormir onde eu quiser. Eu sou o dono desta... desta...

Quiliom parou de falar e seus joelhos perderam as forças, desabando seu corpo no chão. Ele começou a ter espasmos violentos, sem conseguir concluir a frase.

Todos corremos em sua direção para ampará-lo. Apavorada, minha sogra ajoelhou-se e colocou a cabeça do filho no colo.

— Meu filho, meu filho... — Ela dava tapinhas em seu rosto barbado.

Como o irmão não reagiu, Malom pensou rápido e foi buscar ajuda, dizendo que voltaria o mais rápido possível. Eu molhei um pano com vinagre, agachei-me e o coloquei na testa do meu cunhado. Sua pele estava queimando e seus olhos se reviravam freneticamente enquanto seu corpo se debatia. Eu sentia-me impotente e desesperada com a cena. Orfa apenas observava tudo de longe, com os punhos pressionados contra a boca e os olhos arregalados, sem conseguir se mover.

Quando meu marido finalmente voltou acompanhado de mais dois homens da tribo de Levi, um deles sacerdote, levaram Quiliom já inconsciente para o quarto. Abracei a minha sogra por vários segundos. Nesse momento ela já estava às lágrimas, temendo pela vida do filho. Quando nos separamos, alguns fios dos cabelos grisalhos de Noemi estavam colados em seu rosto molhado. Eu a fiz sentar-se e preparei-lhe uma infusão de ervas calmantes. Mirei seu rosto enrugado, com o olhar perdido, e meu coração apertou.

Esperamos por um bom tempo, orando, enquanto a esposa do doente já estava na casa de uma vizinha, fazendo pose de vítima e cercada por senhoras rogando às suas imagens pela melhora de Quiliom.

— Como Orfa pode nos deixar num momento como esse? — resmunguei, sem conseguir evitar. — Ela deveria estar aqui, intercedendo com a gente.

Eu estava aflita demais com o estado do meu cunhado. Amparando minha sogra sozinha. Sabia que meu marido deveria estar arrasado. Estava sob muita pressão. Noemi tocou minha mão.

— Cada um tem sua maneira de lidar com as coisas, minha filha. Ela sempre foi mais fraca do que você. Orfa foi muito mimada pelos pais, não está preparada para o sofrimento. Quando algo de ruim acontece, ela foge. É um tipo de autoproteção. Ela não tem culpa de ter sido ensinada assim.

Noemi, como sempre, procurando ver o lado bom das pessoas.

— Mesmo assim, eu preferia que ela estivesse orando para o Deus do marido e não rogando a um deus de mentira.

— As orações dos moabitas não são menos sinceras, Rute, por mais errada que seja a fé deles. Eles acham que estão ajudando...

Eu não conseguia compreender como minha sogra conseguia ser tão sábia em um momento como aquele.

Ao ver Malom cruzar a cortina com o rosto vermelho, esperei pelo pior.

— Ele está tossindo sangue. — Mostrou-nos um pano escarlate. — Deve ser alguma peste.

— Oh, não... — Minha sogra se pôs de joelhos no chão. — Senhor, por favor, não leve o meu filho. Eu não vou aguentar...

— Calma, minha sogra. Ainda não sabemos o que é. — Tentei animá-la, mas por dentro fiquei apavorada com a palavra “peste”.

— O sacerdote disse que tem mesmo uma doença nova na cidade. As pessoas ficam com febre durante um ou dois dias e então... — Malom parou de falar e seus lábios tremeram. Depois respirou fundo para não chorar na frente da mãe.

— O meu filho não vai morrer, eu não vou deixar. — Minha sogra ficou de pé e ameaçou ir para o quarto, mas meu marido a segurou.

— Ele não pode ter contato com muitas pessoas, mãe, é contagioso. A senhora já tem idade, é mais fraca. Somente uma pessoa pode ficar cuidando dele. — Malom olhou para mim com pesar. Senti um calafrio percorrer cada pedaço da minha espinha. — E essa pessoa serei eu.

Pelo seu olhar, percebi que nada do que eu dissesse poderia dissuadi-lo da ideia.

Capítulo 12

O Senhor deu, o Senhor tomou. Bendito seja o nome do Senhor.

(Jó 1:21)

Cinco dias depois eu me sentia fora do corpo ao ver o sacerdote embalsamar o corpo do meu marido. Quiliom havia morrido dois dias antes, exatamente quando Malom começou a manifestar a doença. Um vento quente castigava os meus braços e o calor do solo subia pelos meus pés. Eu já não sentia mais a dor, apenas a apatia que parecia me sugar por completo.

No momento em que o sacerdote me avisou que meu marido havia falecido, suas palavras me atingiram com uma sensação de queda. Primeiro fiquei nauseada, depois não senti nada por algum tempo. Chorei constantemente enquanto ele estava acamado, mas agora, que Deus o havia levado, eu não conseguia derramar uma lágrima.

Como sempre, tomei todas as providencias para o sepultamento, como se estivesse cuidando do funeral de um desconhecido. Agradeci a Deus pelo procedimento entre os judeus ser muito rápido. Eu não queria ficar olhando para o cadáver putrefato e sem vida de Malom. Não queria nutrir aquela recordação. Queria lembrar-me dele vivo.

Depois do funeral, voltei para a nossa casa e sentei-me no chão, sozinha. Apesar do calor, sentia-me como uma mulher morta de cansaço e que desejava uma coberta quente em uma noite de inverno, mas em vez de me levantar e procurar uma, fiquei ali sentada, tremendo de frio. Quanto mais eu ficava ali parada, esperando não sei o que, mais o silêncio da casa se tornava enfático, refletindo o vazio em que ficara na minha vida.

Ali, apática, foi a primeira vez que me permiti ter dúvidas sobre a bondade do Senhor. Que tipo de Deus permitiria que acontecesse tanto desastre em uma família como a de Noemi? Eram todas boas pessoas, honestas, tementes a Ele...

Entretanto, a metade elevada do meu espírito sabia que eu não podia dar ouvidos àquelas divagações. Minha sogra sempre havia me dito que nossas revoltas e angústias com as tribulações da vida faziam parte do desenvolvimento da nossa alma. Que a verdadeira consolação que vinha da parte de Deus não era cor-de-rosa nem cômoda, mas confrontadora. Era na dor que realmente descobríamos se O amávamos acima de todas as coisas, que era o seu primeiro mandamento. Foi na maior crise da sua vida que Abraão virou nosso pai da fé, quando estava prestes a sacrificar o seu único filho. Apesar das lutas, era Deus quem nos dava força para continuar vivendo e para acreditar que ainda somos alvo do seu amor, o mesmo amor que deu origem a tudo de bom que tivemos na vida, inclusive as pessoas que se foram.

Então, mesmo rasgada por dentro, agarrei-me a esses ensinamentos e expulsei da minha mente todo pensamento contrário ao Deus Criador.

Mesmo assim, os dias seguintes não foram fáceis. Era a terceira vez que o luto invadia aquela casa. Eu me forçava a me levantar pela manhã e me arrastava para fazer as tarefas domésticas. Noemi passava a maior parte do dia deitada, sem querer se alimentar. Emagrecia a olhos vistos. Eu me sentava à beira de sua cama e passava as costas dos dedos pelo seu rosto apático enquanto ela dormia, orando desesperadamente para que Deus lhe desse forças para continuar vivendo. Eu precisava dela, e ela de mim.

Oh, grande Deus de Israel, por favor coloca os seus anjos à volta de Noemi. Fortaleça o seu espírito e seja a luz que a guiará para longe das trevas em que sua mente se encontra agora. Ajuda-me a ajudá-la, fortalece também a mim...

Quando minha sogra finalmente abria os olhos, eu a servia de todas as maneiras que considerava úteis, sempre sussurrando gentilmente palavras de ânimo, mas nada adiantava.

Já Orfa agora vivia ingerindo poções que foram transmitidas ao longo dos séculos pelo povo moabita e que a deixavam mais relaxada e fora do ar. Quando estava consciente, tornara a frequentar com muita constância a casa dos pais, por isso eu passava a maior parte do tempo sozinha.

Algumas vezes, quando o silêncio em nossa casa ficava tão pesado que ecoava nos meus ouvidos, eu corria para fora até um canto qualquer, onde ninguém me achasse, e por fim chorava até não ter mais lágrimas. A recordação lúgubre do meu falecido marido ainda estava muito fresca na minha mente.

Algumas luas depois, eu estava tirando uma concha do vaso onde havia um ensopado para servir a Noemi quando Orfa entrou correndo e com as faces vermelhas. Desequilibrei a concha e deixei-a cair no chão, sujando-a de terra.

— Orfa! Que bicho lhe mordeu? — Abaixei-me para pegar.

— Eles estão vindo... — Alarmada, ela tirou rapidamente o véu da cabeça e correu para o espaço de minha sogra.

Enxuguei as mãos em um pano, subi as barras da minha túnica e apressei o passo atrás dela.

— O que está acontecendo? — indaguei, ao ver minha sogra espantada com a maneira brusca com que Orfa puxara a cortina. Com alguma dificuldade ela sentou-se para ouvir.

— Eles — continuou Orfa, balançando uma das mãos —, os sacerdotes!

Noemi respirou fundo e levou a ponta dos dedos à têmpora.

— Eles até esperaram bastante — comentou com um ar resignado. Era como se já estivesse esperando por aquela visita.

Pisquei duas vezes, atarantada.

— Alguém pode, por favor, me dizer qual é o motivo de tanto alvoroço?

Minha cunhada virou-se para mim, agitada. Eu não sabia se ela estava aflita ou animada com o que estava por vir. Orfa era atraída por fortes emoções.

— Eles vão tomar a nossa casa — avisou.

— O quê? — Desviei o olhar para Noemi — Por quê?

— As mulheres não têm direito à herança, minha filha. Tudo que temos será confiscado.

Ao ouvir isso minha respiração se deteve e meu estômago se contraiu. O que iria acontecer com a gente? Onde iríamos morar?

— É lastimável que as mulheres estejam sempre tão à mercê dos homens. — Orfa colocou as mãos na cintura, depois nós duas cobrimos a cabeça ao ouvir a voz de um homem chamando minha sogra lá fora.

Ainda confusa, ajudei Noemi a se levantar e se recompor enquanto minha cunhada foi recebê-los. Minha sogra caminhou comigo debilmente até a área do forno, onde dois anciãos já nos aguardavam de pé. Um deles coçou a grande barba branca, meio sem jeito. As muitas rugas em torno dos olhos indicavam que ele já havia passado do auge. O outro era mais jovem e franzino e parecia estar flutuando dentro das vestes sacerdotais.

— Shalom, Noemi. — O mais velho saudou com gentileza quando a viu se aproximar.

— Shalom, Hezrom.

— Shalom. Espero que esteja mais recomposta. — O outro homem fez um aceno de cabeça.

— Na medida do possível... — Ela se sentou em uma almofada e depois fez sinal para que eles se acomodassem também. Enquanto o faziam, coloquei uma jarra de vinho e dois copos de barro sobre a mesa entre eles. — Suponho que venham com más notícias.

Um sacerdote olhou para o outro. Não pareciam confortáveis com aquela tarefa.

— Sentimos muito pela morte de Elimeleque, Noemi, e agora pela perda dos seus filhos. Eram todos homens muito bons. — Ao ouvir aquilo, os olhos de Noemi se enevoaram, mas seu rosto continuou impassível. — Entretanto, já nos foi solicitado a posse de suas terras. Você sabe como isso funciona...

E com estas palavras meu pequeno vislumbre de esperança de que aquilo não fosse acontecer virou pó e morreu.

— A lei do Levirato — Noemi sussurrou, desanimada. — Sim, eu sei.

O ancião confirmou com a cabeça.

— Pois é. Como nenhum deles deixou um filho... — Espiou a mim e a Orfa de um jeito estranho, diria até acusador. Senti uma pontada no coração. — Vocês não têm mais um herdeiro por aqui. Portanto, vão ter que entregar suas terras.

Minha garganta apertou. Então, era mesmo verdade: ficaríamos na miséria. Se fosse só por mim já seria bastante apavorante, mas só de pensar em ver minha sogra passar necessidade após todo o sofrimento infligido a ela...

— Não — Dei um passo para a frente. — Meu senhor, vocês não podem fazer isso. Como tem coragem de jogar uma pobre viúva na rua?

Noemi ergueu a mão para me deter.

— As coisas são assim, minha filha. Temos que respeitar as leis do Senhor.

— Eu sei, mas...

— Nada de "mas". — Noemi se levantou. — Deus sabe o que é melhor para nós, mesmo que a gente muitas vezes não compreenda... — parecia que falava de si mesma. Ainda assim, era a primeira vez que falava algo relativamente positivo desde que tudo ocorrera. Minha sogra examinou o ambiente ao redor por alguns segundos. Ficamos todos em silêncio. — Eu não consigo mesmo mais viver aqui. São muitas recordações...

Orfa já estava se balançando para a frente e para trás, inquieta. Por fim, interferiu:

— Não pode desistir de tudo que possuímos assim tão rápido — extravasou. — Deve haver outra maneira de mantermos as nossas posses. Nossas terras... a senhora não se importa com nada disso?

— Não. — Noemi foi categórica — Nada disso tem valor para mim. Aliás, tenho medo do que as pessoas hoje em dia acham importante. Os meus maiores tesouros já me foram tomados. Que me importa o resto...

— Já sabe para onde pretende ir? — O sacerdote mais novo inquiriu.

— Sim. — Noemi revelou, me causando espanto. Já devia ter refletido sobre isso nos últimos dias. — Vou voltar para a minha terra. Vou voltar para Belém de Judá. Ouvi dizer que não há mais fome na cidade e não tenho mais nada que me prenda à cidade de Kir. Lá, pelo menos, ainda tenho familiares.

Fiquei estática com suas palavras. Noemi tencionava nos levar para lá? Eu nunca havia estado fora daquelas muralhas, pelo menos não para uma terra tão distante...

E se ela estivesse pensando em partir sozinha? Senti um calafrio me percorrer.

— Como vamos viajar para tão longe sem recursos, minha sogra?

Ela me mirou com um olhar cansado.

— Você não precisa ir, minha filha. Você e Orfa têm uma vida inteira pela frente. Ainda podem recomeçar...

— É claro que não. Acha que vamos deixá-la atravessar o deserto sozinha? Eu e Orfa nunca faríamos isso. Devemos isso a Malom e a Quiliom. Não é, Orfa?

Minha cunhada pareceu um pouco desapontada ao dizer:

— É.

Noemi me segurou pelos ombros.

— Não quero que fiquem presas a mim... — insistiu, com um olhar suplicante.

— Talvez não seja má ideia... — O ancião também ficou de pé, chamando a nossa atenção. — Talvez você ainda tenha um resgatador em Belém.

Inspecionei o rosto da minha sogra, que me espiou e baixou os olhos. Em seguida recuou as mãos dos meus ombros, como se quisesse fugir do assunto.

— O que é um resgatador? — indaguei ao ancião.

O senhor virou-se para mim e cruzou as mãos na frente do corpo.

— Se um homem morre e deixa sua esposa sem filhos, o irmão desse homem é moralmente obrigado a se casar com a viúva e gerar filhos em nome do irmão falecido. Assim, o nome daquele que morreu sem gerar filhos não ficará sem descendência.

Franzi o cenho.

— Mas minha sogra não tem mais filhos vivos. Como isso poderia acontecer?

— O propósito do casamento pelo Levirato é perpetuar a linha familiar daquele que morreu — continuou a explicar, agora variando o olhar entre mim e Orfa, que se encolhia ao ouvir. — Como não há um irmão vivo na família, a obrigação do casamento fica com o parente do sexo masculino mais próximo do falecido. — Voltou-se novamente para Noemi, com um olhar de compaixão. — Acha que pode ter algum resgatador para a sua família em Belém de Judá?

Os ombros dela subiram e desceram em uma funda respiração.

— Sim, há alguns efrateus parentes do meu marido. — E

olhou diretamente para mim. — Não vou permitir que se case com alguém que não queira, Rute. Nem você, nem Orfa — Mirou a outra nora, que expirou aliviada.

— Mesmo assim, eu quero ir com você. Ainda tenho vitalidade, posso trabalhar para nos sustentar — garanti.

Os olhos de Noemi se enterneceram.

— Não é assim tão simples. Não sei se teremos alojamento por lá.

— Isso já está resolvido — intrometeu-se o ancião. Depois tirou de sua bolsa de couro um saco pequeno de pano com algumas moedas dentro e colocou-o em cima da mesa. — Não é muito, mas juntamos alguns recursos para ajudá-la nesse começo. Tenho certeza de que o Senhor proverá mais em seu caminho adiante.

— Claro... — debochou Orfa em voz alta, com um sorriso cínico e amargo.

Todos a miramos e depois nos remexemos, desconfortáveis com o seu comentário cortante.

— Bom — quebrei o silêncio pesado. Havia coisas mais importantes a considerar —, então, começarei a arrumar as nossas coisas. Prepararei as provisões para nossa viagem. Serão quantos dias de caminhada até lá?

— Uns quatro — revelou Hezrom.

Tentei não transparecer o desânimo em meu rosto. *Quatro dias?* Mirei Noemi. Estava tão fraca... será que conseguiria fazer uma caminhada tão longa?

— Obrigada por virem. Vamos desocupar a casa em dois dias. Que o Senhor os abençoe e vos dê a paz — despediu-se Noemi, já farta daquela conversa.

Reverenciamos uns aos outros e os sacerdotes enfim se foram. Noemi lançou para mim um olhar penoso e voltou para sua cama. Mirei Orfa, que tinha os olhos cheios de lágrimas e parecia estar tramando alguma coisa. Cerrei os dentes e me virei para ela.

— Pelo menos uma vez nessa vida seja razoável e pare de pensar somente em você. Vá agora mesmo preparar suas coisas — ordenei.

Minha cunhada apertou os lábios para mim.

— Se alguém tiver que se casar com o remidor, certamente não serei eu. Espero que seja um velho bem horroroso e fedorento. — Ela saiu batendo o pé.

Comecei a retirar os copos da mesa, fingindo que essa também não era uma das minhas grandes preocupações. Contudo, primeiro eu precisava garantir que chegaríamos vivas em Belém de Judá, depois de uma longa viagem, sozinhas, pelo deserto.

Capítulo 13

Perdoa as nossas dívidas, assim como perdoamos nos nossos devedores. (Mateus 6:12)

No dia seguinte eu estava solitária e sentada sob a sombra uma amoreira, despedindo-me mentalmente da terra onde nasci. Na verdade, naquele momento, a única coisa que me prendia àquele lugar eram as lembranças dos dias felizes que vivi com Malom. De resto, meu interior estava alinhado com o da minha sogra: não havia nada mais ali para nós. Eu já não compartilhava da mesma fé idólatra do meu povo. Já não me identificava com eles. Tudo dentro de mim já havia se transformado desde que havia conhecido Noemi e seu Deus Criador.

Mergulhei as mãos na bacia de água onde lavava uma de nossas roupas e as esfreguei com o sabão de óleo de oliva. Ainda estava pensativa quando avistei dois pés pararem à minha frente. Ergui o queixo para o alto e avistei a expressão aflita de Orfa. Suspirei. Eu não tinha mais paciência para o humor mórbido da minha amiga nos últimos dias. Ela era capaz de transformar um dia simples em uma verdadeira provação. Estava me tirando do sério. Sendo assim, baixei o rosto novamente e foquei no que estava fazendo.

— O que você quer? — Minha voz soou monocórdia.

Minha cunhada hesitou por um momento, depois acomodou-se ao meu lado.

— Queria conversar com você.

Fitei-a sem dizer nada, depois mirei o balde novamente. Ela continuou:

— Acha mesmo que seremos felizes em Belém de Judá? Lá, não conhecemos ninguém. E somos moabitas. Os judeus não gostam de estrangeiros...

Espiei seu rosto e apertei os olhos.

— Você não pensava assim quando se casou com Quiliom.

Os lábios dela se espremeram. Depois se achegou mais a mim, tão perto que nossos braços ficaram grudados. Desanimada, recostei-me no tronco da árvore.

— Era diferente. *Ele* morava aqui, estava na *nossa* terra — ela argumentou.

— Mesmo assim, acaso seu marido parecia preconceituoso para você?

Seus cílios se estreitaram.

— Você sabe como os homens são. Não pensam em nada quando veem um rostinho bonito.

— Quanta vaidade...

— Rute. — Ela segurou o meu braço. Havia desespero e urgência em sua voz. — Aqui nós temos amigos. Temos família, eles podem nos ajudar.

— Você tem — corrigi. — Eu não tenho nada disso. Minha única família aqui são você e Noemi.

Os olhos dela ficaram úmidos. Não sei se pelo que eu disse ou se porque seus argumentos não estavam funcionando comigo.

— E a sua mãe? — ela prosseguiu.

Perdi a paciência e movi o tronco em sua direção.

— Você sabe muito bem o que minha mãe representa para mim: nada!

— Exatamente. — Orfa estava mesmo determinada a me dobrar, usando toda a sua astúcia. — Quer mesmo ir embora e deixar tudo dessa maneira? Não é o Deus de Israel que diz que devemos honrar pai e mãe?

Fechei os olhos em uma profunda respiração. Para isso, eu não tinha um contra-argumento. Se quisesse mesmo que o Senhor abençoasse a nossa jornada eu teria de fazer a minha parte. Precisava consertar as coisas com a minha mãe, mesmo que ela não merecesse. Não era como uma barganha, mas era fácil pedir coisas ao Senhor sem estar disposto a Lhe dar o que requeria de nós. E o perdão era uma dessas coisas.

Por isso, coloquei-me de pé.

— Termine de lavar isso para mim — indiquei o balde com um dedo.

Orfa me fitou, assustada.

— Mas, eu...

— Você consegue, tenho fé em você.

Cobri a cabeça com o véu e comece a dar passos determinados até a casa que me abrigou por boa parte da vida. Meu estômago começou a se contorcer, do mesmo modo que acontecia quando eu era criança. Não percebi que, do meio o caminho em diante, diminui o ritmo das passadas e estava apertando o polegar da mão direita com a esquerda, uma reação automática do meu corpo. Continuei, vacilante. Cheguei a parar uma vez e dar meia-volta, mas uma voz interna soou dentro da minha cabeça:

Não...

Contrariada, mordi o lábio inferior e retomei o caminho, vacilante. Quando cheguei, reparei que a casa havia trocado de porta, agora de madeira. Bati três vezes e fiquei ali fora, esperando. Fazia tanto tempo que havia estado ali que não me sentia confortável em simplesmente entrar sem bater. Além do que, se o fizesse, poderia dar de cara com todo tipo de cena grotesca. Esperei mais alguns segundos. Nada.

— Saidi! — gritei do lado de fora, evitando a palavra "mãe".

O único barulho que eu ouvia era o das carroças carregadas de mercadoria e pessoas que passavam por trás de mim. Um sopro de vento fresco tocou o meu rosto e o pensamento de ela não estar em casa trouxe-me um alívio momentâneo. Abracei minha túnica, cruzando os braços, e apertei com os dedos as laterais do tecido. Esperei mais alguns segundos, depois bati na porta novamente. Talvez não fosse da vontade de Deus que eu a encontrasse naquele momento. Talvez eu não estivesse preparada. Talvez...

— Rute!? — uma voz interrompeu a minha capitulação egoísta.

Olhei para trás ao ouvir o meu nome e vislumbrei uma das profanas amigas de minha mãe. Eu não me lembrava do nome dela, mas recordava-me com nitidez de assistir suas bebedeiras quando era mais jovem. Estava abatida e enrugada, mas seus olhos castanhos ainda sustentavam a mesma malícia de sempre. Segurava um cesto de palha apoiado no enorme quadril e me examinou de cima abaixo com lentidão.

— Parece que a viuvez fez bem a você. Está ainda mais deslumbrante...

Deslumbrante? Eu? Ela só podia estar brincando comigo. Ignorei o seu comentário despropositado e fui direto ao ponto:

— Sabe onde está minha mãe?

Ela fez uma careta, pensativa.

— Não vejo Saidi há três dias. Pensei que estivesse viajando.

Vinquei as sobrancelhas. Um homem puxando duas cabras passou entre nós, nos obrigando a recuar. Assim que ele se foi, tornei a me aproximar.

— Viajando? Para onde? Minha mãe nunca saiu desta cidade.

— Não sei. — Ela ergueu os ombros. — Ultimamente ela vinha com uma conversa estranha, dizia que não via a hora de fazer a sua viagem... pensei que ela estava só divagando. Então, ela sumiu.

Sem acreditar, vagueei os olhos pelas barracas lotadas de pessoas da cidade, procurando algum sentido naquele sumiço. Minha mãe não estava mais tão nova a ponto de querer se jogar em uma nova aventura.

Agradeci com a cabeça, depois me virei para a casa, examinando cada reentrância da parede de pedra. Sem pensar duas vezes, entrei. Ao passar para o interior, fui acometida por uma multidão de recordações, a maioria não muito boas. Minhas mãos ficaram frias e meu estômago, já agitado, contorceu-se mais ainda. Cocei a bochecha, examinando o local. O odor ali dentro estava péssimo, cheiro de comida estragada. Cobri a boca e o nariz com o véu. Entretanto, todas as coisas de minha mãe estavam lá. Invadi o aposento um pouco mais e assustei-me quando ouvi duas tossidas. Olhei para o lado onde ficava a cama de minha mãe e lá estava ela, como que derramada sobre o tapete, pálida como uma vela.

— Mãe?! — Soltei a palavra sem querer e me aproximei.

Os olhos dela se abriram devagar, foi como se estivesse tentando compreender onde estava. Sua boca parecia seca e seu olhar perdido e envolto por olheiras roxas. Estava mais magra e visivelmente abatida. Ajoelhei-me ao seu lado, consternada.

— Rute...

— Sou eu.

Por instinto, peguei sua mão acinzentada. Estava quente como a de Malom antes de morrer. Ela tossiu novamente e levou um pano velho à boca. Quando o retirou, estava cheio de sangue. Estremeci.

— Oh, Deus... — Mil recordações horrorosas sobre Quiliom e Malom vieram à minha cabeça.

— Parece que finalmente chegou a minha hora. — Ela forçou um sorriso.

Levantei-me e fui para perto de um balde com água, que não estava muito fria. Molhei um pano dentro dele e corri de volta para colocá-lo em sua testa.

— Desde quando está desse jeito?

— Mais ou menos três dias.

— E não chamou ninguém? Ninguém veio lhe ajudar?

— Quem viria? Essa maldita peste tem matado muita gente por aqui. — Ela tentou um sorriso sarcástico. Senti uma pontada no coração. — Não tenho amigos nessa cidade, tenho conhecidos. Desde que perdi minhas graças femininas os homens já não me procuram. As mulheres só se aproximam de mim quando querem ajuda em alguma coisa. É uma cidade cheia de vermes... — E fixou os olhos em mim. — Menos você.

Senti um nó na garganta ao ouvir aquilo, mas endureci o

maxilar. Sabia como minha mãe podia ser manipuladora. Ela nunca havia me dirigido palavras carinhosas antes. Eu não queria cair em seus truques.

— Você não precisa me bajular, não vou deixá-la sozinha — afirmei.

Ela fechou os olhos por um momento e fez um gesto negativo com a cabeça.

— Não há mais jeito para mim, Rute. Eu vou morrer, com você perto ou não. — Sua voz falhava enquanto falava. — Não sabe como fico feliz de você ter fugido de nós, ter fugido de mim.

Baixei os olhos. Sabia que o povo de Moabe me considerava uma desertora, mas eu não me importava. Não me arrependia das minhas escolhas.

— Nada do que eu diga vai fazer você me perdoar — ela continuou, e parecia haver verdade em suas palavras. — Eu fui uma péssima mãe. Uma péssima esposa. Uma péssima tudo. Estou sendo castigada pelos deuses. É por isso que ninguém nunca me amou, e os poucos que conseguiram, eu espantei.

Mirei-a com comiseração. Mesmo que houvesse verdade em suas palavras, aquela mulher ainda era minha mãe. Uma pessoa que fez muitas escolhas erradas, que me levou para longe dela... A vida, no entanto, estava mandando-lhe a conta agora, e não seria eu, que havia conhecido o verdadeiro Deus, o juiz a bater o martelo.

— Eu já lhe perdoei. — Fixei meus olhos nos dela, com a esperança de lhe trazer algum alento naquele momento difícil. Pelo visto, minha convivência com Noemi havia mesmo me influenciado.

Uma lágrima desceu por sua face. Ao ouvir isso e ela deu um soluço.

— Mas não deveria. Eu fui horrível com você. Eu não sabia ser diferente... Fui abandonada pela minha mãe à beira do rio quando nasci. Nunca conheci meu pai. E nunca tive uma mãe.

Arregalei os olhos com aquela revelação. Eu não sabia praticamente nada sobre o passado da mulher doente à minha frente. Nunca conheci meus avós e ela não permitia que tocássemos nesse assunto. Só sabia que ela havia sido adotada por um tio que morreu.

— Por que nunca me contou isso?

— Não gosto de falar do passado. Não presta para nada.

— E o tio que lhe criou? Ele não era casado?

Ela soltou minhas mãos e apertou forte o pano ensanguentado contra o peito. Depois virou a cabeça de lado.

— Ele não era meu tio. Foi o homem que me achou na beira do rio. Um homem que não entendia como criar uma criança. — Tornou a olhar para mim com amargura. — Ele abusou de mim de todas as maneiras possíveis. Me humilhou. Me alugava para os seus amigos por alguns trocados. E quando eu recusava ir, ele me batia. — Fechei os olhos com força ao absorver aquela informação horrorosa. Minha mãe, que parecia tão forte, jamais imaginei que tivesse passado por algo daquele tipo. Quando tornei a encará-la, ela continuou: — Ele sempre dizia que eu era alguém desprezível e que por isso minha mãe havia me abandonado. Carreguei essas palavras comigo por muito tempo.

Levei uma mão à boca e comecei a chorar, passeando o olhar por sua face sofrida. Eu não sabia que minha mãe havia passado por tudo aquilo. Eu era tão preocupada comigo mesma, com o que *eu* sentia, que nunca havia me perguntado por que ela era tão violenta. De certo modo, passei a vida me comportando como Orfa: focada em meus próprios problemas e não enxergando a criança ferida que existia dentro da minha mãe.

Pousei a mão suavemente ao lado de sua cabeça, desejando que tivesse conhecido o amor de Deus.

— Eu sinto muito que tenha passado por tudo isso, mãe.

Ela fez uma careta em meio às lágrimas e balançou a cabeça em negativa.

— Não sinta. Eu lhe fiz quase o mesmo. Você tem razão de me odiar. De todo modo, aquele homem horrível morreu cedo em uma briga de rua e fiquei sozinha para me sustentar. Eu ainda era muito jovem. Não sei por que estou contando isso para você agora... — Mirou as próprias mãos, para fugir do meu olhar.

— Continue. — Toquei em seus dedos. Era como se eu estivesse conhecendo-a naquele dia. — Por favor...

Saidi respirou fundo antes de continuar e secou os olhos.

— Precisei me prostituir para me sustentar. — Deixou as palavras pairando no ar e esperou por uma reação. Mantive a face neutra. — A única coisa que sempre tive para oferecer às pessoas foi o meu corpo. Nunca fui muito inteligente... Seu pai me conheceu quando eu estava nessa vida. Ele me tirou de lá, me ofereceu um futuro e eu estraguei tudo. No fundo, eu achava que não merecia alguém tão bom como ele. Eu nunca soube ser amada. Era mais fácil lidar com a rejeição. Acho que foi por isso que o deixei descobrir que o traí. Ele merecia alguém melhor do que eu.

Todo aquele relato fez o meu peito se aquecer. De um momento para o outro, minha visão sobre a mulher que me dera a vida mudou completamente. Ela, pelo menos, não havia me abandonado à própria sorte. Agradeci mentalmente a Deus por estar ali naquele momento, ouvindo aquele relato.

— Eu não lhe odeio — revelei. — Ao contrário, eu a amava tanto que ficava frustrada por você não me amar... — Foi como se eu estivesse revelando aquilo para mim mesma, na verdade. — Fiquei zangada com você todos esses anos porque nunca correspondeu ao meu amor. Mas sabe, Deus me ensinou que podemos amar as pessoas que não nos amam. Somos livres para isso. Para amar sem esperar nada em troca. Deus nos amou primeiro e eu posso escolher amá-la primeiro também.

Pela primeira vez na vida vi os olhos da mulher que me trouxe ao mundo se emocionarem.

— O Deus de Israel parece mesmo ser melhor do que os nossos deuses. — Ela apertou a minha mão. — Olha só no que você se tornou...

Envolvi sua mão nas minhas. Era como se eu fosse dominada por uma força para soltar as palavras:

— Ele não é melhor do que os outros deuses, mãe. É o *único* Deus. A criação se separou dEle e se iludiu com outras doutrinas. E, apesar de Ele ter escolhido o povo de Israel como seu, Deus acolhe os estrangeiros que se unem a Ele pela fé. Foi isso que fiz e você também pode fazer. Ele pode até lhe curar, se você pedir.

Ela virou a cabeça de lado.

— Um Deus como esse jamais me faria favores.

— É aí que você se engana. Ele é o seu Criador, Ele lhe ama. Você foi ideia dEle desde o princípio.

— Uma má ideia... — Ela abriu um sorriso cansado e tornou a tossir. Depois fechou os olhos e puxou uma profunda respiração. Quando os abriu, mirou-me novamente com intensidade. — Me perdoe, filha.

Inevitavelmente joguei-me sobre ela, deitando a cabeça em seu peito e começando a soluçar. Havia muito tempo eu esperava por aquelas palavras, mas nunca imaginei ouvi-las de verdade. Foi como um bálsamo para o meu coração. Senti suas mãos acariciarem meus cabelos e apertei bem os olhos, como se com isso pudesse guardar aquele momento na minha memória e apagar todas as outras. Eu havia esperado por aquele afago durante toda a minha vida.

— Você foi a melhor coisa que fiz na vida, Rute. Se esse seu Deus me criou, foi para lhe você nesse mundo. E se de mim saiu algo tão bom, imagine só o que sairá do seu ventre.

Enxuguei os olhos e ergui a cabeça para fitá-la, apoiando meu queixo em sua barriga aquecida.

— Eu não posso ter filhos — revelei.

Ela sorriu com ternura.

— Então, faça o seu Deus mudar de ideia. Eu não lhe merecia, mas Ele me deu você. E você merece ter um filho.

Fechei os olhos com força e soltei as palavras que nunca pensei dizer antes:

— Eu a amo, mamãe. E lhe perdoo por tudo que me fez. Vou orar para que Deus entre em seu coração e lhe cure.

Seu peito subiu e desceu em uma funda respiração. Senti que começou a tremer, então corri e peguei mais uma manta para cobri-la. Não estava muito limpa, mas era o que tínhamos no momento.

— Eu posso chamar um sacerdote para lhe visitar. Ele pode orar por você...

— Não. — Ela negou com a cabeça. — Chegou mesmo a minha hora, a doença já está muito avançada. E eu estou cansada desta vida.

Minha face se contorceu novamente, segurando o choro.

— Você vai desistir logo agora, que finalmente nos conhecemos?

— Antes tarde do que nunca. Deite-se aqui do meu lado para me aquecer um pouquinho.

Fiz o que ela pediu e acomodei-me em frente a ela, face a face. Seu hálito estava horrível, mas não me importei. Nem mesmo pestanejei pelo risco de pegar a doença. Minha vida estava nas mãos do Senhor. Agora eu tinha certeza de que Ele é quem havia me conduzido até ali.

— Sinto muito pela morte do seu marido. — Apertou o meu ombro. - Malom era um homem bom.

— Era sim. — Passei um braço por cima dela. — Desde a morte dele, eu e Noemi ficamos muito perdidas. Ela decidiu ir embora para Belém.

Minha mãe absorveu a notícia por algum tempo, depois assentiu com a cabeça.

— E você vai com ela.

— Não posso. Não posso deixar a senhora assim.

Sua mão quente deslizou pela minha face, depois pelos meus cabelos.

— Eu vou ficar bem. E você também. Noemi sempre foi boa para você e sou grata por isso. Você merece começar uma nova vida, Rute. Merece se casar de novo, ter filhos... E quando conseguir, não jogue tudo fora como eu fiz.

Fiquei olhando para ela por um momento, memorizando sua expressão serena, que eu nunca havia visto.

— Obrigada — eu disse.

— Pelo quê?

— Por hoje.

Ela sorriu com dificuldade.

— Eu que devo lhe agradecer.

Apertei os lábios com um sorriso contido.

— Eu tenho uma ideia melhor — falei e peguei sua mão. — Vamos orar juntas e agradecer ao Deus de Israel por nos ter permitido viver este momento.

Minha mãe fechou os olhos suavemente.

— Parece ser uma boa ideia.

Capítulo 14

Mas os que esperam no Senhor renovarão as suas forças e subirão com asas como águias, correrão e não se cansarão, caminharão e não se fadigarão.
(Isaias 40:31)

Saidi morreu naquela mesma noite. Entreguei o seu corpo ao povo moabita para que cumprissem os rituais de sepultamento. Não fiquei para assistir. Tinha consciência de que a alma dela já havia partido e não queria participar daqueles rituais pagãos. Sabia que seria julgada pelo meu próprio povo por essa negligência, mas estava mesmo na hora de partir.

Certifiquei-me de que houvesse provisões suficientes para a viagem, cobertores e ervas calmantes, caso precisasse acalentar a minha sogra. Colocamos as capas e saímos de casa sem olhar para trás.

Assim que passamos pelas muralhas da cidade, um guarda corpulento que estava parado do lado de fora cuspiu no chão, como se comemorasse a nossa partida. Arqueei os ombros para trás e passei um braço pelas costas de Noemi, que me seguia taciturna, como se tudo à sua volta tivesse perdido o sentido. Olhava para o deserto sem vê-lo de verdade.

Subitamente, assustando-me, ela virou-se para trás para espiar a cidade de Kir pela última vez. Foi ali que havia criado os filhos. Era um passado que abandonaria. Emocionada, seus joelhos fraquejaram e minha sogra levou uma das mãos à testa. Orfa abandonou seu comportamento canceroso dos últimos dias e largou a bolsa no chão, correndo para me ajudar a ampará-la.

— Quer voltar e aguardar mais um pouco? — indaguei à minha sogra. — Está se sentindo mal? Podemos partir amanhã.

— Não. — Sua coluna se endireitou. — Vamos embora.

Assim que Noemi se recobrou começamos a caminhada para Belém. Alguns primos de Orfa resolveram nos acompanhar, para nos proteger. Eu não gostava de nenhum deles, mas achei melhor seguir desse jeito. Afinal, três mulheres sozinhas pelo deserto poderiam se meter em encrencas. Poderia haver ladrões, lobos, cobras, raposas e todo tipo de perigo pelo caminho. Assim, a ajuda masculina seria bem-vinda. O meu saco estava pesado, mas não ousei reclamar. Teríamos uma longa estrada pela frente e murmurar não estava nos meus planos. Sabia que Orfa faria isso por nós duas.

Orei mentalmente para que o Senhor nos protegesse naquela empreitada. Minha cunhada, como era de se prever, nos seguia de mau humor, reclamando de tudo e de todos. Estávamos caminhando havia pouco tempo quando ela se recostou em uma pedra e apoiou as mãos nos joelhos.

— Meus pés estão me matando! Está tanto calor aqui... — Abanou-se, excessiva como sempre.

Ignorei-a e virei-me para minha sogra.

— Quer descansar um pouco?

— Estou bem. — Noemi continuava sem expressão.

Peguei o odre de pele de cabra que eu carregava nas costas e bebi um gole. Orfa retirou-o da minha mão e começou a beber com vontade. Parecia querer fazer qualquer coisa para frustrar aquela viagem.

— Precisamos economizar, Orfa. E cada pessoa tem a sua porção de água. Use a que está nas suas costas. Se ela acabar antes do tempo, o problema será seu.

Seus olhos reviraram e ela bateu um pé.

— Estou caminhando para uma nação inimiga e ainda tenho que passar sede? Nem sabemos ainda como seremos recebidas por lá.

Vi Noemi se afastar e sentar-se embaixo de uma figueira. Com os dentes cerrados, aproximei-me de Orfa.

— Não vê como ela está sofrendo?

A viúva de Quiliom mirou a sogra com certo pesar.

— Eu sei, mas nós também estamos. — Sua face suavizou-se e a voz se tornou suplicante. — Eu estou com medo, Rute. Com muito medo. — E se jogou sobre mim em um abraço apertado.

Esqueci todas as nossas rusgas, larguei meu saco no chão e a abracei de volta. Sabia que minha amiga estava sofrendo tribulações havia muito tempo. E, como dissera Noemi, cada pessoa tem sua maneira de reagir às dores da vida. Afastei-me para olhar em seu rosto.

— Tenha fé, minha amiga. O Senhor nos conduzirá em segurança. Seremos abençoadas naquela terra ou onde quer que estivermos.

— Nunca mais vamos nos casar. — Ela desabafou um dos seus maiores temores. Estava tão desesperada para ser feliz que essa possibilidade devia estar torturando-a. — Há pouca probabilidade de um judeu querer se casar conosco, por sermos moabitas.

Enxuguei uma lágrima que caía em seu rosto.

— Vamos viver um dia de cada vez. — Forcei um sorriso. — Você ainda é uma linda mulher, tudo pode acontecer. Agora, vamos ajudar nossa sogra a seguir viagem.

Ainda insegura, Orfa assentiu. Quando viramos Noemi já estava parada perto de nós. E ouvira a conversa. Em um gesto calmo e calculado, colocou sua bolsa no chão e uma mão no ombro de cada uma de nós, alterando o olhar entre ambas. Por fim, falou:

— Eu parto daqui sozinha, minhas filhas. Vão, voltem para a casa dos pais de vocês. Que o Senhor seja benevolente com cada uma, como foram comigo até hoje. Quero que tenham uma vida tranquila e feliz e se casem novamente. — Em seguida beijou minha face perplexa, depois a bochecha de Orfa, que a abraçou e começou a chorar.

Noemi não sabia que minha mãe havia morrido. No meio de tanta tribulação eu ainda não havia tido oportunidade de lhe contar. Ela estava tão absorta na própria dor que eu não queria infligir-lhe mais sofrimento, preocupando-se comigo. Quando Orfa se afastou, apressei-me em falar:

— Eu não vou a lugar nenhum sem você. Nós não vamos. — Mirei Orfa de modo incisivo, mas ela já ajeitava a bolsa no ombro.

Minha sogra me encarou com firmeza.

— Por que vocês iriam comigo? Por acaso eu tenho mais filhos para casarem-se com vocês? — Sua voz era dura, mas eu sabia que ela estava se esforçando para nos enxotar de volta, pois pensava ser o melhor para nós. — Ainda que eu voltasse a me casar na velhice, vocês iriam esperar os meus filhos crescerem para se casar com vocês? Vão, vão embora. — Ela ergueu a voz e apontou na direção da cidade de Kir.

Meu coração afundou. Eu já havia perdido tudo, não podia perder a pessoa que mais amava naquele momento.

— Anda, vão embora! — Ela gritou, exasperada, mas em seus olhos lágrimas ameaçavam sair. — Eu já sou muito velha para me casar novamente. Vocês não precisam carregar minhas dores. A mão de Deus pesou sobre mim, Ele me tirou tudo. Ficar perto dessa velha só vai trazer maldição a vocês.

Orfa começou a chorar, mas não pensou duas vezes. Beijou lentamente o rosto de minha sogra e a abraçou enquanto eu assistia àquela cena sem crer, lívida. Noemi deu um beijo em sua testa e a abençoou em sua língua materna. Depois, minha amiga de infância beijou o meu rosto e tocou minha face com carinho.

— Desculpe, Rute. Minha irmã. Você sempre foi a melhor amiga que uma pessoa como eu poderia ter. Nunca me esquecerei de você.

Com raiva, confusa, contrariada, apertei-a em meus braços com força, como se não quisesse deixá-la fugir. Orfa representava a parte boa da minha infância e adolescência. Apesar do mau gênio, ela era mesmo como uma irmã para mim. Passei o tempo todo tentando convencê-la a ir embora conosco para me ajudar a cuidar de Noemi, quando na verdade era em meu próprio benefício. Porém, eu não podia julgá-la por querer ficar com seu povo. Diferente de mim, Orfa tinha uma família em Moabe. Pessoas que a amavam. Derrotada por esse raciocínio, afastei-me dela e segurei seu rosto nas mãos, com lágrimas impotentes descendo por minha face.

— Que o senhor, o Deus de Israel, o *nosso* Deus, lhe abençoe e lhe dê a paz que você tanto procura, minha amiga. Estarei sempre orando por você.

Emocionada, Orfa sorriu para mim.

— Shalom — despediu-se.

— Shalom. — Observei-a afastar-se com os primos.

Quando me virei, Noemi me mirava com desagrado.

— A sua cunhada já voltou para os seus falsos deuses. Volta você também. Afinal, é moabita.

Sorri com ternura. Dava para ver que minha sogra tentava me magoar para ir embora, mas não ia adiantar. Eu não estava ligada a ela por nenhuma espécie de acordo legalmente vinculativo. Eu a amava.

— Desista de tentar me enxotar, Noemi. Não vou lhe deixar. *Nunca.* Aonde você for, eu vou. O seu Deus é agora o meu Deus, e o seu povo é o meu povo. Aonde você morrer, é ali que também serei sepultada. Somente a morte poderá nos separar.

Os lábios dela estremeceram, como se quisesse desatar a chorar, mas logo se deteve e virou-se de costas para mim.

— Moabita teimosa.

Peguei minha trouxa, sorri e balancei a cabeça. Em seguida, continuei a caminhar pela planície atrás dela, abandonando definitivamente a colina.

Um dia e meio depois do início da viagem minhas têmporas doíam sob o sol escaldante. A noite havia sido extremamente fria e agora eu mal podia puxar o ar. Imaginei o que minha sogra estaria sentindo na sua idade. Por sorte, uma caravana de comerciantes judeus, que também desciam para Belém, passou por nós e eles nos deram carona na carroça durante a segunda parte do caminho, poupando a nossa peregrinação. Meus pés estavam em brasas, fadigados pelo deserto. Nossa água havia sido reposta em um poço por onde passamos, então nossos odres estavam cheios.

Noemi, por insistência minha, comia um damasco com o olhar vazio. Senti um aperto no peito. Será que algum dia ela iria se recuperar? Eu faria tudo o que pudesse para ajudá-la, embora minha própria dor pela falta de Malom ainda fosse como uma massa sólida pesando em meu coração. Eu tentava não pensar muito nele naquele momento, mas às vezes era assaltada por uma tristeza dolorosa e indizível. Fortalecia o meu espírito em orações silenciosas pelo caminho.

Fechei os olhos e tentei pensar em outra coisa além da fome, mas meu estômago doía. Nossos alimentos podiam estragar durante o percurso, portanto eu estava economizando-os ao máximo. Tentei me concentrar na paisagem ao ver que um lagarto nos espiava em cima de uma pedra. Havia outros dois menores ao lado dele. Imaginei se seriam seus filhotes. Depois, quase caí para trás ao tentar ver o topo de uma montanha próxima.

A paisagem de Belém de Judá só surgiu ao longe um dia depois e foi um refrigério para nossas almas. Avistamos os vastos trigais ao redor dos muros da cidade e sorrimos uns para os outros. O único som ao nosso redor era do forte vento que nos rodeava. Havíamos dormido em uma gruta naquela noite, perto da fogueira, pois as únicas hospedarias que vimos pelo caminho tinham uma reputação duvidosa. Passamos um pouco de frio, mas dormimos em relativa paz, uma vez que a cada barulho que eu ouvia meu coração pulava, achando que eu seria atacada por uma serpente. Minha boca estava ressecada e minha pele castigada pela areia, descascando, assim como a de todos os viajantes. Seguimos atrás de uma cáfila de camelos até nos aproximarmos da entrada da cidade.

Abrigadas sob as asas do Deus de Israel e sob o olhar atento de dois pastores que apascentavam seus rebanhos, atravessamos as enormes e imponentes muralhas de pedras, sãos e salvos. Meu coração vibrou como se uma borboleta batesse asas dentro de mim e contive um sorriso esperançoso. Havia tanto tempo que eu ouvia histórias sobre o povo que ali vivia que estava ansiosa por conhecê-los. Ansiosa por pisar naquele solo sagrado. Foi a primeira vez que senti algo bom desde o enterro de Quiliom e Malom. Um viajante próximo a mim notou meu ar de expectativa e me explicou que ali perto ficava o túmulo de Raquel, uma das matriarcas do povo judeu. Eu mal podia acreditar!

— Baruch adonai! — exclamaram todos quando cruzamos os portões da cidade.

Alguns meninos vestidos de túnica branca que brincavam no assentamento vieram correndo inspecionar as caravanas, acenando com alegria para nós enquanto corriam ao lado dos cavalos. Um deles ergueu uma tulipa para mim e eu a peguei, agradecendo com um aceno de cabeça. Sorri para eles, encantada com sua pureza e simpatia. Era como se tivessem sido enviados pelo Senhor para aplacar o meu nervosismo, o medo de ser hostilizada.

Por dentro, a cidade era linda, repleta de flores de todos os tipos e enormes edifícios de pedra. Apesar de a maioria das pessoas à volta vestirem roupas de cores cruas, havia diversos tecidos coloridos e vibrantes pendurados nas barracas dos comerciantes. Lembrei-me que Noemi uma vez me dissera que somente pessoas de posse conseguiam tingir suas roupas. Eu nunca havia valorizado as cores das minhas, até aquele momento.

Estranhei não ver imagens esculpidas pelo caminho. Em Moabe, elas estavam por toda parte. Então, lembrei-me de que ali não havia veneração. A estrela negra de Quemos sumiria para sempre da minha vista. Todos eram como nós, desprezavam os deuses ocos feitos de pedra. Imediatamente senti-me pertencente à paisagem.

Assim que algumas mulheres reconheceram Noemi, apesar de seu aspecto frágil e vulnerável, largaram seus cestos no chão e vieram correndo gritando o nome dela. Em seguida, afoitas, ajudaram-na a descer da carroça. Uma delas estendeu a mão para mim, sorrindo amavelmente debaixo do véu de lã clara, com verde e roxo na borda. Sua vestimenta se destacava das outras por aquele pequeno detalhe. Não que fosse uma vestimenta nobre, mas com certeza não era uma roupa simples. Quando cheguei ao chão, ela deu um beijo amistoso em meu rosto empoeirado, como se fôssemos velhas amigas. As outras mulheres fizeram o mesmo e me senti abraçada por aquele povo.

— Shalom, estrangeira. Obrigada por acompanhar Noemi — agradeceu uma delas.

Baixei os olhos, intimidada com tanta gente ao nosso redor.

— Ela é minha sogra, não fiz mais do que a minha obrigação.

— Eu não me chamo mais Noemi — comentou minha companheira de viagem, chamando a atenção de todos, inclusive a minha. Fiquei olhando para ela como se tivesse ganhado chifres. Que conversa era aquela? — Agora quero que me chamem de Mara, porque Deus me encheu de amargura. — As mulheres se entreolharam, espantadas e confusas.

Meus olhos se comoveram. — Cheia parti desta terra, com meu marido e filhos, mas o Senhor me fez retornar vazia. O Todo Poderoso só tem me feito mal.

Apertei os lábios, observando-a com tristeza. Era terrível me dar conta de que a mulher dócil e vibrante que conheci estava se transformando em alguém tão amarga, tão embotada emocionalmente. Eu não conseguia acreditar que as tribulações deste mundo poderiam ter arruinado aquela alma brilhante que vivia dentro dela.

Uma judia, visivelmente grávida e de pele escura, deu um passo para a frente e abraçou Noemi, comovida, envolvendo minha sogra com sua capa.

— Sinto muito por tudo que passou — tentou consolá-la. Em seguida se afastou e pegou a mão de minha sogra. Apesar de ter um filho no ventre, ela era esbelta e seu perfil era fino e delicado. — Venham, vocês devem estar cansadas e com fome. Essa noite repousarão em minha casa.

Senti um imenso alívio no coração e louvei ao Senhor. Pelo menos naquela noite não dormiríamos ao relento.

Pouco tempo depois já havíamos nos lavado em um tanque próximo e eu estava a comer vorazmente um ensopado de grão de bico. Também haviam nos servido pães de cereais, um prato de lentilhas e queijo de ovelhas. Surpreendi-me com a fartura de comida, pois a residência era simples. A casa de Afra, como descobri que era o nome de nossa anfitriã, estava cheia de flores de amêndoas, colorindo o ambiente de rosa. Aquela era a sua flor preferida. Ela me contou que o patrão de seu marido era um homem muito benevolente e sempre enviava as iguarias que sobravam de sua mesa para os criados.

— Obrigada por nos ter abrigado hoje e pela comida. — Segurei seus longos dedos negros por cima da mesa e os beijei. Noemi já repousava em outro aposento. — Deus a abençoe.

Afra sorriu com ternura, exibindo os dentes mais brancos que eu já vira na vida.

— Não precisa agradecer. Minha família e a de Noemi sempre foram muito ligadas. Ela é amiga de infância de minha falecida mãe. Além disso — tocou minha mão com suavidade —, somos as duas aparentadas. Ló, de onde saiu o povo moabita, era sobrinho de Abraão, nosso pai. Não devíamos viver com tantos conflitos. Foi a idolatria do seu povo que nos dividiu. Mas posso ver que é como uma de nós, senti isso no momento que pus os olhos em você.

Assenti com a cabeça, feliz que ela me visse daquela maneira.

— É verdade, eu também sirvo ao Deus de Israel. Mesmo assim, agradeço a sua generosidade. Espero não estarmos sendo um peso para você. Amanhã mesmo verei outro lugar para mim e minha sogra.

— Não precisa ter pressa... — Ela me acalmou enquanto tirava o véu da cabeça. Fiz o mesmo. — Vocês passaram por muita coisa, mas o Senhor cuidou de vocês até aqui. Ele continuará cuidando.

Relaxei um pouco na sua presença. Afra era o tipo de pessoa que me fazia sentir bem recebida.

— Posso lhe perguntar uma coisa? — Franzi o cenho.

Ela sorriu.

— Claro.

— O que são todos esses vidrinhos naquele canto?

Afra olhou para trás e os avistou.

— É pó de mirra. Eu e meu marido vendemos isso para aromatizarem outros produtos. É um trabalho extra que ele faz com a minha ajuda no tempo livre. Ferimos os troncos com uma fenda até extrair essa seiva dos arbustos. Depois de quatro meses, ela se cristaliza e vira esse pó que nós vendemos. Meu companheiro tem planos ambiciosos para o nosso futuro. E eu gosto de vê-lo sonhar.

Percebi que a mulher à minha frente tinha uma vida calma e feliz em Belém. Desejei um dia voltar a me sentir daquele jeito, amparada e em paz. Tentei ignorar a pontada que senti no coração ao me lembrar de Malom. Minha vida havia virado de cabeça para baixo em tão pouco tempo que eu nem sequer tinha tido muito espaço para sofrer. Sentia muita falta dele, mas não podia paralisar. Minha sogra já sofria por nós duas. Eu precisava ser forte. Precisava seguir em frente e aceitar a vontade do Senhor para a minha vida. E era o que eu estava fazendo.

Eu ainda conversava com minha nova amiga, contando a nossa trajetória até ali, quando um trabalhador negro, corpulento e jovial entrou no aposento carregando uma enxada e um regador. Cobri a cabeça imediatamente e fiquei de pé, com as mãos cruzadas na frente do corpo. Ele me examinou com suas pupilas escuras e depois voltou o rosto para Afra. Quando ficou de perfil, pude ver a enorme trança de seu cabelo crespo amarrada até a metade das costas. Ele mais parecia um soldado, de tão forte. Minha anfitriã abriu o sorriso.

— Temos visita. — Colocou uma mão em meu ombro. — Essa é Rute, nora de Noemi, que agora se chama Mara. Era a esposa de Malom. Lembra dele? Vocês brincavam muito antes de eles irem embora para Moabe.

Os olhos dele se acenderam à recordação.

— Claro que me lembro. Shalom, Rute. — Largou a enxada perto da parede. — Lembro dele e de Quiliom. Eles voltaram para a cidade?

Baixei os olhos para a minha esquerda, fitando um buraco no chão.

— Eles morreram há poucas luas por causa da peste — revelei.

— Oh... — Senti a piedade em sua voz.

Afra tirou o regador da mão dele.

— Rute, este é Nadav, meu marido. — Virou-se para ele, com uma mão sobre a barriga proeminente. — A mãe de Malom está dormindo lá dentro. Ambas chegaram hoje de uma longa viagem e precisam descansar. Amanhã veremos o que fazer.

— Pode ficar o tempo que precisar. — O tom do homem foi amistoso.

Fiz uma vénia enquanto o vi afrouxar o cinto de couro.

— Muito obrigada, senhor. Não se preocupe, será por

pouco tempo. — E comecei a arrumar as coisas da mesa, no intuito de ser útil aos meus solícitos anfitriões.

Com delicadeza, Afra se aproximou de mim e pousou os dedos longos e finos em meu antebraço.

— Rute, querida, você precisa recuperar as forças. Pode deixar isso tudo comigo. Já desenrolei sua cama perto de Noemi. Descanse em paz.

Eu estava tão desacostumada a cuidarem de mim que meus olhos se encheram de lágrimas de gratidão. Todo o meu corpo doía, da ponta da cabeça à ponta dos pés. Era impressionante a recepção que havíamos tido desde que chegamos àquele lugar. Em Moabe, as pessoas não se importavam tanto umas com as outras.

Fiz um gesto de reverência para ambos e me recolhi finalmente, orando para que conseguisse ter uma boa noite de sono e sentindo uma paz quentinha no coração.

Parte 2

BOAZ

O remidor

Capítulo 15

Quando fizerem a colheita da sua terra, não colham até as extremidades da sua lavoura nem ajuntem as espigas caídas da sua colheita. Deixem-nas para o necessitado e para o estrangeiro. Eu sou o Senhor, o Deus de vocês.

(Levítico 23:22)

— A casa é pequena, mas não a usamos para nada desde que a tia de Nadav morreu. — Afra colocou a trouxa de minha sogra sobre a esteira esticada no chão, coberta de pó. — Vocês podem ficar aqui pelo tempo que precisarem...

Mirei o pequeno recinto que iria nos abrigar pelos próximos dias. Era uma casa simples, construída de vigas de madeira e uma mistura de barro e palha picada, muito parecida com as outras da vizinhança. Havia muitas rachaduras na parede e uma escada lateral que dava para um telhado plano, onde havia um parapeito com grades de madeira. Um sopro de ar quente entrou pela porta e fez partículas de poeira dançarem em um feixe de luz do sol, que entrava pela janela alta. Passei a mão pelo forno de barro e tirei algumas teias de aranha que se formavam.

— Está ótimo, Afra. Nem sei como agradecer. — Meu coração realmente estava grato.

— Você pode nos fazer aquele seu delicioso bolo de figo. — Nadav entrou atrás de nós e desenrolou um tapete para que eu e minha sogra dormíssemos.

Sorri para ele. Aquilo era um carinho desnecessário. Poderíamos muito bem dormir sobre as nossas roupas, como muitos faziam, mas não recusei o agrado.

— Farei com todo prazer.

— Meu filho também adorava esse bolo da Rute. — Noemi examinava o teto com um ar pesaroso.

Todos nos entreolhamos, constrangidos.

— Bom... — Afra bateu as mãos depois alisou a enorme barriga. — Vou mandar meu sobrinho trazer a farinha e as frutas que prometi. Assim, vocês podem se aguentar por mais algum tempo... — Segurou minhas mãos nas suas e me olhou com carinho. — Sinto muito não poder ajudar com mais. Vou tentar levantar mais mantimentos com as vizinhas.

Não resisti e a abracei. Estava tão grata por sua vida! Se não fosse por Afra, não sei o que teria sido de mim e de minha sogra nas últimas duas semanas. Ela havia nos hospedado, nos alimentado, e agora estava cedendo um teto sobre as nossas cabeças. Afastei-me e segurei seu rosto. Minhas mãos ressaltavam em sua pele negra.

— Afra, querida, que o Deus de Israel derrame bênçãos sem medida sobre a sua casa e lhe dê em dobro tudo que nos deu. Agradeço por tudo que fez por nós, mas não quero que se preocupe com mais nada a não ser com esse bebezinho abençoado que vai nascer. A partir daqui, vou tomar as rédeas da situação. Vou procurar trabalho em Belém.

Noemi me mirou com tristeza.

— Oh, filha, como uma menina como você vai trabalhar em uma cidade estranha?

— É estranha, mas eles são o meu povo. — Passei o braço sobre os ombros de minha sogra e sorri para ela. — O nosso povo, lembra?

Pela primeira vez em dias, vi Noemi segurar um sorriso.

— Lembro-me bem.

Nadav, que havia saído sem percebermos, derramou algumas toras para lenha perto do forno de tijolos.

— Bom... — Ele colocou as mãos na cintura e esticou as costas para trás. — Meu trabalho por aqui está terminado. Se precisarem de mais alguma coisa, é só chamar.

Abaixei a cabeça em gratidão.

— Obrigada por tudo, Nadav. Shalom.

— Shalom. — Ele e Afra disseram juntos e foram embora.

Assim que saíram pus-me a organizar as coisas da melhor maneira possível. Achei uma vasilha de barro e saí para descobrir onde era o poço mais próximo. Trouxe água, limpei a casa e também as nossas sandálias, que estavam empoeiradas. A viagem havia desgastado o couro de vaca e eu estava a ponto de ficar descalça na rua. Assim que possível, precisaria providenciar sandálias novas para nós duas.

Tanto eu como Noemi tínhamos três peças de roupa cada, o que já era considerado um luxo em Moabe. Arrumamos nossas coisas pela mesa e em um canto abaixo da única janela que tínhamos. A casa não tinha praticamente nada. Eu e Noemi precisaríamos comer no mesmo prato de barro e beber no mesmo copo alternadamente. Pelo menos, tínhamos um tapete para dormir e não precisaríamos deitar direto no chão. Eu estava com medo de como ficariam as costas da minha sogra, dormindo sem almofada, mas precisava me preocupar com uma coisa de cada vez. Minha prioridade naquele momento era saber como poderia ganhar a vida.

Com isso em mente, após receber os donativos de Afra deixei minha sogra repousando sozinha e fui passear na cidade. Tinha esperança de conseguir trabalhar em alguma daquelas casas como criada. Fui batendo de porta em porta, apresentando-me, mas parecia que ninguém dali tinha nenhum serviço para mim. Tentei me manter otimista e fui para as barracas de comerciantes, mas muito menos eles tinham algum trabalho a me oferecer. Já estava anoitecendo e eu muito desanimada quando uma senhora que carregava uma grande ave morta de cabeça para baixo me deu uma dica: a colheita da cevada estava por começar.

— Amanhã bem cedinho você deve caminhar até um dos campos. — Apontou na direção leste de Belém com a mão livre. — Mesmo que não estejam precisando de trabalhadores, eles permitem que você colha as espigas caídas no chão e também nos cantos da plantação. Assim, você e sua sogra terão mantimento.

Apertei os lábios e meus olhos ficaram úmidos. Meu coração ardeu de saudades do meu sogro. Ele sempre fazia isso nos campos dele. Muitas pessoas da cidade de Kir sobreviveram em tempos difíceis graças ao seu respeito a essa lei mosaica, que visa proteger pobres, viúvas e órfãos. Quando poderíamos imaginar que um dia seria a nossa vez de respigar? Senti o cuidado de Deus em nossas vidas.

O início da colheita da cevada representava o recomeço. E isso era tudo o que eu queria naquele momento: recomeçar. Eu estava ansiosa por avançar com a vida, não queria ficar parada no tempo. Sentia muita falta de Malom, mas tinha convicção de que ele estava com o Senhor e que iria querer que eu fosse feliz. Pena que me Noemi ainda não conseguia ver tudo dessa maneira.

— As pessoas recuperam-se dessas coisas — disse-me Afra no dia anterior. — Dê tempo a ela.

Bom, eu estava dando. Afinal, eu havia perdido o marido, mas Noemi perdera o marido e os dois únicos filhos. Eu não tinha ideia do tamanho da sua dor e não podia julgá-la por não ter ultrapassado seu momento de luto.

No dia seguinte, o sol ainda não havia nascido quando me levantei e ouvi o burburinho de homens e mulheres caminhando para fora da cidade. Bebi um copo de água, coloquei meu xale sobre a cabeça e saí pela porta, apressando-me para acompanhá-los. Na noite anterior eu já havia avisado Noemi o que eu faria, por isso ela não se espantaria se não me encontrasse ao abrir os olhos. Tinha me dado a sua bênção para buscar trabalho.

Pareei-me com um dos trabalhadores que caminhavam, rindo e conversando com outros dois amigos. Tinha uma cicatriz na face e faltava-lhe um pedaço da orelha direita. Quando ele me notou, cutucou de leve os amigos e todos olharam para mim. Passei o xale por minha face, cobrindo minha boca e nariz, e apressei o passo, esquivando-me para perto de um grupo de mulheres. Tudo que eu não queria naquele momento era qualquer tipo de atenção masculina. Eu precisava arrumar uma maneira de manter minha sogra e a mim vivas, e isso era tudo que me importava.

Ainda respirando o orvalho da madrugada, caminhamos sobre o solo árido e pedregoso até o sol começar a despontar no horizonte. Íamos para o vale leste de Belém. Passamos por diversas oliveiras, uma casa em ruínas, uma fileira de camelos até que, por fim, chegamos à estrada que dividia os campos. Os segadores tiraram a sorte entre eles para dividir os trabalhadores. Jogavam pequenos pedaços de madeira marcados em um vasilhame e, quando tiravam-nos, sabia-se quem iria para qual campo. Caiu para mim a sorte de ir colher nas terras de um senhor chamado Boaz. Segundo uma das trabalhadoras, era um homem de fibra e caráter, muito bom para seus servos e servas. Fiquei animada com essa informação.

Seguimos nosso caminho. Ao longe da plantação, o edifício onde o dono daquelas terras morava se erguia, imponente, cercado por um jardim de flores azuis. Fiquei maravilhada com os altos muros de sua propriedade. A casa toda era coberta de ladrilhos e saía fumaça da chaminé, como uma promessa de calor e abrigo. Não havia outras moradias agrícolas perto daquela, como no povoado onde vivíamos.

Uma cálida luz amarela a banhava e iluminava o solo

brilhoso e lamacento da entrada. A enorme plantação subia ligeiramente a encosta à frente da residência, como um resplendor dourado. Era um cenário tão bonito, tão farto, que senti vontade de chorar. Sorvi o ar fresco do campo, agradecendo ao Senhor pela ordenança que havia dados aos senhores de terras hebreus para ajudar os necessitados.

Eu estava entre os rebuscadores, sendo informada do que deveria fazer, balançando a cabeça para cima e para baixo como uma tola, para mostrar que prestava atenção, quando chegou o capataz. Ele cumprimentou a todos com seriedade, orientou sobre respeitarem os direitos dos pobres, estrangeiros e viúvas, e avisou que esperava a colheita de pelo menos cem cestos naquele dia. Depois apontou as ferramentas de trabalho para nós.

A primeira foice foi lançada contra as espigas. Amarrei as mangas largas da minha túnica atrás do pescoço para que meus braços ficassem livres e pus-me a trabalhar, imitando as moças que segavam o campo ao meu lado. Antes de pensar em colher qualquer coisa para mim, queria ser prestativa e ajudar os outros trabalhadores, para ser sempre bem vinda entre eles. Se eu fosse útil, nas próximas sete semanas de colheita eu e Noemi teríamos alimento.

Durante todo o meu trabalho desajeitado não vi ali segadores com olhos baixos e submissos, e sim sorrindo, relaxados e conversando entre si. Em Moabe havia uma espécie de repressão dos grandes senhores sobre os seus servos, pois isso trabalhavam de sol a sol reclamando. Eu ainda refletia sobre isso quando senti uma mão grande em meu ombro.

— Rute?!

Virei-me para trás e sorri de alívio quando vi que era Nadav.

— Você por aqui? — Enruguei a testa e enterrei meu instrumento de trabalho no solo. — Não lhe vi no meio dos trabalhadores quando viemos.

— Eu chego sempre mais cedo, trabalho na casa grande. Sou o jardineiro do senhor Boaz.

Sorri, encantada ao me lembrar das lindas flores que vira em torno do edifício.

— Isso explica a sua casa também ser cheia de flores. E aquilo... — Indiquei o jardim com o queixo. — É mesmo uma obra de arte.

Nadav baixou os olhos, tímido como uma criança. Era engraçado ver aquele homenzarrão tão vulnerável.

— Meu pai também era jardineiro. Sempre vivi entre as flores.

— Como está Afra?

Ele revirou os olhos de modo dramático.

— Reclamando! Não consegue mais dormir em nenhuma posição.

Dei risada.

— Ainda faltam quantas luas para o bebê nascer?

— Não sabemos ao certo... — Fez uma careta. — Talvez três, talvez quatro...

— Vai chegar no tempo que o Senhor determinar.

Seus lábios grandes e grossos se abriram.

— Isso. — Olhou com gozo para a mão em que eu segurava a minha ferramenta de trabalho. — Pelo visto, não lhe deram nenhum treinamento.

Segurei a risada.

— Está tão óbvio assim?

— Deixe-me ajudar. — Ele desenterrou meu equipamento de segar. — Segure firme a ferramenta, assim. — Demonstrou com um gesto. — Segure sempre a parte de cima do grão e use a foice em sua mão dominante. — Mirou-me rapidamente com os olhos alertas. — Tenha cuidado, pois está bem afiada. Eu mesmo afiei algumas. — Voltou a atenção para o que estava fazendo. — Depois, acerte a ponta afiada da lâmina o mais perto possível do chão para cortar todo caule da planta. Trabalhe de um lado para o outro. E vá com calma. — Devolveu a foice para mim. — O esforço nos braços e nas costas pode ser grande, o que dificultará o trabalho nos dias seguintes. — Voltou os olhos para as flores. — Preciso voltar ao trabalho. Bom ver que você já se arranjou.

Sorrindo, fiz um aceno com a cabeça e voltei a agarrar os caules amarelos para arrancá-los, um pouco mais confiante. Enquanto ainda ajudava os trabalhadores, prendi a barra da minha túnica em meu cinto de tecido para começar a colher algumas espigas para mim e Noemi nos cantos da plantação. Avistei alguns deitados na terra. Cansada, fixei os olhos neles. Eu mesma me sentia colhida por Deus como aquele trigo caído no meio da lama. Fechei os olhos e agradeci o plano dEle em minha vida. Por ter me recolhido do meio de tanta imundícia. Sua misericórdia havia me alcançado em Moabe. Deus havia me dado uma nova fé, um novo povo, uma nova família... E, mesmo com as lutas, Ele estava sendo fiel e abundante em todas as nossas necessidades. Decidi ali que confiaria nEle até meus últimos dias e que faria de tudo para ajudar minha amada sogra a recuperar sua fé.

Trabalhei o dia todo, ignorando o cansaço. Algumas vezes por dia um grupo de mulheres abençoadas passava por nós, servindo água que pegavam do poço para todos. Já era fim de tarde quando me servi de mais um, agradeci e bebi avidamente. Estava gostando de suar, gostando de fazer alguma coisa produtiva com a minha vida. Enxuguei a testa com o antebraço e contemplei ao longe as montanhas da Judeia sob a luz do crepúsculo. Eram magníficas. O céu se dividia em tons de rosa e laranja, e a silhueta de duas crianças corriam e brincavam no horizonte. Logo, logo seria noite e os trabalhadores se distinguiam em dois grupos: os cansados e os sorridentes.

Refleti sobre a natureza da vida e suas ambiguidades. Cansaço, tristeza, sofrimento, alegria, contentamento... tudo isso fazia parte do tecido humano. Cada um deles com a sua devida importância. Afinal, o que seriam os dias felizes se não conhecêssemos os dias de dor? Será que os valorizaríamos da mesma maneira? Eu tinha certeza que não. Após temer a fome e o desalojamento, eu estava mais do que grata de estar naqueles campos, garantindo o meu sustento e de Noemi. Tudo dependia da captura dos olhos e daquilo que deixávamos entrar no coração.

Senti uma brisa leve atravessar minha pele e, de olhos fechados, exibi um sorriso suave nos lábios. Entoei um louvor de gratidão em minha mente, sem notar que, de longe, alguém me observava enquanto meus lábios se moviam, cantando baixinho.

Capítulo 16

Então, Boaz perguntou ao seu moço que estava posto sobre os segadores: De quem é esta moça?

(Rute 2:5)

Ele segurava as rédeas de um puro-sangue na mão esquerda, como se tivesse acabado de desmontar, e enxugava a testa suada com o pulso direito. Foi assim que o vi pela primeira vez, em frente à fachada de sua casa, mirando-me com os olhos cerrados e curiosos. Homens e mulheres o notaram quando chegou, agitando-se, como se começassem a trabalhar um pouco mais rápido. Seus cabelos enrolavam-se suavemente na fronte, de um castanho intenso, quase vermelho. Alguns de seus cachos apareciam por detrás das orelhas e pescoço debaixo do seu turbante. Sua égua castanha relinchava, tinha tanta presença quanto o dono.

Assim que abri os olhos e me deparei com essa imagem, senti meus batimentos cardíacos acelerarem, aquecendo minha pele. Aquele sentimento me pegou de surpresa e minhas mãos começaram a transpirar sem motivo.

Interrompendo a cena, a capataz apareceu perto do cavaleiro com um odre de vinho, depois carregou a égua para os estábulos. Em um arroubo de lucidez, desviei o olhar. Quem eu pensava que era para encarar o proprietário daquela maneira? Apertei os olhos com força, depois os abri. Tentei me manter ocupada colhendo as espigas, mas, como uma mariposa atraída para a luz, não consegui evitar espiá-lo furtivamente mais uma vez, por debaixo do véu.

Ele usava um manto de lã carmesim com detalhes dourados cobrindo sua túnica, que tinha mangas maiores do que as dos demais, e as sandálias tinham cordas amarradas em torno das panturrilhas musculosas. Cada detalhe da sua vestimenta indicava sua afluência. Com um movimento calmo ele enfiou o polegar esquerdo no cinto de couro, intrincadamente trabalhado, para descansar a mão. Havia nele um ar de confiança masculina. Sua expressão ao perscrutar a plantação tinha algo de imperioso, mas não arrogante.

Aquele era Boaz, eu tive certeza.

Ele estava levando um copo até a boca quando seus olhos enigmáticos se voltaram para mim. Havia algo de familiar em seu rosto, mas eu não conseguia distinguir totalmente por conta da barba. O formato do nariz fino, um pouco marcante, os olhos astutos... eu não sabia dizer.

Sua mão parou antes que o líquido chegasse até a boca

quando ele avistou Nadav passando e assobiou para ele. Meu amigo se aproximou e Boaz inclinou-se levemente para sussurrar algo em seu ouvido, apontando o queixo em minha direção. Nadav olhou para mim e ambos começaram a conversar.

Estremeci e baixei os olhos.

Será que eu havia feito algo errado? Será que ele percebeu que eu era moabita? Será que iria me expulsar de suas terras? Afinal, tecnicamente, aquela lei dos respigos era para proteger, prioritariamente, os judeus.

Desesperada, apressei-me a recolher do chão o máximo de espigas que consegui, atormentada por pensamentos de fome e escassez para mim e minha sogra. Eu não podia falhar com ela, não podia desampará-la... Precisava garantir que Noemi e eu tivéssemos comida para os próximos dias. Comecei a orar em pensamento:

Senhor, que ele não me expulse daqui. Senhor, não deixe que me expulse daqui...

— Ei! — Um dos servos de Boaz chegou perto de mim. — Você é a nora de Noemi, não é mesmo?

Fixei os olhos no solo, começando a tremer.

— Sim, meu senhor.

O homem cruzou os braços por cima de sua túnica fina e puída.

— E qual é o seu nome?

— Rute, meu senhor.

— Rute… — Ele fez uma pausa enquanto meu estômago se revirava de medo. — Venha comigo. O senhor Boaz quer falar com você.

Mirei-o pela primeira vez, com os olhos alarmados e o coração disparado. Era um homem de meia-idade, baixinho e roliço.

— Eu fiz alguma coisa de errado, senhor?

O criado abriu um sorriso sem um dos dentes da frente, achando a minha reação engraçada. Depois estendeu para a frente as duas palmas das mãos cheias de calos.

— Calma. Você não fez nada errado. Venha, vamos até ele.

Cocei um lado do rosto nervosamente, sabendo que não era um convite que eu pudesse recusar. Em seguida respirei fundo, tentando engolir o pânico que borbulhava na superfície da minha mente, e cambaleei até lá. Agarrava com força a barra da minha túnica, onde carregava a colheita, com medo de perder qualquer grão que fosse. Aquela poderia ser a minha última refeição.

Ao chegar perto de Boaz, não me atrevi a erguer o olhar. Sua presença me intimidava, eu não sabia o que fazer. O servo me apresentou:

— Esta é a Rute, senhor, nora da viúva Noemi.

Houve silêncio por algum tempo e vi a sombra de Boaz entregar o copo ao servo e depois despachá-lo com um aceno de mão. Em seguida cruzou as mãos atrás do corpo e ficou ali em pé, com as pernas afastadas. Os pelos do meu braço se levantaram quando perguntou:

— Onde está a sua sogra? — Dirigiu-se a mim pela primeira vez, sem inflexão na voz.

Minha resposta saiu fraca.

— Está em casa, meu senhor.

— E por que não veio com você?

Umedeci os lábios, com medo de gaguejar. Minha sogra não tinha condições de fazer aquele trabalho duro. Resolvi falar a verdade.

— Ela já está em idade avançada, senhor, não tem mais as mesmas forças que eu. Posso trabalhar por nós duas — garanti.

— Vejo que sim. — Ele ficou calado por um momento. Minha boca estava seca, a pele fria... Eu estava me preparando para o pior. — Meu capataz me disse que você se esforçou bastante na colheita de hoje. Olhe para mim. — Pareceu me dar uma ordem, mas seu tom era suave.

Obedeci e precisei erguer um pouco a cabeça. Ele era um palmo mais alto do que eu. Senti o sangue esquentar em minhas veias mais uma vez. Pelas pequenas rugas em torno dos olhos e lábios, notei que meu senhor parecia uns quinze anos mais velho do que eu. Embora seu cabelo fosse de um tom de terra, sua barba tinha fios ruivos e grisalhos espalhados entre os castanhos, dando-lhe um ar de maturidade. Boaz era um homem forte e parecia ter tanto vigor quanto os jovens camponeses que trabalhavam comigo.

Fiquei confusa com o modo interessado como me examinou. Tive a impressão de que havia algo a mais em seu rosto, um fascínio que tentou disfarçar. Após um breve momento, ele dirigiu os olhos pela plantação.

— Não procure mais outro campo para colher. Pode ficar aqui com as minhas moças. Esteja sempre com elas, assim estará segura. — Tornou a me encarar, agora mais sério. — Não é bom uma mulher sozinha como você estar segando pelos campos desprotegida. Coisas ruins podem acontecer, está me entendendo?

— Sim, meu senhor.

Ele continuou:

— Darei ordens aos meus homens para que não lhe molestem. Pode colher o que quiser e beber água dos nossos vasos durante o trabalho.

Aliviada, coloquei-me de joelhos à sua frente, esparramando parte da minha colheita no chão. Apoiei os dedos na terra e finalmente consegui respirar. O que eu menos esperava era a sua bênção para ficar por ali.

— Muito obrigada, meu senhor. Deus o abençoe por isso. — Ergui o rosto já molhado pelas lágrimas de gratidão e alívio que deixei escapar. — Como pode ser tão bom para mim sendo eu uma estrangeira?

Apertando os lábios de leve, Boaz respirou fundo e estendeu os dedos longos para tocar em meu queixo. Seu toque foi como água morna jorrada pelo meu rosto.

— Sou parente de Elimeleque e senti muito pela sua morte. — Mirava-me fixamente enquanto falava . — Soube que você, mesmo após ter ficado viúva, tem cuidado da esposa dele. Que veio embora de Moabe para uma terra estranha para cuidar dela. Poucas mulheres fariam isso. Que o Deus em cujas asas você veio se abrigar Lhe retribua por essa bondade.

Sorri com os olhos, inebriada por sua generosidade.

— Obrigada — Segurei sua mão.

— Venha — Ele me ajudou a me levantar. Reparei no largo bracelete de couro que envolvia o seu pulso. — Erga-se.

Incrédula, coloquei-me de pé, ainda apertando sua mão. Por um momento esqueci-me completamente da colheita derramada aos meus pés. Do mesmo modo como me esqueci que um judeu não deveria tocar em uma mulher que não fosse sua esposa. Como um homem como ele poderia se interessar pela vida de uma viúva pobre como eu? Uma simples serva... Certamente, o que diziam sobre o seu caráter era verdade. Louvei a Deus por minha sorte de ter caído naquele campo. Desde que havia chegado em Belém, a benevolência do Senhor me cercava por todos os lados.

— Obrigada por me consolar com essas lindas palavras. Eu sou como uma de suas criadas, e mesmo assim o senhor falou ao meu coração.

Seus olhos intensos me examinaram, analisando-me. Olhos orlados por longas pestanas claras, como minúsculas penas douradas. De repente, Boaz se virou para trás, em direção às altas portas da frente da casa. Depois voltou-se para mim.

— Venha, está na hora da refeição.

Ele mirou um servo que estava próximo de nós e apontou a cevada caída no chão, emitindo uma ordem sem palavras. O trabalhador assentiu com a cabeça imediatamente e começou a recolher tudo que eu havia derramado.

Em seguida, soltando meus dedos, o senhor daquelas terras caminhou em direção à lateral da residência. Presumi que deveria segui-lo. Apertei uma mão na outra e, após dar um sorriso fraco para o servo que recolhia meus restos, sussurrei "obrigada" e fui atrás dele.

Como logo percebi, aquele não havia sido um convite particular. Vários segadores comiam em torno da enorme mesa que ficava embaixo de um sicômoro, onde penduraram uma lamparina de azeite para quando escurecesse de vez. Alguns deles tocavam tamboril e outros dançavam, fazendo gracejos.

Com naturalidade, Boaz acomodou-se no meio deles e começou a comer. Apesar de suas vestes requintadas, percebi que era um homem do povo, que não se importava em sentar-se direto na terra. Admirado pelos homens, adorado pelas mulheres, logo vi que algumas lhe sorriam com imensa desfaçatez. Fiquei me perguntando se ele não teria uma esposa.

Uni-me ao grupo e sentei-me um pouco mais perto de onde havia uma fogueira, com alguns peixes assando sobre o braseiro. Após darmos graças, devoramos um prato de lentilhas vermelhas. Comi fartamente, mas com um sentimento de culpa.

— O que foi? — Indagou-me Nadav sentado ao meu lado. — Não gostou da comida?

— Não. Não é isso. — Indiquei negativamente com a cabeça. — Está tudo maravilhoso.

— Então...

— É que... — Olhei para os lados para ver se ninguém estava me ouvindo. Boaz estava entretido, mastigando lentamente e ouvindo com atenção o que um dos servos dizia. — Gostaria de estar compartilhando essa refeição com a minha sogra.

— Ah... — Ele baixou o tom e me abriu um sorriso cúmplice. — Eu não me preocuparia com isso se fosse você. — E se levantou, passou por uma roda de oleiro e desapareceu no interior da residência.

Fiquei mirando-o partir, confusa com suas palavras. Depois desviei a atenção para o centro da mesa, onde serviram um bolo de mel. Odres de barro circulavam de mão em mão no meio da conversa alta e das gargalhadas dos trabalhadores, que esvaziavam sucessivas taças de vinho ao som de uma música alegre. Aquele era o final relaxante de mais um dia debulhando duro. Eu estava feliz por estar naquele ambiente leve depois de ter vivido tanta tristeza. Algumas criadas ainda estranhavam a minha presença e me observavam como um animal exótico, mas eu sabia que seria questão de tempo para elas se acostumarem.

Ao conversar como uma das servas, fiquei sabendo que entre eles não havia escravos. Todas as dezenas de subordinados de Boaz eram assalariados. Seus ordenados eram pagos em grãos, frutas e animais. E ele era conhecido por entregar recompensas tangíveis àqueles que lhe oferecessem um serviço notável, como peças de vestuário tecidas à mão e cestas de alimentos contendo variedades de grãos e odres de vinho.

Quando notei que já estava entardecendo, levantei-me e os olhos do dono da casa seguiram meu movimento.

— Obrigada por tudo, meu senhor. Agora, se permitir, preciso voltar para casa, minha sogra está me esperando.

Segurando um pedaço de queijo de cabra entre os dedos, Boaz acenou positivamente com a cabeça.

— Mande lembranças minhas a Noemi. E não se esqueça da sua colheita.

Agradeci com a cabeça e olhei para trás, onde mirei uma cesta de palha repleta de cevada, trigo e um pouco do que estava servido na mesa. A criada me entregou tudo aquilo e meus olhos se arregalaram. Aquela, definitivamente, não era a cesta de espigas danificadas que eu havia colhido. Voltei os olhos ternamente para Boaz, para lhe agradecer, mas ele já havia virado de costas para mim, de frente para os amigos. Sem dúvida, era um homem muito caridoso. Mesmo sem a capa, suas costas pareciam largas. Tive vontade de abraçá-lo por sua bondade, mas apenas abençoei-o em silêncio na minha mente.

Sorrindo, segurei a minha cesta e voltei caminhando para casa, onde Noemi me esperava com um ânimo diferente.

Capítulo 17

Então, disse-lhe sua sogra: Onde colheste hoje e onde trabalhaste? Bendito seja aquele que te reconheceu. E relatou à sua sogra com quem tinha trabalhado e disse: O nome do homem com quem hoje trabalhei é *Boaz.*

(Rute 2:19)

— Ah, louvado seja Deus! — Noemi veio em minha direção e retirou a cesta cheia dos meus braços. — Fiquei orando por você durante toda a manhã. Pelo visto deve ter trabalhado muito, e bem. Bendito seja aquele que reconheceu o seu esforço. — Pôs os alimentos em cima da esteira e passou seu xale sobre os ombros frouxamente. — Conte-me, em que campo foi segar hoje?

Sorrindo, lancei-me sobre ela e a abracei. O perfume de sua pele estava misturado com o cheiro de sol, cominho e cebolas. Ela estava com um novo semblante e eu podia jurar que havia saído de casa. Era tão bom vê-la se comunicar comigo novamente... Dei um beijo em sua face e me afastei dois passos. Minha sogra piscou duas vezes.

— Nem parece cansada do trabalho — comentou.

— E não estou. — Retirei o meu véu da cabeça e o coloquei pendurado na janela. — Quer dizer, o meu corpo está, mas minha mente não. Foi tão bom passar o dia no campo, respirar aquele ar, conversar com as outras servas... No final do dia, todos nós nos sentamos à mesa para cear. Foi muito divertido.

Noemi abriu um sorriso leve.

— Quanta generosidade desse senhor. Qual o nome dele? Será que o conheço?

Segurei-a pelos ombros com um ar de felicidade.

— Essa é a melhor parte, minha sogra. Ele é vosso parente. O dono daquelas terras chama-se Boaz.

— Ah... — Noemi sentou-se em uma almofada que não estava ali pela manhã. Imaginei ser mais uma das doações generosas de Afra. — Sim, eu o conheço. É um parente de Elimeleque, também da tribo de Judá. Eu não o vejo desde... — Vagou os olhos pelo ar, depois os ergueu para mim e deu um sorriso matreiro.

— Que foi?

— Lembra-se de quando você era mais nova e estávamos lavando roupa, então chegaram estrangeiros a cavalo em Moabe? Você ficou encarando um deles e eu até brinquei com você...

Franzi o cenho, depois arregalei os olhos e minhas faces esquentaram até as orelhas.

— Oh, Deus... — Pus uma mão sobre a boca. — Eu não me lembrava de onde o conhecia. De fato, ele está mais velho, mas agora posso me recordar...

— Quem diria... — Minha sogra balançou a cabeça, depois me mirou com grande concentração, tamborilando os dedos em seu joelho. Seus olhos estavam em mim, mas parecia que seus pensamentos me atravessavam. — Pelo visto, o Senhor ainda mantém a sua benevolência pelos vivos e pelos mortos. Meu marido sempre alimentou tanta gente e agora Deus usa o parente dele para nos alimentar.

Senti um nó na garganta, explodindo de felicidade com suas palavras. Finalmente, a coração da minha companheira de lar estava se voltando novamente para o Senhor.

— Eu pensei a mesma coisa enquanto estava debulhando. O Senhor tem sido fiel conosco. Fico feliz que a senhora esteja conseguindo enxergar.

Noemi respirou fundo.

— O Deus de Israel visitou meus pensamentos pela manhã. — Mirou a parede da casa, como se pudesse enxergar através dela. — Fiquei pensando que se eu e Elimeleque tivéssemos confiado nas provisões do Senhor e não ido para Moabe, talvez meu marido e filhos ainda estivessem vivos. — Tornou a virar o rosto para mim. — Abandonamos a nossa terra sem a direção do Senhor e fomos para uma terra idólatra, onde os campos estavam fartos, mas aquela fartura era atribuída a Baal. Não confiamos que o Senhor poderia nos suprir aqui mesmo. Sempre achei esquisita aquela história de que a fertilidade dos campos de lá era graças a relações sexuais entre Baal e Astarte. Muitos judeus que emigraram com a gente se desviaram dos caminhos de Deus e começaram a adorar esses ídolos de forma vergonhosa, com os pagãos. Alguns só buscavam ao Deus de Israel quando precisavam de intervenção militar.

— Eu sei. — Acenei com tristeza. — Os judeus são muito temidos por serem guerreiros valentes. O nosso Deus é conhecido por lá como o Deus da guerra.

— Pois é, mas Ele não é só isso. É também aquele que nos guarda e provê de tudo o que necessitamos.

Segurei suas mãos com carinho.

— De todo modo, vocês foram o veículo que Deus usou para chegar até mim e serei eternamente grata por isso.

Noemi abriu um sorriso fraco.

— Tem razão. — Colocou-se de pé. — Não adianta lamentar o passado. Deus é tão bom que usa até os nossos erros para abençoar outras pessoas. Escute, minha filha... — Segurou os meus braços. — Você deve permanecer nos campos de Boaz até o fim da colheita.

Assenti com a cabeça, obediente. Não seria nenhum sacrifício ficar naqueles campos, ocupando a minha cabeça com o trabalho.

— Foi isso que ele mesmo recomendou. Disse que daria ordens aos servos para que ninguém me incomodasse. É um homem muito bom.

Noemi segurou um sorriso e seus olhos de repente pareceram divertidos.

— De fato. Agora vá relaxar um pouco que vou preparar algo para comer. Ainda tem fome?

— Não, obrigada. Estou satisfeita. — E estava mesmo. Satisfeita e agitada. Não sabia o porquê.

— Ótimo. — Ela beijou minha testa, depois afagou a lateral do meu rosto. — Você sabe que eu a amo, não sabe?

Meus olhos umedeceram ao ouvir aquilo, então a abracei.

— E eu amo você.

Noemi passou os braços em torno de mim, alisando as minhas costas.

— Perdoe se tenho sido uma velha rabugenta.

Recuei e segurei o seu rosto adorável nas mãos.

— Você tinha todo o direito de ser. Foram muitas mudanças, muitas perdas... Mas o Senhor decidiu nos manter vivas por algum propósito, Noemi. E juntas, vamos descobri-lo.

Com os olhos úmidos, minha sogra assentiu e seguiu para perto do forno.

Na manhã seguinte eu caminhava pela trilha pedregosa até a casa de Boaz, absorta por pensamentos otimistas. Tudo parecia estar melhorando desde que puséramos os pés em Belém. Menos as minhas costas, que doíam em cada músculo. Contudo eu estava feliz, animada com o novo dia de trabalho.

Não percebi que ia fazendo uma trança lateral em meu cabelo pelo caminho, lembrando-me da noite anterior e da alegria contagiante dos trabalhadores em torno daquela mesa. Será que seria igual todos os dias? Eu esperava que sim.

Tão logo cheguei à plantação ajeitei o véu sobre a cabeça, puxei a barra da túnica para cima e comecei a trabalhar. Por algum motivo, meus olhos se voltavam para a porta da entrada principal com alguma regularidade. Respirei fundo e procurei focar no que estava fazendo, mas cada vez que um servo entrava ou saía por aquela porta meu olhar era atraído para lá.

Continuei arrancando os feixes, ignorando a coleção de piadas indecentes que alguns trabalhadores faziam ao meu redor. Eu ficava repugnada com aquele comportamento de alguns. Pelo menos, nenhum deles se dirigia diretamente a mim. Ao contrário, olhavam-me um pouco desconfiados e mantinham-se distantes. Agradeci ao Senhor em minha mente e sorri em segredo ao me lembrar da promessa de Boaz: "Darei ordens aos meus homens para que não lhe molestem."

Mais tarde apiedei-me de duas senhoras grávidas que trabalhavam perto de mim e ajudei-as em suas próprias colheitas. Quando me cansei, fiquei ereta, passei as costas da mão pela testa e fiquei mirando a casa grande por algum tempo, com os olhos cerrados, até que a voz de uma criada me assustou.

— Não estava acostumada com esse tipo de trabalho, não é?

Alarmada, olhei para ela. Era uma senhora idosa e de pele curtida.

— Só estou descansando um pouco. — Fechei o semblante.

A mulher abriu um sorriso debochado e de poucos dentes enquanto arrancava um feixe de trigo.

— Sei...

Ignorei-a e movi o peso de um pé para o outro. Depois mordi o lábio inferior, analisando a residência com descaramento.

— Ele não está aqui — ela me avisou, como se lesse os meus pensamentos. — Saiu para a cidade bem cedo.

Corada, eu a mirei.

— Quem?

Suas mãos cheias de veias espantaram algumas moscas.

— O senhor Boaz. Não é ele a quem está procurando?

— Claro que não. — Tornei a trabalhar, com um calor subindo pelo meu pescoço. — Estou procurando Nadav, esposo de minha amiga Afra. Ela está grávida e quero saber notícias.

Desde quando me tornei tão mentirosa?

— Meu nome é Leah. — A serva tornou a colher ao meu lado com uma agilidade que deve ter adquirido ao longo dos anos. — Você é a nora de Noemi, certo? Seu nome é Rute.

Espiei o seu rosto cheio de rugas e ofereci um meio sorriso.

— As notícias correm rápido por aqui.

— Só as interessantes.

Não sabia se me sentia lisonjeada ou insultada. *Eu? Interessante?*

— Trabalha aqui há muito tempo? — Desviei do assunto.

— Todos os anos, desde pequena. Não há campo melhor em Belém para trabalhar. Seu Boaz é um patrão muito bom, assim como foi seu pai.

Eu iria perguntar mais sobre ele, mas uma jovem moça saiu da residência e chamou a nossa atenção. Era uma jovem esguia, com um véu de um azul profundo que cobria os enormes cabelos castanhos e enrolados. A passos lentos ela caminhou pela entrada da casa e passou uma mão pela pele clara do colo despido pelo decote, onde havia um cordão colorido de pedras. Os dedos longos da mão direita estavam cheios de joias. Sua túnica, também azul, era acinturada por um filete de pano dourado, combinando com a barra da saia. A vestimenta era um pouco mais justa do que eu via nas demais mulheres da região e acentuava suas curvas voluptuosas. Ela exalava o frescor da juventude em suas maçãs do rosto levemente coradas e lábios rosados. Eu nunca havia visto uma mulher tão bonita na vida.

Seus olhos claros passearam pelos trabalhadores da plantação, especialmente pelas mulheres. De repente, tive uma súbita compreensão de como eu, e a maioria delas, estávamos sujas e malvestidas. Nossas mãos estavam manchadas de terra e nossas testas brilhavam pelo suor. Para piorar, a tal moça parecia trazer um contentamento estranho no olhar. Como se estivesse agradecida por não ser ela a fazer o nosso trabalho e encontrasse alguma satisfação ao contemplar aquela tarefa penosa.

Algo se agitou em seu olhar quando ouviu o barulho de cascos de cavalos e mirou a lateral do edifício. Ela alongou o pescoço para enxergar melhor, fazendo seus cabelos se soltarem por debaixo do véu e balançarem ao vento. Quando avistou Boaz e dois servos chegando pela estrada de terra, um leve sorriso tocou os seus lábios e ela desceu dois degraus da escada, entrelaçando as mãos sobre o ventre magro. Como eu já havia visto aquele olhar de adoração no rosto de outras mulheres que trabalhavam na casa, sabia que significava paixão.

Entretanto, a passagem de seu senhor por ela foi rápida. Com um pergaminho na mão, Boaz desmontou do cavalo na frente de casa e subiu as escadas. Parou perto dela somente o tempo suficiente para abrir o broche dourado sobre o ombro direito, tirar a capa de lã e entregá-la displicentemente nos braços da moça. Depois, antes que pudesse contemplar a mesura que ela fez ao segurar o tecido, apressou-se para dentro, seguido por dois homens. Nem sequer espiou a plantação.

A emoção que havia aparecido nos olhos dela desapareceu tão rápido quanto surgiu. Olhando para nós com ressentimento, a jovem apertou a capa nos braços brancos e cumpridos e gritou:

— Esse trigo não vai se colher sozinho.

Em seguida, voltou a passos duros para dentro da casa.

Duas trabalhadoras que estavam próximas a imitaram baixinho e deram risadas.

— Essas meninas... — brincou Leah, balançando a cabeça.

— Quem é ela? É a senhora dessas terras? — apressei-me a perguntar.

— Não. O nome dela é Naama, prima do senhor Boaz. Os pais faleceram há alguns anos e ele a adotou por ser o parente mais próximo. Pelo que soube, os pais dela deixaram muitas riquezas. Seu Boaz a trata como uma filha e atende muitas de suas vontades. Já tentou arranjar um casamento para ela várias vezes, mas a menina recusa todos os pretendentes.

Franzi o cenho.

— E ele a deixa recusar?

Leah ergueu as sobrancelhas.

— Como eu falei, ele cede às vontades dela. A avó da senhora Naama era prima do pai de Boaz. Antes de morrer, ela o fez prometer que sua neta só se casaria com quem ela amasse. Parece que ela mesma não foi muito feliz com o marido. Boaz manteve a promessa até hoje.

— Ah... — Mirei a residência outra vez. — Ela é tão bonita... — comentei sinceramente, relembrando os tempos em que minha pele tinha aquele mesmo vigor. — Por que será que ela não quer se casar?

Leah deu duas batidinhas camaradas no meu ombro.

— Bom, isso você descobrirá com o tempo. Vamos voltar ao trabalho.

Sua resposta foi evasiva, mas confirmavam as minhas suspeitas. Naama deveria ser mais uma na lista das mulheres apaixonadas pelo dono daquelas terras.

Tornei e colher as espigas e contornei o assunto. O sol estava forte e eu podia sentir as minhas costas em brasa enquanto me movimentava.

— Então, o senhor Boaz ainda não tem uma esposa? — Tentei não impostar interesse na voz.

Minha companheira de trabalho abriu um sorriso matreiro.

— Não... — E espiou o meu rosto. — Ainda.

— Pensei que ele pelo menos fosse viúvo, ou algo do tipo — divaguei, colocando um grupo de espigas no cesto.

— Seu Boaz é um homem trabalhador e temente a Deus. Desde que os pais dele faleceram, vive para cuidar dos negócios e das pessoas que trabalham para ele, assim como o senhor Salmom, seu pai. Sinceramente, o fato de ele ainda não ter uma esposa é um mistério para nós. Qualquer mulher da tribo de Judá teria prazer em se casar com ele. Nosso senhor precisa de um herdeiro, ou deixará tudo que tem para outro.

Fiquei olhando para a casa grande, intrigada. O dono daqueles campos tinha tudo que um homem poderia ter: bens, boa fama, saúde e era cercado de pessoas que o respeitavam. O fato de ainda não ter uma companheira, uma família, era no mínimo curioso.

Passei os dois dias seguintes calada, meditando sobre aquilo, o que ajudou o tempo a passar mais rápido. No fim do trabalho eu voltava para casa e ajudava minha sogra nas tarefas domésticas. Depois de jantarmos, ela me contava histórias sobre o povo de Israel, como seu falecido marido fazia.

Em algumas noites eu tinha dificuldades de adormecer. Deitada, cruzava as mãos atrás da cabeça e olhava para o teto. Pensava em Malom e em nossa vida pacata em Moabe. Eu não tinha saudades da minha antiga cidade, mas sentia falta de tê-lo ao meu lado. Alguém para me aconchegar depois de um longo dia de trabalho. Alguém para me ajudar a garantir o nosso sustento. Malom tinha cuidado de mim como um marido zeloso. Se pelo menos eu tivesse tido um filho dele, teria alguém mais a quem me apegar, além da minha sogra. E não teríamos perdido as nossas terras pela falta de um herdeiro. Porém, eu sabia eu de nada valia lamentar o passado. O Deus de Israel era o meu provedor agora, e Ele me bastava.

Passei algumas madrugadas sentada em nosso telhado, olhando a lua e falando com o Senhor, que sempre acalmava o meu coração. O ar ali era reconfortante e o céu de um azul profundo. As lamparinas acesas pela cidade davam um lindo aspecto na vista dali, como se fossem uma extensão dos pontos cintilantes do céu.

Às vezes, eu ouvia o som de alguma flauta ou saltério vindo de uma das casas. Imaginava uma família cantando em coral e conversando em torno da mesa, como fazíamos em Kir, antes de meu sogro falecer. A alegria e a comunhão eram uma marca forte do povo hebreu, assim como a música. Neste quesito, nenhum deles era introvertido, todos dançavam. Sua vida social ia muito além das festas anuais e obrigatórias. Qualquer espécie de reunião familiar já era motivo para festejarem a noite toda. Seus filhos cresciam cercados pelos pais e avós. Assim, eram todos apegados entre si.

Durante o dia, para me distrair no trabalho, eu conversava com Leah e cantávamos louvores enquanto colhíamos. Aliás, era comum um grupo de segadores cantar coletivamente em várias partes da plantação. Eu não havia visto mais o senhor Boaz, pois ele saía com frequência e não havia aparecido na plantação nos últimos dias.

Certo fim de tarde, quando o sol já estava quase a ponto de se pôr, a cacofonia dos segadores já havia acabado e restavam poucas pessoas na plantação, todas se recolhendo para partir. Eu estava aproveitando o momento de quietude, satisfeita com a colheita daquele dia. A maioria dos trabalhadores já estava fazendo a refeição noturna dentro da casa grande. Porém, assim como nos últimos turnos, preferi ficar um pouco mais por ali, após orar e agradecer a Deus pela colheita, desfrutando da calmaria.

Meu braço brilhava de suor e eu não parava de pensar como seria reconfortante tomar um banho de rio. No entanto, me contentaria em voltar para o nosso pequeno lar naquela corrente humana de trabalhadores e jogar um grande jarro com água do poço sobre a cabeça. Eu não tinha óleos aromáticos para me limpar, então costumava fazer isso com um pano molhado.

Eu estava debaixo de uma videira, segurando uma cesta em um braço e afagando a cabeça de uma cabra com a mão livre quando Nadav se aproximou, abrindo caminho entre o rebanho.

— Acho que ela gostou de você. — Ele riu a indicou o animal com o queixo.

— E eu dela. — Sorri. — Como está minha amiga? Algum sinal do bebê?

— Nada. E Afra continua reclamando, como sempre. Tem dores por todos os lados. Se essa criança não nascer nos próximos dias, eu mesmo vou empurrá-la para fora — brincou.

Dei risada.

— Se esse bebê for tão determinado quanto a mãe, só vai sair quando quiser.

— Isso é verdade...

Rimos juntos.

— Não vai entrar para comer com os outros? — Mirei a casa.

— Eu ia, mas o patrão me mandou vir aqui para buscar você.

Senti um salto no coração. *Me buscar?* Após alguns dias sem vê-lo, eu sequer imaginava que Boaz se lembrava de mim.

— Eu? Por quê?

Nadav deu risada.

— Você vai ficar assustada toda vez que o meu senhor lhe chamar? Vai parecer que andou fazendo algo errado...

— Não, não, eu... eu só não esperava por isso. — Mirei a fachada da residência. — Nunca imaginei que fizesse falta.

— Todos fazem. — Nadav espantou a cabra para junto das outras com uma vara. — Mas hoje, em especial, ele quer falar com você.

— Como assim, em especial?

— Venha comigo. — Ele largou o objeto no chão e virou-se para caminhar.

Hesitei no primeiro momento. Aquele seria o pretexto perfeito para eu ver o dono daquelas terras, mas algo dentro de mim relutava com aquele desejo de vê-lo. Como se fosse... errado. Como se eu não pudesse dar atenção àquela fascinação boba que sentia pelo nosso parente. Afinal, o senhor Boaz estava sendo muito generoso comigo e eu não podia confundir o seu senso de responsabilidade com os criados com um interesse real por uma mulher como eu. Talvez, fosse esse medo que estivesse me mantendo sempre do lado de fora da casa durante o jantar, para evitar alimentar qualquer sentimento equivocado por ele.

Contudo, seria uma ofensa recusar o seu chamado. Ele podia querer mandar algum recado para Noemi. Já havia me demonstrado o seu carinho por ela. Sendo assim, mirei a construção e, ressabiada, segui para lá.

Capítulo 18

Não vás colher em outro campo, nem tampouco passes daqui.

(Rute 2:8)

Os raios de sol desciam pela entrada da casa, lançando uma luz bruxuleante pelo piso de pedra calcária por onde eu iria passar. Parei um segundo ao avistar o Mezuzá revestido de ouro, afixado a sete palmos do chão no umbral da porta, que sempre ficava aberta. Tínhamos um igual àquele em nossa moradia na cidade de Kir, mas de madeira. Ali dentro daquela caixinha havia orações e os princípios do judaísmo passado aos hebreus por Moisés. Eu já havia decorado cada um dos dez mandamentos. Toda vez que Boaz entrava naquela casa, ele beijava os próprios dedos depois tocava naquele objeto. Instintivamente, passei a minha mão sobre ele.

Quando vi que Nadav me espiava, retirei a mão, constrangida. Finalmente entrei e percebi o quanto o ambiente era fresco. Corria uma leve brisa que atravessava as inúmeras janelas abertas. Em nossa humilde casa, eu e Noemi só tínhamos duas, e ficavam no alto. Uma acima do fogão e outra em uma das paredes. Eu tinha que me colocar na ponta dos pés se quisesse ver qualquer coisa do lado de fora.

A casa de Boaz era muito limpa e me impressionou a ausência de cheiros desagradáveis. Respirei um odor aromático enquanto pousava o meu cesto carregado de cevada no chão. Talvez fosse um incenso queimando ali perto, para perfumar a casa e afastar os insetos. Uma serva estava parada perto de nós com um jarro de barro nas mãos. Olhei para o meu amigo.

— Preciso lavar os pés?

Nadav assentiu. Eu sabia que aquele era um hábito do povo judeu: lavar os pés sempre que entrávamos em uma casa, mas eu estava tão nervosa com aquele encontro que seria capaz de me esquecer do meu próprio nome.

Antes que eu fizesse isso a menina ajoelhou-se na minha frente e puxou o meu calcanhar para si. Depois retirou as sandálias e passou água por eles. Esperei, sem graça. Eu era perfeitamente capaz de fazer aquilo sozinha. Já havia feito milhares de vezes desde que morávamos em Kir. Inclusive, lavava os pés das visitas e os do meu marido sempre que ele voltava do trabalho no campo. Quando a criada acabou, agradeci com um sorriso e esperei que Nadav fizesse o mesmo. Depois, segui atrás dele.

Para a minha surpresa o criado não seguiu pelo caminho que levava à mesa do pátio, onde comiam os trabalhadores. Eu podia ouvir suas vozes ressoando no fundo. Avançamos por um corredor imenso, com vários tapetes trançados uniformemente, e espreitei as paredes caiadas que havia ali dentro, muito sólidas. Deveriam ter sido feitas com tijolos de areia e cal. Eu nunca havia visto aquilo em Belém. A maioria das casas comuns eram rudimentares, quando muito tinham algumas cortinas arriadas para separar um dos cômodos.

Passamos por uma enorme sala com outra grande peça de tapeçaria, cercada de almofadas coloridas. Não era daquelas com peles de animais, que tínhamos em nossa antiga moradia em Moabe. Nesta havia fios dourados e com desenhos. Eu ainda apreciava a belíssima decoração quando chegamos a um átrio estreito, sem teto, iluminado pela luz natural.

Boaz estava calmamente sentado à beira de um tanque construído com pedra de granito, que ficava no centro de sua casa. A água, que devia ser armazenada pela chuva, brilhava e dançava ao vai e vem da sua mão, produzindo um som sereno e reconfortante. Dava para ver os músculos do seu antebraço por baixo da manga longa da túnica. Seu cabelo parecia ter uma aura vermelha em torno dos cachos castanhos, dando-lhe um aspecto celestial. Estava absorto em seus pensamentos.

Quando Nadav pigarreou, seu rosto virou-se para nós. Por um instante, seus olhos se ergueram para mim e me acariciaram de tal forma que fiquei com os sentimentos tumultuados. Curvei-me desastradamente. Boaz agradeceu ao servo com a cabeça e sacudiu os dedos dentro do tanque para secá-los. Em seguida, ficou de pé e retirou o olhar de mim, ordenando:

— Siga-me. — E saiu andando na minha frente.

Atendi seu comando e fui atrás dele. Boaz vestia uma túnica tecida em lã clara, bordada com verde e dourado, que se movimentava pesadamente conforme ele caminhava. Seu andar era firme, imponente, e me senti um bocado desajeitada enquanto o seguia.

Chegamos em uma sala pequena, com um grande tapete de pele de cabra esticado no chão. Havia uma pequena mesa de cedro disposta com várias iguarias e um pergaminho de selo quebrado por cima. Boaz parou ali e mirou o objeto por algum tempo. Depois virou o corpo para mim. Seu olhar direto fez o meu corpo se aquecer.

— Como está Noemi? — Seu tom foi suave.

— Está bem, meu senhor.

— Espero que esteja recuperada da longa viagem.

Abri um leve sorriso, lembrando-me de como o ânimo dela havia melhorado.

— Ela é uma mulher forte.

— Assim como você — ele emendou, fazendo-me corar.

Baixei o rosto e foquei em minhas mãos, entrelaçadas na frente do corpo. O elogio, em vez de me lisonjear, causou-me embaraço. Mortificada, examinei a mim mesma. A vergonha me atacou como uma força física. Meus braços estavam enegrecidos pelo sol e minhas unhas estavam sujas, assim como a minha roupa. Minutos antes Boaz havia feito com que eu me sentisse uma mulher desejável com um simples olhar, e só agora eu me dava conta do meu estado.

Como pude me sentir assim?

Eu não era uma donzela e não estava mais no auge das minhas graças femininas. Além disso, meu aspecto em geral era descuidado e desnutrido e eu devia estar exalando mau-cheiro por causa do trabalho do dia. Toda a minha aparência não combinava com aquele ambiente. Eu estava diante de um homem nobre, cheio de riquezas, em uma casa limpa e cheia de servos. *O que estou fazendo aqui?* Meu lugar era nos campos agora, junto com os outros trabalhadores. Ele devia ter misericórdia de mim, nada mais.

— Está com sede? — Boaz perguntou, interrompendo meus pensamentos mortificantes.

— Não, meu senhor.

— Não seja tão tímida. — Ele se abaixou e serviu água em um copo de prata, depois o ofereceu para mim, ondulando a longa manga de sua túnica com o movimento. Sem graça, eu o peguei. Tenho certeza de que ele notou a surpresa em meus olhos. Eu nunca havia sido servida por um homem. Ainda mais um patrão. — Trabalhou debaixo do sol durante o dia todo. Beba — recomendou.

Obedeci. E, de fato, dei-me conta de que estava mesmo morta de sede. A água estava fresca e deliciosa. Eu poderia ter bebido mais uns dez copos sem reclamar, mas apenas agradeci e coloquei a taça na mesa, com um movimento de joelhos.

Boaz foi até perto de uma bacia com água e lavou as mãos. Depois se sentou. Eu apenas o mirava, em expectativa.

— Sente-se. — Solicitou.

Enrijeci todos os músculos do corpo. *Eu? Sentar-me com ele?*

— Temo que isso não seja possível, senhor.

— Por que não?

— Não quero ofendê-lo, estou muito suja.

— Não ofende. Está suja porque passou o dia inteiro fazendo um trabalho honesto. Nunca sinta vergonha disso. Além do que, preciso conversar com você. — Apontou novamente a almofada, encorajando-me a sentar.

Eu não podia imaginar como um senhor como ele poderia ter um assunto comigo. Além disso, não tinha a menor ideia de como navegar nas formalidades de cear com alguém da sua posição. Mesmo assim, tensa, lavei as mãos na bacia e sentei-me diante dele. Depois, coloquei uma mecha que escapava atrás da orelha e esperei. Meu coração estava acelerado.

Examinei a porta do cômodo, imaginando o que alguém pensaria se me visse acomodada ali, sozinha, com um homem. Eu não estava mais acostumada a ficar em companhia de um. Principalmente com um estranho. Além do que, não havia nada em mim que fosse digno do tempo do meu senhor.

— Está gostando de morar em Belém?

Ele arrancou um pedaço de carne de avestruz ao molho de laranja e o ofereceu para mim. Peguei-a e fiquei segurando-a com os dedos duros, mas não a mordi.

— Sim, estou. Sempre ouvi muito falar dessa cidade. E ela é tudo o que me disseram.

— Que bom. — Os sulcos de sua bochecha se aprofundaram quando deu um gole em sua bebida, me examinando. Seu rosto inescrutável não me permitia ler o que se passava em sua mente. — Havia muitos hebreus em Moabe?

— Alguns.

— É, eu me lembro. — Ele me olhou pensativo e depois girou o vinho na taça antes de pousá-la na mesa. — Estive lá uma vez, durante a festa da tosquia das ovelhas.

— Eu sei — falei sem pensar.

— Sabe?

A mais simples sugestão de um sorriso tocou seus lábios, formando uma linda covinha em sua bochecha direita. Havia uma faísca de surpresa em seus olhos.

Pela primeira vez Boaz pareceu-se muito com aquele rapaz vibrante e jovem que eu havia visto dez anos antes. Senti como se um pássaro batesse asas dentro do meu peito.

Agora, como eu iria explicar que já o tinha visto naquele tempo? Seria constrangedor demais admitir que *me lembrava* dele...

— Minha sogra disse que o senhor os visitou uma vez. — Torci a verdade, enrubescendo ainda mais pela sensação de culpa.

— Ah... — Seus olhos se voltaram despreocupados (ou seria desapontados?), para a carne fatiada. Não tive certeza se ele mordeu minha isca. Eu não sabia aonde ele queria chegar com aquela conversa. — Na época, ouvi dizer que muitos hebreus de lá já haviam se desviado da fé e abraçado outras doutrinas... — Com uma facilidade impressionante Boaz pegou uma noz e quebrou-a em com um aperto de mão. Depois, enfiou o miolo na boca e esperou pelo meu comentário.

Engoli o nó de medo que ficou preso na minha garganta, com um formigamento de preocupação. Coloquei as mãos no colo, ainda segurando a comida que me fora oferecida. Eu estava desconfortável sob o seu escrutínio. Será que ele pensava que eu havia trazido outros deuses da minha terra comigo? Que poderia contaminar a sua plantação? Meus dedos tremiam levemente e eu estava tentando controlá-los. Peneirei com cuidado as minhas palavras.

— É verdade, meu senhor, infelizmente. Mas se está preocupado comigo, posso lhe garantir que não sou uma idólatra. Eu sirvo ao Deus de seus pais.

Os músculos do ombro dele relaxaram e Boaz soltou a cascas na mesa.

— Eu sei — confessou.

— Sabe? — Minha pergunta em pensamento alcançou minha voz. Senti meu rosto aquecer outra vez.

O que há de errado comigo?

— Sim. Aliás, ironicamente, você é a única que ora após o trabalho.

Meus olhos abriram-se levemente. Eu não o havia visto nos últimos dias.

— Como sabe?

— Eu observo. — Seus lábios esticaram-se de um lado e ele apontou a janela. Depois chupou o dedo polegar para tirar a gordura. Senti uma quentura subir pelo meu pescoço. Não tinha ideia de que ele havia me vigiado nos últimos dias. Boaz pegou um figo seco e passou-o no molho de mel temperado, tornando a ficar mais sério. — Eu a vi algumas vezes com as mãos levantadas no campo no fim do dia, com os olhos fechados e os lábios se movendo. Só queria ter certeza de que estava agradecendo ao Deus certo, o único.

— Sim, meu senhor.

— Eu já lhe disse que você é bem-vinda aqui. — Mordeu um pedaço da fruta. — Apesar de não termos nos visto muito nos últimos anos, eu tinha muito apreço por Elimeleque. Quando meu pai morreu, ele esteve alguns dias aqui comigo, me ajudando a colocar tudo no lugar, a assumir as responsabilidades... Nunca imaginei que iria perdê-lo tão logo também, ainda mais de uma maneira tão bárbara... — Fiquei comovida com a nota de compaixão em sua voz. — Não quero que Noemi passe nenhuma necessidade. Tudo de que vocês precisarem, podem vir pedir a mim.

Finalmente meus braços amoleceram. Mais uma vez percebi que ele só estava querendo ser generoso conosco.

— O senhor tem sido muito bom para nós. Não queremos dar mais trabalho que o necessário.

— Deixe que eu julgue isso.

Assenti, segurando um sorriso. Como Leah havia me dito, Boaz parecia ser um homem justo e preocupado com as pessoas à sua volta. Era admirável que uma pessoa como ele, com tantos afazeres, se importasse com os servos.

— Malom era um bom homem. — Ele comentou de repente.

A menção do nome do meu marido foi como uma pontada lancinante em meu coração. Por algum motivo, senti-me culpada de estar ali. Aliás, eu nunca pensava nele quando estava perto do meu senhor.

— Sim, ele foi. — Baixei os olhos, que logo ficaram enevoados.

— Desculpe. — Meu anfitrião apertou os lábios. — Eu não quis causar-lhe sofrimento.

— Não causou. Sou grata pelo tempo que Deus nos deu juntos. Mesmo com nossas lutas, eu e meu marido fomos muito felizes. — Tentei me recompor e sequei os olhos. — Malom agora está com Deus.

— É muito sábio da sua parte pensar assim.

— É a verdade.

Boaz ficou me mirando por mais um momento, sorrindo com os olhos, como se tentasse me decifrar. Depois apontou a carne desfiada.

— Não vai mesmo comer? — Abriu um sorriso encantador.

Tímida, ergui uma mão em direção ao pato assado com creme de romã. Eu estava com fome demais para recusar por educação. Já estava quase perdendo a compostura e atacando tudo que estava vendo na mesa. Eram iguarias refinadas, com combinações agridoces, cada prato parecia melhor do que o outro.

Entretanto, antes que eu alcançasse a comida, senti alguém parar ao meu lado. Acompanhei a barra da túnica amarela de baixo para cima e me deparei com o rosto de Naama. Perdi a cor. Ela nos mirava com ferocidade, passando o olhar afiado de um para o outro. De perto, parecia ainda mais jovem, provavelmente era uns dez anos mais nova do que eu. Senti meu pulso acelerar quando percebi que seus sentimentos por Boaz eram fortes. Consternada, ela parou os olhos no rosto dele.

— Desde quando traz os servos para comer em seus aposentos particulares?

Boaz deu um suspiro tão fundo que parecia tê-lo puxado da ponta dos pés. Em seguida, com um ar cansado, colocou-se de pé. Por respeito, também me levantei.

— Desde sempre.

— Eu estava lhe esperando para jantar. — O tom dela era inquisitivo.

— Desculpe por não avisar que iria comer aqui. — Ele foi gentil, embora estivesse nitidamente irritado com a intromissão.

A menina virou-se para mim e examinou-me de cima a baixo, com uma cara de quem havia comido frutas azedas.

— Essa não é a moabita? — indagou com desdém. Seu ar de superioridade demonstrava claramente sua repulsa por mim.

Boaz assumiu um tom mais severo.

— Sim, essa é a Rute. Ela era nora de Elimeleque, parente dos nossos pais.

A garota cruzou os braços de modo indulgente. Lembrou-me um pouco o jeito de Orfa.

— Meu pai me disse que esses hebreus que foram para Moabe se corromperam com os costumes daquele povo. E, pelo visto, foi isso mesmo que aconteceu. — Tornou a me encarar com desgosto. — Não podia mesmo vir nada bom de um povo proveniente de um incesto.

Boaz deu um passo à frente, colocando-se entre nós.

— Nunca mais diga isso.

— Acaso estou mentindo? — Ela continuou, desafiadora. Eu não compreendia aquela raiva toda dela por mim. Pelo visto, nem todos os hebreus acolhiam os estrangeiros. — O povo moabita não descende da relação de Ló e uma de suas filhas após a destruição de Sodoma e Gomorra? Tanto os moabitas quanto ao amonitas são frutos de um incesto! São amaldiçoados!

O maxilar de Boaz se retesou.

— As filhas de Ló erraram perante o Senhor, mas estavam tentando dar uma descendência ao seu pai, que já era velho. E como Deus conhece a intenção do coração do homem, teve misericórdia daquele povo e não nos permitiu invadir suas terras quando passamos por lá com Josué. Se Deus agiu com misericórdia com eles, quem você pensa que é para julgá-los?

— Não estou querendo julgar, só estou atestando um fato! — Ela rebateu.

— Pois, então, quero que trate esta moça com todo respeito, assim como todos os estrangeiros que trabalham para mim.

Naama estreitou os olhos verdes.

— Como pode defender uma estrangeira que cresceu em uma cultura idólatra? Ela polui o ar que eu respiro!

As narinas de Boaz alargaram-se de uma maneira que me fez encolher. Eu nunca tinha visto agressividade nos olhos dele. Em geral, sempre mantinha uma natureza branda e paciente.

— Raabe, minha falecida mãe, também era uma estrangeira que se converteu ao verdadeiro Deus, assim como Rute. Uma estrangeira que Deus amou tanto que fez as muralhas inteiras da cidade caírem, menos onde ficava a sua casa. Meu pai, Salmom, apaixonou-se e a tomou como sua mulher. Esposas estrangeiras podem se tornar seguidoras exemplares da lei judaica, mais do que algumas do próprio povo. E não há razão para excluir os filhos desses casamentos da comunidade. Ou você acha que sou o fruto de algum tipo de maldição?

Naama recuou um passo e abriu mais os olhos, espantada com o direcionamento que suas atitudes tomaram. Seu tom de voz mudou tão rápido quando um camaleão que troca de cor.

— É claro que não, meu senhor.

— Então, deixe de ser infantil e trate as pessoas com a devida consideração, principalmente quando forem minhas convidadas. Não se esqueça de que *eu* sou o dono dessa casa.

— Sim, senhor.

— Agora, vá para os seus aposentos. — Boaz apontou a direção, como se fosse pai dela.

Naama abaixou o queixo em um movimento rápido e, antes de sair, me mirou com tanto ódio que deve ter sentido um gosto amargo na boca. Finalmente soltei a respiração quando a vi se afastar.

Boaz passou uma mão pela barba e depois virou-se para mim com um olhar de desculpas.

— Peço perdão pela minha prima. É uma menina atrevida, não sei mais o que fazer com ela.

Balancei a cabeça para os lados. Mais que nunca agora eu entendia sua bondade com os estrangeiros marginalizados. Sua mãe havia sido uma de nós. Era pura compaixão, nada além disso.

— Não se preocupe comigo, senhor. De todo modo, ela tem razão. Meu lugar não é aqui. Se eu não puder ser útil em mais nada, eu...

— Mas a senhora nem terminou de comer.

Ele me chamou de senhora...

— Vou jantar com a minha sogra, ele deve estar aflita, me esperando.

— Deixe pelo menos que eu lhe envie esta refeição. — Seu semblante parecia genuinamente decepcionado.

— Não precisa, meu senhor. E muito obrigada por suas palavras consoladoras. Tenho sua permissão para ir?

Ele hesitou um instante.

— Sim. — Sua voz saiu baixa.

Curvei-me rapidamente e virei-me para deixar o cômodo, mas ele me deteve ao falar:

— Gostaria que voltasse aqui amanhã, para terminarmos essa conversa.

Ainda de costas para ele, fechei os olhos. *Que assunto poderíamos ainda ter?* Não me agradava nada estar em sua companhia naquele estado, maltrapilha. E eu tinha medo dos sentimentos de gratidão que nutria por ele. Sentia-me atraída por sua personalidade generosa. Tinha medo de estar confundindo as coisas.

— Não sei se será possível, senhor. Às vezes eu acabo de colher muito tarde e fico cansada.

— Isso não é um pedido, Rute. Preciso mesmo conversar mais com você. Quero que venha antes do pôr do sol.

Virei-me para olhá-lo mais uma vez. Estava de pé, mirando-me fixamente. Seu olhar pretendia ser firme, mas pude notar um toque de súplica neles. Sem saída, assenti com a cabeça e coloquei-me a caminho de casa, imaginando sobre o que falaríamos na noite seguinte.

Capítulo 19

Disse-lhe mais Noemi: Este homem é nosso parente *chegado...*

(Rute 2:20)

— Rute, minha querida, que bom que chegou... — Minha sogra veio até mim quando entrei em casa e me ajudou a remover o véu da cabeça. — Estava preocupada com você. Geralmente chega mais cedo, antes do sol se pôr completamente.

— Perdão, minha sogra, eu não queria alarmá-la, mas não tive como evitar. O senhor Boaz queria falar comigo.

Ela parou como uma estátua, segurando o tecido na mão.

— Falar com você?

— Sim. E eu não podia recusar, uma vez que ele tem sido tão bom para nós.

— Não, não, claro que não. — Ela colocou meu véu dobrado em um canto e me puxou pelo cotovelo para que eu me sentasse na esteira com ela, visivelmente agitada com a notícia. — O que ele queria?

Abri as mãos em meu colo com as palmas viradas para cima.

— Foi tudo muito confuso, mas acho que ele queria se certificar de que eu servia ao Deus de Israel, que não era nenhuma idólatra.

— Ah, sim... — Minha sogra ficou pensativa, mirando o esterco seco que queimava no forno e assava dois peixes que comeríamos no jantar. — Então, ele com certeza já sabe.

Uni as sobrancelhas.

— Sabe de quê?

Noemi inspirou fundo e envolveu minhas mãos nas suas.

— Eu preciso lhe contar a coisa, mas não quero que se sinta pressionada.

Agarrei meu punho direito com a mão esquerda e senti-o pulsar mais rápido.

— Pode falar.

— Boaz é um de seus resgatadores.

Apertei os olhos.

— Meu o quê?

Ela virou mais o corpo magro para mim.

— Lembra quando conversamos com os anciões antes de virmos para Belém? Eu lhe falei sobre a lei do Levirato na ocasião. Quando uma esposa do nosso povo fica viúva, o parente mais próximo do falecido pode resgatá-lá para si, para que ela não fique desamparada. E se ele se casar com ela, recuperará os bens perdidos do falecido marido. E se tiverem um filho, este ressuscitará a descendência do morto.

Foi difícil digerir a imensidão daquelas palavras. Boaz era um dos meus resgatadores? Isso parecia tão... improvável. As engrenagens da minha cabeça ficaram tontas com aquela informação.

— A senhora está me dizendo que Boaz poderia tomar o lugar de Malom? Herdar sua herança? Ter um filho por ele? Isso não seria como se um roubasse a vida do outro?

Eu não sabia como me sentir sobre isso.

— Nós, judeus, não vemos as coisas dessa maneira, minha filha. As mulheres não têm direito à herança e essa foi uma maneira de garantir a vida e o sustento das viúvas de Israel, principalmente as mais jovens como você, que ainda têm a vida inteira pela frente. Assim, também, os nossos maridos podem ir para a guerra mais descansados sabendo que, se nos faltarem, cuidaremos uns dos outros.

— Mesmo assim... — Retirei minhas mãos das dela, incomodada com a maneira das coisas. Como ela podia não se ressentir pelo filho? — Não sei se fico confortável com isso.

Ela pousou uma mão em meu ombro.

— Sei que esse conceito é algo novo para você, Rute, mas não precisa fazer nada que não queira. Entretanto, pense que teria uma vida mais confortável do que já tem hoje, se o aceitasse.

Minha mente era um vendaval de reflexões.

— Se bem entendi, se eu me casar com Boaz, ele herdará toda a fortuna deixada em Moabe pelo meu sogro.

— Isso mesmo.

Ao ouvir aquilo, minha garganta fechou-se e senti uma fraqueza inexplicável no corpo. Minha sogra devia ter notado o meu olhar decaído, pois logo perguntou:

— O que foi?

Espiei-a rapidamente.

— Deve ser por isso que so senhor Boaz tolerou a minha presença hoje mais cedo. Devo ser um bom negócio para ele.

O rosto de Noemi suavizou-se e ela tocou minha face com a mão enfarinhada.

— Claro que não, minha querida. Você é uma pessoa adorável, uma ótima companhia. Eu sempre lhe disse isso, desde que era menina. Você era uma adolescente insegura, mas depois se tornou uma mulher confiante. Não deixe que a nossa falta de recursos roube isso de você.

Segurei a mão dela com carinho e afastei-a da minha bochecha. Mirei o rosto da minha sogra por um momento. Embora estivesse mais animada, Noemi ainda estava muito abatida. Eu havia prometido cuidar dela e fazer tudo que pudesse para lhe dar uma vida decente. Se eu me casasse com Boaz, ou qualquer outro remidor, poderia fazer isso.

— Se a senhora quiser, eu me caso com ele. Ou com qualquer outro.

Noemi sorriu com ternura.

— Não tenho dúvida de que faria isso por mim, mas creio que o Senhor é quem deve conduzir esta situação, assim como lhe conduziu até os campos de Boaz.

Concordei e esperei mais um momento antes de revelar:

— Ele quer jantar comigo novamente amanhã. Acha que devo ir?

Com um sorriso carinhoso, Noemi beijou a minha testa e segurou o meu rosto nas mãos.

— Eu acho que você deve entrar pelas pequenas portas que Deus lhe abrir, minha filha. Apenas confie nEle.

No dia seguinte me pus a caminho da plantação com alguma contrariedade na alma. A hipótese de Boaz ter se aproximado de mim somente porque tinha um interesse nos bens do meu sogro era um bocado frustrante. Mas, afinal, o que uma mulher sem predicados como eu poderia ter que lhe interessasse? Ele convivia diariamente com uma jovem belíssima e mesmo assim não demonstrava nenhum interesse por ela. Seu padrão devia ser alto demais.

Ao mesmo tempo que esse pensamento derrotista martelava na minha cabeça, eu sentia uma voz suave dentro de mim dizer: *Apenas confie, eu estou no comando.*

Orei silenciosamente e optei por ouvir aquela voz, abafando qualquer resquício de autopiedade. Comecei a relembrar os grandes feitos do Deus de Israel. Ele havia aberto o mar para o povo passar, havia libertado o seu povo do Egito... Para Ele, não havia impossíveis. Ele sempre seria o meu maior Provedor.

Da metade do caminho em diante comecei a louvá-lo baixinho, admirando a paisagem à minha volta. A criação toda testificava a grandeza do Senhor. As montanhas, as flores, os campos de trigo... Fui inundada por paz quando uma brisa fresca passou por mim. Era como se o próprio Deus estivesse ali, me abraçando com o vento.

Santo é o Senhor, e o Seu nome dura para sempre...

Pouco depois, distraí-me com uma ovelha perdida no alto do monte e diminuí meus passos. Esperei alguns segundos ali, com a mão sobre os olhos, buscando quem estivesse procurando por ela. O sol já estava forte sobre as nossas cabeças, embaçando a paisagem. Perscrutei a montanha até que um senhor de cabelos grisalhos e túnica parda apareceu atrás de uma pedra, com um cajado na mão, acompanhado de um cachorro. Acenei e, quando finalmente me avistou, fiz sinal para ele, apontando onde podia encontrar o animal. O pastor agradeceu com a mão e seguiu para lá. Quando encontrou a ovelha, afagou-a carinhosamente na cabeça e tocou-a para outra direção, provelmente para perto do rebanho.

Quando olhei novamente para a frente percebi que, ao demorar-me, havia colocado uma distância substancial entre mim e meus companheiros de trabalho. Deslocada do meu próprio "rebanho", tentei apressar o passo para alcançá-los e, por conta disso, tropecei em uma pedra e arrebentei uma de minhas sandálias, que estava mesmo muito puída.

Resisti ao impulso de praguejar e abaixei-me para tirá-la do pé.

— Senhor, o que faço agora? Não posso deixar de trabalhar...

Quando coloquei novamente a planta do pé no solo arenoso, a temperatura estava escaldante. A maioria do caminho era cheio de pedras e terra batida. Seria impossível caminhar naquela quentura, muito menos ir pulando em um pé só até lá. Examinei a sandália e vi que estava irremediavelmente danificada. Sem saber o que fazer, cogitei que a única solução seria rasgar um pedaço da barra do meu véu para enrolá-la no pé. Não tinha ideia de como conseguiria um sapato novo, uma vez que só tínhamos a comida garantida e um par poderia sair muito caro. E era para garantir esaa mesma comida que eu precisava seguir o resto do trajeto com êxito.

Sendo assim, com dor no coração, rasguei um pedaço do xale que cobria a minha cabeça e sentei-me no chão para poder amarrar a sandália nos pés. Isso feito, eu já estava a me erguer novamente quando ouvi o barulho de cascos de cavalo se aproximarem.

O sangue se agitou em minhas veias quando reconheci, ao longe, Boaz e Nadav cavalgando apressadamente em minha direção. Pela pressa com que galopavam imaginei que estavam a caminho de resolver algo urgente. Ao chegar perto, Boaz puxou as rédeas do cavalo, que empinou um pouco e depois bateu os cascos em protesto pela interrupção de sua corrida desenfreada, levantando poeira. Em um movimento habil, meu patrão saltou do garanhão e veio andando até mim, pisando rápido em suas botas de couro. Tinha um lenço branco amarrado na cabeça, que deixava parte dos seus cabelos aparecerem atrás do pescoço. O pano servia para proteger os olhos do sol ou de uma possível tempestade de vento.

— O que está fazendo aqui sozinha? — ele quis saber, com um ar um pouco autoritário.

— Minha sandália arrebentou, meu senhor. Eu já ia em direção aos seus campos.

Boaz mirou os meus pés com o cenho franzido. Minhas sandálias não eram nada parecidas com o solado resistente do seu sapato.

— E por que não pediu ajuda aos demais? — Seus olhos esquadrinharam à volta.

— Eu me distraí e acabei ficando para trás. Peço desculpas pelo atraso.

— Não precisa se desculpar. Eles não deviam ter deixado uma senhora sozinha. — Meneeou a cabeça em desaprovação. — É perigoso.

— Agora já estou perto, não demoro a chegar na plantação.

— Senhor! — interrompeu Nadav, tão inquieto quanto o cavalo abaixo de si. Reparei que havia uma faca longa e curva presa à faixa de tecido em sua cintura, para assegurá-los no caminho deserto. Boaz era um homem de posses e sempre andava acompanhado de criados que o protegiam. - Estou um pouco aflito com a nossa demora. Afra...

— Ah, claro... — Boaz piscou duas vezes, depois olhou para mim e apertou os lábios. — Venha com a gente.

— Eu? — indaguei com uma mão no peito. — Posso caminhar sozinha, senhor.

— Não vamos para a plantação, vamos para a casa de Nadav. Afra está tendo um trabalho de parto difícil. Vamos buscar ajuda.

— Oh... — Coloquei as mãos sobre a boca. — E como eu posso ajudar?

— Pode ficar com ela e orar. — pediu-me Nadav. — Afra já tomou uma dose de madrágora para acelerar a concepção, mas nada ajudou. Ela precisa de uma amiga por perto.

— Sendo assim... eu vou — decidi.

Mal acabei de falar, Boaz me pegou de surpresa pela cintura e sentou-me de lado na sela decorada de couro do seu cavalo. Fez isso com tanta facilidade que me senti um jarro de flores. Meu estômago revirou quando ele montou à minha frente, virou a cabeça levemente para trás, muito perto do meu rosto, e recomendou:

— Segure-se em mim.

Era disso que eu tinha medo...

Agarrei levemente em sua cintura por trás, prendendo os dedos em sua túnica branca, até ele começar a galopar rapidamente. Insegura e com medo de cair, apertei-o pelo abdômem e pressionei meu quadril contra ele. Tive que controlar os meus dentes, que batiam a cada trote. Boaz era tão sólido, tão quente... Senti um calor percorrer o meu corpo por dentro com aquela proximidade.

Fechei os olhos com força e resolvi interceder por minha amiga, para espantar aquelas sensações inadequadas. Boaz estava me despertando fisicamente como mulher outra vez. Quanto mais eu pretendia evitar meus sentimentos por aquele homem, mais eles me confundiam. Iam criando âncoras no meu coração. Afinal, para além da atração física, ali estava ele novamente, dispendendo do seu tempo para ajudar a esposa de um servo.

Eu nunca havia visto coisa do tipo na cidade de Kir. Os moabitas influentes não se misturavam com o povo. Somente o meu sogro era generoso com os criados, mas ele não possuía nem a metade das riquezas de Boaz. Minha admiração por ele estava se enraizando pelos muros da minha alma, como uma videira que se espalha sem pedir permissão.

Logo que chegamos, minhas energias já estavam concentradas em Afra. Ela havia sido muito boa para mim e eu pretendia fazer tudo que pudesse para ajudá-la. Boaz me auxiliou a descer do cavalo e corremos todos juntos para dentro da casa. Ele e Nadav ficaram na sala enquanto eu me dirigi ao interior da pequena residência, em um cômodo separado por um tecido cor de terra.

Afra estava deitava sobre um tapete amarelo, cercada por duas mulheres negras. Eram muito parecidas, como mãe e filha. As pernas da minha amiga estavam afastadas e a lamparina pendurada no teto iluminava sua testa, que brilhava pelo suor. Uma das mulheres olhou para mim e exibiu os dentes brancos quando me viu entrar.

— Baruch adonai! Finalmente mais duas mãos. Venha, menina, sente aqui atrás e sirva de apoio para as costas dela.

Corri e me coloquei na posição que a senhora pediu. Afra acomodou-se contra o meu peito, puxando o ar em curtas respirações. Parecia tão esgotada que mal conseguia gemer. Tentei animá-la.

— Tenha fé, minha amiga. Em breve estará com seu bebezinho nos braços. Pense nele, força...

— Ela está assim desde ontem à noite — informou a ajudante mais nova. — O bebê já está em sofrimento. Minha mãe é uma parteira experiente e está preocupada com a posição da criança.

Afra sentiu uma nova contração e gemeu, o som transformou-se em um grito conforme a dor se acentuou.

— Aaaaah... — Ela começou a chorar. — Eu não vou conseguir, não vou conseguir...

— É claro que vai. — Confortei-a. — O Senhor está aqui com a gente. Ele vai lhe dar forças.

Apertei seus ombros com as mãos e comecei a interceder, apenas movendo meus lábios:

Deus, não sabemos o que fazer. Entra com a sua intervenção e ajuda esse neném a ver a luz.

A senhora mais velha colocou-se na frente dos joelhos de Afra. Tocou-a por baixo por algum tempo, depois apertou os lábios, insatisfeita.

—Vamos ter que ajudar o bebê a girar.

A filha olhou para ela, alarmada.

— Isso pode ser perigoso.

— Não mais do que já está sendo — a senhora foi firme. — Se essa criança não nascer logo, não sabemos se irá sobreviver.

Ela começou a empurrar a barriga em pontos específicos, tentando manipular o bebê para dar a cambalhota. Apalpou, apalpou enquanto todas a olhávamos em silêncio. Mais uma contração veio, torturando a gestante em meus braços. Eu podia senti-la mais fraca a cada minuto. Meu coração batia descompassadamente naquela situação, mas eu mantinha a minha esperança acesa, ansiosa por ver o milagre do nascimento.

Tempos depois, Afra viu a senhora se erguer por cima de sua barriga, com uma perna de cada lado, e arregalou os olhos quando viu a mulher agachar-se sobre ela.

— Oh, não, nãaaaaaao...

Sentando-se de leve a senhora ajudou-a a empurrar. Afra gritava de dor, como se alguém a estivesse matando. Lágrimas correram por minha face, pois eu me sentia impotente. Reparei que já havia muito sangue se espalhando por cima dos panos e comecei a ficar apreensiva. A mais nova colocou-se na posição de receber o bebê.

— Vi o traseiro dele, está sentado! — gritou.

— Não há mais tempo para girá-lo — avisou a mãe.

— Se ele sair assim, pode ficar com a cabeça entalada e morrer.

— Salve meu filho... — Afra agarrou a mão da parteira, suplicante. — Salve meu filho...

Os olhos da senhora se enterneceram e ela saiu de cima da minha amiga. Algo em sua expressão demonstrava que estava buscando forças para o que iria fazer. Foi para o lugar onde sua filha estava e pegou uma faca.

— Segure-a bem firme. — Olhou para mim.

Meus olhos se arregalaram, apavorados.

— Não pode lhe dar um pouco de ópio antes?

— Não há mais tempo.

Fechei os olhos e agarrei minha amiga, temerosa do que estava por vir. Chorei mais ainda quando Afra deu um grito estrangulado de dor e logo em seguida desmaiou em meus braços. Segundos depois, ouvimos o choro do bebê.

— É uma linda menina — avisou a mulher.

Abri os olhos e avistei a criança ensanguentada, que gritava a plenos pulmões. Era linda, perfeita e cabeluda. Fui inundava por uma alegria sem precedentes. Entretanto, o meu entusiasmo durou pouco tempo.

— Mãe! — gritou a menina mais nova ao ver que Afra não parava de sangrar e ter espasmos.

A senhora enrolou o bebê rapidamente e entregou-o para sua filha. Depois cortou o cordão umbilical e tentou estancar a hemorragia com um pano branco. O corte havia piorado a situação.

Assustada, comecei a dar tapinhas no rosto de Afra, que estava pálido e sem vida. Sua boca estava aberta em um tom acizentado. O pavor tomou conta de mim quando seu corpo se acalmou e me dei conta de que ela não estava respirando.

— Afra, Afra, acorde... acorde!

Provavelmente falei alto demais, pois Nadav passou pelo tecido da divisória com os olhos arregalados. Ele mirou o bebê e quase sorriu, mas voltou os olhos para a esposa novamente e agachou-se ao meu lado.

— Meu amor, acorda, meu amor... — Ele a sacudia pelos ombros. — Por que ela não está respondendo? — Olhou a parteira, angustiado. — Por que ela não está respondendo?

A moça que segurava a bebê apertou-a em seu colo e começou a soluçar. Sua mãe afastou-se do corpo de Afra e cobriu suas pernas delicadamente com um manto.

— Eu sinto muito, Nadav. Não há mais nada a fazer.

— Não, não, nãaaaaaooo...

Ao ouvir o grito estrangulado do seu servo, Boaz juntou-se a nós. Coloquei uma mão sobre a boca e meu rosto se contorceu. Quando ele olhou à volta e percebeu a situação, rasgou sua túnica exterior na altura do peito e caiu de joelhos em terra, pranteando pelo amigo. Nadav fez o mesmo, gritando o nome de Afra. Era tudo tão horrível que não consegui me mover. Mais uma vez eu contemplava a experiência dolorosa da morte. Abracei o corpo sem vida de Afra e deixei minhas lágrimas jorrarem sobre o seu cabelo negro, perguntando ao Senhor por que havia levado aquela vida tão preciosa. Por que ela? Por que logo agora?

Um dia depois, no sepultamento da minha amiga, eu carregava a sua filhinha embrulhada em meus braços. A bebê era linda e saudável, mas ainda não tinha nome. Eu mesma a havia esfregado com sal depois do seu tenebroso nascimento. Demorei para perceber que Deus havia atendido o meu pedido:

Deus, não sabemos o que fazer. Entra com a sua intervenção e ajuda esse neném a ver a luz.

Bem, ela agora estava viva. Ela havia visto a luz. Mãe e filha poderiam ter morrido naquela situação. Mesmo em meio à dor pela perda de Afra, eu agradeci a Ele por ter poupado a vida daquela menina.

Desde o seu nascimento, a pequenina havia ficado comigo. Nadav mal conseguia chegar perto dela, passava o tempo todo chorando e batendo com o punho no peito, extravazando sua dor. Os parentes dele e de Afra não moravam por perto, então eu e Noemi absorvemos a tarefa de cuidar dela até que ele se recuperasse completamente do luto. Minha sogra havia ajudado a preparar o corpo de Afra e uniu-se às carpideiras durante o funeral. Outras mulheres entoavam cânticos e salmos consoladores.

Boaz, que havia ajudado a carregar a tábua com o corpo enfaixado até a caverna caiada por dentro, estava perto de mim quando uma grande pedra por fim foi colocada na porta do túmulo. Ele vestia uma túnica branca e um tecido de pelo de cabra preta cruzando-lhe o tronco. Voltamos de lá andando lado a lado, taciturnos, quando ele finalmente quebrou o silêncio:

— Ainda não acredito em tudo que aconteceu.

— Nem eu — comentei, alisando com um dedo o rosto da bebê, que dormia.

— Afra estava tão feliz com a chegada do filho...

— Ela nem sequer soube que era uma menina. — Meu rosto se contorceu, mas resisti ao impulso de chorar. Já havia me conformado com a vontade do Senhor. Havia aprendido que nem sempre podíamos compreender os Seus planos, mas apenas confiar neles.

Boaz dininuiu um pouco as passadas.

— É muito gentil da sua parte cuidar da menina para Nadav nesse momento.

— É dever do nosso povo cuidar um dos outros, não é assim?

Um canto dos seus lábios se elevou.

— Você me surpeende a cada dia, Rute.

Eu adorava ouvir meu nome em seus lábios, mas ainda não estava convencida de suas intenções. Tinha medo de alimentar esperanças vãs e depois sofrer.

— Não tive tempo de agradecer pelas sandálias e pelo véu que mandou me entregar. Eu pagarei ao senhor com o meu trabalho.

Seu breve sorriso sumiu.

— Foi um presente, Rute, não um salário.

Desviei os olhos da sua face e mirei a pequena.

— Eu sei, meu senhor, mas não fica bem eu receber presentes de um homem solteiro.

— Somos parentes.

— Mesmo assim.

— Eu não ligo para o que os outros falam, mas peço desculpas se a ofendi. Não foi a minha intenção.

— E claro que não. — Fitei-o imediatamente para que tivesse certeza das minhas palavras. — Sei que sua intenção era boa. Não tenho dúvidas disso.

Boaz fez um sinal positivo com a cabeça.

— Eu lhe disse que não quero que passe nenhuma necessidade — reforçou.

Fiquei olhando para seu rosto solícito, apreensiva, tomando coragem para perguntar.

— Por quê?

Minha companhia parou de andar e uniu as sobrancelhas.

— Porque somos da mesma família.

— Noemi é da sua família, não eu. Por que se importa tanto comigo? — Eu queria que ele falasse explicitamente o seu interesse.

Boaz mudou o peso da perna de um lado para outro e pareceu-me um bocado vulnerável.

— Malom era meu parente, é o mínimo que posso fazer. Além do quê... — parou de falar, mordendo a bochecha por dentro.

— Além do quê... — instiguei.

Boaz abriu a boca para emitir algum som, mas desviou os olhos para o lado. Depois levou dois dedos aos lábios, dando um assobio rápido e agudo. Tapei um ouvidinho do bebê. Um de seus servos, que estava a alguns passos de distância de nós, começou a trazer seu cavalo.

— Tem certeza de que ficará bem com essa criança? — Desviou-se da minha pergunta.

Apertei os lábios, inconformada com sua fuga. Eu queria que ele tivesse se aberto comigo. Dito que tencionava me resgatar. Mesmo que isso fosse somente um negócio para ele, eu estaria disposta a ceder e a dar à minha sogra um fim de vida decente. Não seria uma esposa exigente nem interferiria em sua vida. Poderia até ajudar nas tarefas da casa, para me ocupar. Ele mal notaria a minha presença. Minha recompensa seria poder estar perto dele todos os dias.

— Noemi vai me ajudar a cuidar dela — garanti. — Ela é mais experiente do que eu.

Boaz esperou um momento antes de perguntar.

— Você nunca teve filhos?

Baixei os olhos e revisitei a minha ferida aberta, com um nó no estômago. Aquele era um assunto delicado para mim. Mais uma vez eu iria expor uma característica minha que me envergonhava diante dele: a infertilidade. Será que mesmo assim ele iria me resgatar?

— Não consegui — respondi simplesmente.

— Mas tinha vontade?

Ergui os ombros.

— De que adianta a minha vontade? É sempre a de Deus que prevalece. Sei que Ele tem o melhor para mim.

— Tenho certeza disso. — Ele esboçou um leve sorriso, cruzando os braços. — É que lhe vejo tão à vontade com esse bebê... Você leva jeito. E dizem que toda mulher se realiza com a chegada de um filho.

— Eu também pensei assim por um tempo. — Ergui os olhos para encará-lo. Os dele brilhavam com uma cor de caramelo à luz do sol. — Mas uma mulher não se torna mulher com a chegada de um filho ou quando arranja um marido. Somos completas quando temos o Senhor como nosso Deus e conseguimos ser aquilo que Ele nos projetou para ser. É Ele quem nos completa. Minha felicidade não está atrelada a romance, casamento ou maternidade, mas ao meu relacionamento com o meu Criador. É Ele quem dá significado à minha vida .

Boaz continuou parado, encarando-me com suas íris cintilantes.

— Nunca ouvi uma mulher hebreia falar assim...

— Eu tive uma vida difícil. — Ergui um dos ombros. — Meu pai foi embora muito cedo e eu tive um péssimo relacionamento com a minha mãe. Mas depois que conheci Noemi, entendi que aquilo que eu ansiava desesperadamente para preencher o meu vazio interior, aquilo que me faltava, era a presença de Deus comigo. Só Ele pode me preencher.

Boaz aproximou-se um passo de mim, como se com isso conseguisse me decifrar.

— E como consegue ter uma fé tão firme, sendo que não cresceu no meio do nosso povo?

— Simples. — Um sorriso mínimo tocou meus lábios. — Não costumo gastar muito tempo na companhia daqueles que não desfrutam do meu entusiasmo pelo Senhor.

Ele abriu um lindo sorriso largo, formando duas covinhas laterais por baixo da barba. Senti meus joelhos fraquejarem. Se eu não tivesse aquela linda garotinha no colo, não sei se estaria de pé.

— Exatamente. Também me abstenho de conversas inúteis.

Desviando a minha atenção, a bebê começou a se remexer em meus braços, fazendo pequenos ruídos. Aconcheguei-a mais.

— Acho melhor levá-la para casa. — Olhei para cima. — O sol já está muito quente.

— Faça isso — Boaz consentiu, mas nenhum de nós se moveu. — E não se preocupe se não puder vir à colheita.

— De jeito nenhum — relutei. — Não posso deixar de lado as minhas responsabilidades. — *E nem ficar tanto tempo longe de você.* — Noemi cuidará dela durante o dia, pelo menos terá algo com que se entreter. Eu cuido da criança durante a noite para ela descansar.

— E quando é que você descansa? — Boaz tocou a ponta do meu cabelo.

Mirei sua mão, enrubescendo. Ele imediatamente percebeu sua liberdade comigo e recuou o braço, esbarrando em meu véu.

— Desculpe.

Dei um sorriso fraco.

— Por favor, cuide de Nadav. — Pedi e me virei para ir embora, com o rubor em minha face refletindo tudo o que eu sentia por dentro.

Capítulo 20

Por que achei graça em teus olhos, para que faças caso de mim, sendo eu uma *estrangeira?*

(Rute 2:10)

Cuidar de um recém-nascido era mais difícil do que eu esperava. Por sorte, arrumamos uma ama de leite que vinha a cada três horas para dar de mamar à neném. No resto do tempo, eu e Noemi nos dividíamos para cuidar das tarefas da casa. Estava tudo uma confusão. Para piorar, Nadav havia desaparecido do mapa. Avisou ao patrão que iria viajar e partiu sem dizer adeus. Eu não sabia o que esperar do futuro e não tinha recursos para sustentar a menina. Por outro lado, não poderia largar a filha de Afra em qualquer lugar. Devia muito a ela.

A bebezinha sem nome crescia linda, mas chorava demais à noite. Com isso, eu sempre ia trabalhar muito cansada, mas sem deixar a fadiga transparecer. Tinha receio de que Boaz ficasse sabendo e me desaprovasse em qualquer atitude. Por isso me esforçava para trabalhar mais do que as outras. Comecei a imaginar que, por fim, ele perceberia que eu era fraca demais para continuar na colheita e me expulsaria dali.

Quanto mais tempo eu ficava sem vê-lo, mais era difícil manter aquele padrão. Todos à minha volta me elogiavam por meu desempenho. E eu agradecia ao Senhor por renovar o meu ânimo a cada dia. De fato, depois de uma vida inteira sendo diminuída por minha mãe, era bom ser reconhecida em alguma coisa, mas, ao mesmo tempo, aquelas altas expectativas em torno de mim estavam tornando-se o meu cárcere.

Eu já havia feito outras amigas e ouvia suas confidências sobre os problemas corriqueiros de suas vidas, formando laços de camaradagem entre nós. No campo ou na cidade, eu era sempre recebida por um caloroso abraço das crianças por onde passava e participava de conversas triviais. Quando tinha algum tempo livre, fazia bolo de figos e levava para os pequenos. Em troca, eles me ensinaram a arremessar uma funda. Todos já tinham se acostumado com o sotaque diferente do meu aramaico. Dia após dia eu me sentia mais parte daquele povo que amava, e eram raros os olhares de preconceito.

Passei algumas luas sem esbarrar com Boaz, mesmo quando fiquei uma noite para jantar com os trabalhadores somente na expectativa de vê-lo. Eu sentia falta de ouvir a sua voz, profunda e macia. Ele nunca mais havia me chamado em seus aposentos privados, causando-me um ardente ressentimento. Parecia que havia se esquecido completamente de todos os assuntos que queria falar comigo.

Minha mente fervia imaginando os motivos de seu sumiço. Tinha receio de que a minha companhia tivesse se tornado enfadonha para ele. Afinal, para um homem de padrões tão elevados sobre uma mulher, isso não seria uma novidade. Pelo menos, eu já não pensava que ele me queria por perto somente para tomar posse das terras de meu sogro.

O serviço pesado da sega já torturava os meus ombros no fim do dia, começando a me desgastar. Sem ninguém por perto, verti um odre com água no meu rosto e no peito. Meus lábios estavam ressecados como uma pedra-pome. Depois me sequei com a barra da túnica e olhei para a residência, magoada com a falta de interesse do meu senhor. Já começava a torcer para o período de colheita acabar, assim eu não ficaria tão obcecada com a presença do dono dos campos. Espiava com um ar melancólico uma serva estendendo roupas ao sol do lado de fora da casa quando fui surpreendida por uma voz.

— Esse feixe não vai sair do solo se você só suspirar para ele. — Leah apareceu de repente.

Abandonando minha caverna de autopiedade, encarei-a com as mãos apoiadas no cabo da minha foice.

— Só estou tomando um pouco de ar.

Ela exibiu um risinho matreiro.

— Claro...

Com um suspiro deixei meu instrumento de trabalho cair de lado no chão, depois agachei-me e fiquei remexendo em meu cesto. Leah também largou sua ferramenta e esticou as costas, com as mãos nos quadris.

— Ele nunca mais me convidou para jantar — desabafei.

Minha companheira espiou o meu rosto. Já estava claro para todos na plantação o meu interesse pelo patrão. Todos sabiam que tínhamos uma ligação de família. O que só Leah sabia era que o meu interesse por ele ia muito além de garantir o meu sustento.

— Muita coisa aconteceu depois da morte de Afra, Rute. Dê tempo ao tempo... Seu Boaz fica perdido sem o auxílio de Nadav. Ele era o braço direito dele. E por falar nele, como está a menininha?

— Bem. — Voltei a face para cima e sorri. — Chorona.

— Os bebês são assim mesmo. — Ela fez um gesto de descarte com a mão. — Eu tive sete filhos e não dormi por uns bons anos. É bom que você vá treinando.

Meu sorriso sumiu e abracei os joelhos com um dos braços, com a outra mão fiquei desenhando na terra.

— Eu não posso ter filhos — revelei.

Ela fez um estalo com a boca.

— Você é muito nova, nada é definitivo. Deus ainda pode te dar uma dezena. Já vi isso acontecer muitas vezes, principalmente com viúvas que se casam novamente. Algumas até em idade avançada. As esposas de Abrão, Isaque e Jacó eram todas inférteis... e agora olhe à sua volta. Somos todos filhos delas nesta cidade.

— Quase todos — lembrei-a sem graça.

Leah pousou uma mão em meu ombro.

— Bom, o Senhor a recebeu no meio de nós, de qualquer forma. Você agora também faz parte do nosso povo.

Sorri para ela com gratidão por pensar assim.

— Bom... — Tornei a ficar de pé, alongando as pernas, pois já estava sentido cãibras. — Primeiro, eu precisaria arrumar um marido.

— E por falar nisso... — Minha amiga indicou a casa com um queixo.

Mirei a fachada da construção e encontrei Boaz nos olhando pela janela, com as mãos apoiadas no parapeito. Uma onda de emoções violentas me dominou. Ele vestia uma túnica interior branca com outra sobreposta de azul intenso e um cinto de couro. O sol refletia as linhas íngremes das maçãs de seu rosto e maxilar. Sua expressão parecia uma fachada de pedra. Eu queria chegar perto dele, tocar cada traço de sua face, queria que me chamasse, fizesse um sinal, qualquer coisa... Ele, no entanto, simplesmente recuou, deixando-me enfraquecida, desamparada da sua presença.

Apesar da minha crescente indignação continuei a trabalhar com esmero. O convite para ir ter com ele mais uma vez veio dois dias depois, aguçando meus sentidos. Era fim de tarde e eu tinha acabado de fazer a minha tarefa. Já não acreditava que o veria de novo, pois faltavam duas semanas para o fim da colheita. Imaginei que, por fim, Boaz teria decidido que não valia a pena me resgatar, se é que ele pensara sobre isso. Nunca havíamos trocado uma palavra sequer sobre aquele assunto.

Esquecendo-me do negligenciamento que sofri nos últimos dias, segui em silêncio o capataz que trouxe o recado, roendo as unhas, incapaz de impedir o sorriso que escapava por minha face. Sentia como se tivesse engolido uma dúzia de borboletas. Precisei forçar os meus pés relutantes a andar mais rápido para acompanhar o ritmo do garoto até a presença do meu senhor. Durante o caminho, tentei me ajeitar como pude. Bati as mãos sujas de terra, passei a manga de minha túnica pela face para limpá-la e enrolei o véu sobre a minha cabeça de modo que emoldurasse bem o meu rosto magro. Não havia muito o que se pudesse melhorar em minha aparência, infelizmente.

Quando entrei no cômodo fui conduzida a um aposento maior do que outro, onde estive na última vez. O servo me deixou na entrada e afastou-se, voltando em direção às altas portas da frente.

Boaz se deslocava de uma ponta a outra da sala indo em direção a uma jarra de vinho, que estava em cima da mesa grande de pedra, cercada de almofadas de cor púrpura. A bainha de sua túnica exterior, verde turvo e cheia de franjas, parecia ter uma extensão interminável enquanto se arrastava pelo chão. Sua vitalidade enchia aquele ambiente. Eu podia ver o contorno dos músculos de suas pernas por debaixo do pano enquanto ele caminhava.

Sem notar que não estava sozinho ele encheu um cálice de prata e bebeu o líquido de uma só vez. Depois respirou fundo e lambeu o lábio superior, com os olhos castanhos fixos em um baú, cuja tampa também servia de assento. Esperei que notasse a minha presença para pedir permissão para falar.

Quando acabou de se servir da segunda dose, Boaz virou o rosto bronzeado em minha direção e abriu um sorriso brando. A ternura que apareceu em seus olhos quando me viu doeu e sufocou. O ar ficou parado em minha garganta. Queria sair correndo e me jogar em seus braços, como uma criança, e abraçá-lo por longo tempo. Assustei-me com a intensidade dos meus sentimentos por ele.

Voltando a mim, curvei os joelhos ligeiramente.

— Mandou me chamar, meu senhor?

Sem responder ele encheu a outra vez a taça de vinho e veio até mim, oferecendo-a. Peguei-a com as duas mãos e fiquei segurando, confusa sobre o que deveria fazer.

— Venha. — Boaz estendeu o braço em um convite em direção à mesa.

Só então notei as bandejas de prata repletas de iguarias expostas. Aproximei-me lentamente, sentindo o peso da minha ignorância ao admirar receitas que nunca tinha visto. Em cada ponta da mesa havia uma lamparina acesa. Eu não podia acreditar que ele havia mandado preparar aquele banquete suntuoso para mim. Boaz mirava minha expressão, contente com a fascinação em meus olhos.

— Para que tudo isso? — Indiquei a refeição com a taça.

— Eu lhe disse que precisávamos jantar outra vez. Sinto muito que tenha demorado tanto. Andei orando e jejuando sobre um assunto. Além disso, foi difícil organizar as coisas por aqui sem Nadav.

Desviei meu olhar encantado para ele, sorrindo de leve.

— Ele é o seu homem de confiança, não é?

— Sim. Dizem que é meu braço direito, mas eu digo que ele é o direito, o esquerdo e as duas pernas. — Alargou o sorriso.

Tornei a admirar toda aquela preparação com os olhos quentes. Era tudo tão belo e eu estava tão exausta fisicamente... Desfrutar de um jantar como aquele seria mesmo um carinho de Deus. Os odores agridoces misturavam-se de modo maravilhoso.

— Mas por que tudo isso? — insisti, por não me sentir digna daquele esforço. — Está esperando por mais alguém?

— Não. — Boaz colocou as mãos na cintura e passeou os olhos pela comida. — Isso é uma forma de agradecer pelo que tem feito. Tanto aqui na plantação, como pela filha de Afra. — Tornou a mirar o meu rosto. — Você não é o tipo de pessoa que espera que alguém lhe diga o que precisa ser feito, Rute, simplesmente faz. É admirável. Além do que, não resmunga como a maioria das servas daqui. Não sei como consegue ter tanta energia e ainda cuidar de um bebê. Você tem se esforçado muito e precisa de uma pausa.

As palavras lisonjeiras do meu patrão recaíram sobre o meu coração como um bálsamo agradável. Será que ele realmente achava aquilo tudo de mim?

— Mas eu faço por amor — fiz questão de dizer.

Boaz coçou atrás da cabeça.

— Pois é.

Estudei-o sob o cenho franzido, mas meu anfitrião desviou o olhar. Boaz tinha o dom de ser evasivo quando eu mais gostaria que ele fosse claro. Simplesmente apontou uma almofada e eu me sentei. Meu possível resgatador fez o mesmo, acomodando-se à minha frente. Um empregado surgiu não sei de onde carregando um vasilhame de cobre com água. Lavamos as mãos e, para minha surpresa, Boaz esticou as dele sobre a mesa, em minha direção, espalmadas para cima, para que eu as pegasse. Fiquei em dúvida se deveria fazê-lo, pois não queria que me julgasse. Não era hábito dos judeus tocarem em viúvas ou solteiras e nós já havíamos feito isso algumas vezes.

— Vamos orar e agradecer. — Ele me acalmou, percebendo a minha hesitação.

Não pude recusar o convite. Entreguei minhas mãos a ele em um toque leve, que as envolveu com as suas, quentes e macias. Suas unhas estavam aparadas e limpas e havia uma fragância agradável emanando do seu corpo. Certamente, ele havia tomado um banho com óleos aromáticos. Já a minha pele estava ressecada, as palmas ásperas. Mesmo assim, um de seus dedos, grandes demais, roçou o meu pulso com delicadeza. Eu tinha medo que Boaz percebesse como tudo em mim palpitava depressa ao seu toque.

Fechamos os olhos e ele agradeceu ao Senhor por aquele dia e pela nossa refeição. Foi um momento tão lindo, tão inesquecível... Eu queria poder gravar a imagem em uma pedra e carregá-la comigo para sempre. Nós dois ali, unidos em oração. Aquilo parecia honroso, parecia certo, parecia um sonho.

Quando ambos abrimos os olhos, desejei que Boaz não me soltasse, mas que levasse minhas mãos aos seus lábios. Infelizmente, ele não foi tão atrevido e apenas encheu outra taça de vinho para si.

— Está tudo muito bonito — comentei, porque não sabia como quebrar o silêncio constrangedor.

— Fico feliz que esteja do seu agrado. Eu não sabia do que gostava, portanto mandei fazer um cabrito cozido no leite, sopa de cevada e geleia de tâmara doce...

— ...e figos. — Meus olhos brilharam. — Eu amo figos, é minha fruta favorita. — Nunca ninguém havia feito algo do tipo por mim. Mirei-o com doçura pela sua gentileza. — Está tudo com um ótimo aspecto, meu senhor.

Boaz esticou os lábios lentamente, com um pequeno sorriso. Sua covinha apareceu outra vez e me causou um estremecimento na barriga. Percebendo que eu encarava sua boca havia algum tempo, desviei o olhar e senti a face esquentar. *O que Boaz pensaria de mim?* Ele voltou os olhos para a mesa e pegou um cacho de uva.

— Como está a bebê? — indagou, apoiando o cotovelo direito no tapete e deitando metade do corpo de lado, em uma postura relaxada.

— Linda, esperta e com um pulmão muito forte — brinquei, finalmente bebendo o meu vinho na esperança de acalmar a respiração. O líquido desceu quente e suave pela garganta.

Boaz mordeu um bago e cuspiu o caroço na mão, depois o descartou. Tinha um grosso bracelete de prata no pulso e um anel de safira na mão esquerda.

— Faz muito tempo que não sei como é ter uma criança em casa.

Uni as sobrancelhas.

— E quando foi que teve?

A mão que segurava a uva girou em um círculo rápido.

— Quando eu era pequeno. Meu pai tinha muitos servos que tinham filhos da minha idade. Ele os trazia todos para cá. O senhor Salmom era uma autoridade suprema aqui em casa, mas tinha um coração de geleia. Nadav era um desses amigos, quase um irmão para mim. Passamos a infância lutando com espadas de madeira por esses campos.

Pelo visto, sorri por dentro, sua bondade com os criados era hereditária. Tirei um pedaço do assado e mordi. Derreteu na minha boca e um suspiro profundo escapou de meus lábios.

— Meu Deus! Bendita seja a sua cozinheira...

Boaz deu risada.

— Cozinheiro. É um dos primos de Nadav. Meu pai recolheu o menino quando os pais dele morreram de peste.

Espiei o seu rosto.

— Deve ter sido bom ter tido um pai como o seu — comentei, ainda deslumbrada com os sabores que explodiam na minha língua.

— Sim, foi. Até hoje sinto falta dele. — Boaz ergueu uma sobrancelha quando me mirou com a cabeça baixa. — Sente falta do seu?

— Não. — Examinei minha taça, terminando de engolir. — Como eu lhe disse no sepultamento de Afra, minha infância não foi lá essas coisas, nem pelo pai, nem pela mãe. Minha referência maternal sempre foi Noemi. E agora estou aprendendo a ser filha do Deus vivo. — Os olhos dele se enterneceram e Boaz recuou a cabeça para me olhar melhor. — Eu não sabia que você e Nadav se conheciam há tanto tempo. — Mudei de assunto, pois não queria deprimi-lo com o meu passado.

Boaz arregalou os dois olhos.

— Tempo demais. — Seu tom foi brincalhão. — Às vezes tenho que lembrar a ele quem é o patrão por aqui. Nadav me dá mais ordens do que o contrário.

— E mesmo assim, você o adora... — Ergui minha taça.

Ele notou o gracejo em meu tom e engoliu uma azeitona sorrindo.

— Não sei o que faria sem ele — confessou.

Havia algo naquele sorriso que me dava falta de ar. Mordi um pedaço do carneiro e coloquei o resto no prato.

— Sabe para onde ele foi?

Boaz balançou a cabeça para os lados e tornou a sentar-se de frente para mim.

— Sei tanto quanto você. — Serviu-se de um pouco de geleia de tâmaras.

Observei-o enquanto bezuntava a carne com o doce.

— Estou preocupada com a menina. Ela precisa do pai.

— Nadav vai voltar, ele precisa de um tempo. Amava Afra demais e está sofrendo muito com o luto, mas jamais abandonaria o fruto do amor deles dois.

— Acha que ele vai se recuperar?

Meu patrão estudou o meu rosto sobre as pálpebras por um momento.

— Diga-me você. Também já perdeu um companheiro.

A pergunta me pegou desprevenida, por isso inspirei fundo, refletindo sobre aquilo. Não sabia se perder a esposa tinha o mesmo peso de perder um marido. Afinal, naquela cultura, quando o homem ficava viúvo, para além do luto, conseguia seguir com a sua vida. Continuava dono de tudo. Já a mulher poderia parar na miséria. De todo modo, amor era amor. E não havia nada pior do que ter arrancado um pedaço do seu coração.

— No início, eu passava a maior parte do tempo me sentindo dividida entre tentar esquecer Malom e ter medo de fazer isso. — Deixei as emoções escaparem. — Eu sabia que precisava seguir em frente, mas não sabia como. Era como se só o desejo de recomeçar fosse uma traição ao meu falecido marido.

— E agora? — Ele quis saber.

Espiei o seu rosto. Boaz estava paralisado, os lábios ligeiramente abertos. Nem sequer piscava.

— Agora eu acho que a calamidade pode ser uma bênção quando nos leva para mais perto de Deus.

O sorriso que já devia ter partido o coração de várias hebreias se abriu.

— Eu concordo com cada palavra. — Piscou lentamente.

Ficamos em silêncio mais uma vez. Entrelacei minhas mãos no colo e olhei para elas, para conter o retumbar do meu coração. Algo ardia dentro de mim, mas eu tinha medo de perguntar. Quando ergui minhas íris timidamente para Boaz, vi que me examinava.

— O que foi? — Ele ficou intrigado, mordendo um bago de uva.

— Gostaria de lhe perguntar uma coisa... — Senti meu rosto esquentar e a pulsação retumbar na garganta.

— Pergunte — ele me instigou, largando a iguaria de lado.

— Por que o senhor nunca se casou? — indaguei, sem preâmbulos.

Boaz respirou fundo, como se já tivesse ouvido aquela pergunta milhares de vezes.

— Porque ainda não tive a confirmação no meu coração sobre nenhuma mulher.

— Mas é cercado por tantas belas jovens judias. — Abri as mãos para enfatizar. — Eu vejo como as servas lhe olham.

Algumas o perseguem com uma insistência desconfortante. — Para a minha vergonha, meu tom saiu ressentido e acusador.

Boaz cobriu os lábios com sua mão elegante por um momento. As linhas rasas ao redor dos seus olhos se aprofundaram. Perguntei-me se ele estava rindo por debaixo dos dedos, mas quando abaixou a mão e pegou uma tâmara, sua expressão era séria.

— São apenas moças de cuja companhia eu talvez tenha desfrutado um dia, e agora não consigo me ver livre.

Senti um sobressalto no estômago. Será que eu seria apenas mais uma dessas servas que estava ali para entretê-lo e depois ficaria apaixonada, mendigando a sua atenção? Boaz tinha modos impecáveis, era muito fácil ficar fascinada por ele.

— E a senhora Naama? — resolvi investigar. Como ele poderia não se apaixonar por uma moça tão linda? — Soube que ela é da sua tribo. É uma jovem muito bonita.

O rosto dele tornou-se desgostoso.

— Naama é uma menina mimada, cheia de vontades. É uma bebida amarga comparada com o vinho puro que outras mulheres são. — Fez uma pausa olhando para mim. — Ainda falta muito para que um dia ela se torne um modelo de esposa. Ela nem ao menos passa tempo em oração, buscando ao Senhor.

Sorri por dentro, satisfeita com aquela resposta. Boaz era um homem raro, que conseguia enxergar uma mulher para além das aparências. Inspirei fundo e inclinei o tronco para a frente, sentindo o cheiro da lamparina que queimava ao meu lado.

— Acha que é isso que Nadav está fazendo: buscando ao Senhor?

Um dos seus ombros largos se levantou.

— No momento, ele precisa de respostas.

— Pois eu espero que ele as encontre — recuei.

Boaz fitou o meu rosto com atenção.

— Vocês estão precisando de alguma coisa para a bebê?

Apertei os lábios e inspirei.

— Por enquanto não, mas não tenho condições de sustentá-la quando crescer. Mal tenho para nós.

Seu corpo grande reclinou-se para trás e Boaz, subitamente sério, limpou a boca com o pulso direito. Depois colocou os dois cotovelos na mesa e cruzou as mãos na frente do rosto, tornando a me encarar. Demorou alguns segundos antes de sugerir:

— Acho que você sabe como resolver esse problema. — Deixou as palavras no ar.

Senti o meu rosto aquecer. Será que ele iria sugerir que a gente se casasse? Era como se eu estivesse a um palmo de pegar as chaves da felicidade.

— Que problema? — indaguei, sentindo o meu espírito alçar voo, só para ser abatido no minuto seguinte.

— Do seu sustento e de Noemi.

Pisquei.

— Meu sustento?

— Claro. — Ele abriu as mãos. — Foi por isso que lhe chamei para conversar. Vocês podem voltar a ter a vida que tinham de volta, pelo menos financeiramente.

Pelo menos financeiramente...

Pelo menos financeiramente...

Ao eco daquelas palavras, virei a cabeça de lado e mirei o chão. Então, era isso que nós éramos para ele: um problema a ser resolvido. Finalmente estava ficando claro o que o senhor daquela casa queira de mim: propor um acordo financeiro.

Meu curto período de fantasia desmoronou. Passei os olhos pela mesa. Aquilo não era um jantar romântico e sim um jantar de negócios. Boaz queria ajudar a "resolver o nosso problema". Ele havia dito que passou os últimos dias consultando a Deus sobre algo. E, como um homem temente, sua consciência devia ter pesado sobre a nossa situação e ele estava disposto a fazer o que achava certo, em memória de Elimeleque. Porém, não seria um casamento de verdade e sim uma troca de favores.

— Já deve saber que eu sou um dos seus remidores... — ele continuou.

— Sim, eu sei. — Minha voz foi desanimada. — Mas o senhor não precisa tomar essa responsabilidade para si.

Boaz retrocedeu um pouco e uma ruga surgiu entre as sobrancelhas.

— Bem, eu... — Ele pôs as duas mãos separadas por cima da mesa, passando os olhos sobre ela, como se procurasse as palavras. Remexeu os ombros e fitou-me novamente. — Eu não sou o seu único remidor, Rute. Temos outro parente, inclusive mais próximo em laços de sangue do que eu, e ele tem a idade acerca da sua.

Meus olhos ficaram úmidos e minha garganta não deixou mais o ar circular, mas detive as lágrimas. Se bem entendi, era pior ainda: ele queria me empurrar para outra pessoa, para que outro marido me desposasse. Eu devia custar mais do que valia para ele. Senti um embrulho no estômago e perdi totalmente o apetite.

— Eu não sei o que dizer, meu senhor.

— Diga o que quer.

— Eu não sei... — Minha voz saiu em um sussurro.

Eu sabia que a pergunta dele era cortesia. Eu era um incômodo. Meus desejos mais íntimos, minhas esperanças não deviam lhe despertar interesse. Não era aquilo que estava em pauta.

Boaz passou uma mão pelo próprio queixo barbado, depois se aproximou mais de mim.

— Meu objetivo não foi constrangê-la, senhora.

— Não é culpa sua. — As malditas lágrimas insistiram em sair. Enxuguei-as com o punho.

Os olhos de Boaz comoveram-se diante do meu estado.

— Ainda sente falta de Malom, não é? — Tocou minha mão por cima da mesa com suavidade. — Talvez seja muito cedo. Não precisa se casar se não quiser. Não deixarei que nada lhe falte.

Apertei os olhos com força, querendo sumir. Boaz preferia me sustentar pelo resto da vida a ser o meu redentor... a se casar comigo. Nenhuma das opções que me aprensentava era satisfatória. Saber que sentia pena de nós era a pior sensação. Eu estava magoada demais para aceitar a sua benevolência.

— Deus cuidará de mim e de Noemi. — Foi só o que o segui dizer, retirando a minha mão da dele. Eu precisava sair urgentemente daquela casa. — Acho melhor eu ir embora. Minha sogra e a bebê precisam de mim.

— Não. — A voz dele foi categórica. — Não vou deixar que saia daqui de novo sem comer nada.

Mirei-o com firmeza. Eu devia mesmo estar parecendo uma morta de fome.

— Acho que eu prefiro jejuar esta noite — decretei.

A expressão de Boaz tornou-se confusa, em seguida triste. Talvez tivesse percebido que recebi o recado. Não haveria casamento, não haveria resgate, o máximo que eu poderia ter dele era um pouco de caridade.

— Se é assim que prefere... — Ele disse em voz baixa. — Não vou lhe impor mais a minha presença.

Assenti com a cabeça e me levantei.

— Espere. — Ficou de pé. — Quer que eu a leve para casa? Posso mandar buscar o cavalo...

Acenei com a cabeça que não, escondendo o meu rosto molhado. Boaz ficou em silêncio por um momento. Em seguida, expirou pesadamente e passou uma mão pelos cabelos.

— Então, leve isso... — A manga de seu robe moveu-se como uma onda quando pegou a laparina de azeite pendurada no teto e me deu. Segurei-a com uma mão. — Está muito escuro lá fora. Tome cuidado, Rute.

Agradeci com um movimento de cabeça e, antes de ir, observei-o mais um segundo, tentando memorizar suas feições. Sua linda face à luz bruxelante estava com um olhar melancólico. Em seguida, fiz uma breve reverência para me despedir, depois deixei o aposento para trás, chorando, sem perceber que alguém nos escutava por detrás das cortinas.

Capítulo 21

Ache eu graça em teus olhos, senhor meu, pois me consolaste e falaste ao coração da tua serva, não sendo eu nem ainda *como uma das tuas criadas.*

(Rute 2:13)

Com a lamparina em mãos, rastejei de volta para casa sozinha, lamentando a minha falta de sorte. Nem sequer tive tempo de pensar no risco que corria por aquelas estradas. Algo se endureceu em meu coração. Mais uma vez, assim como na minha infância, eu ansiava desesperadamente por um amor que não seria correspondido. Amaldiçoei-me por ter criado fantasias românticas, achando que um homem como Boaz poderia se interessar verdadeiramente por mim. Mas a culpa não era dele, era das minhas expectativas. Era óbvio que sua primeira esposa seria uma bela jovem judia e não uma estrangeira viúva. Por que ele escolheria uma mulher inculta e sem nenhum atrativo?

Chafurdando em pensamentos derrotistas, parei para recuperar o fôlego e apoiei o ombro em uma grande pedra pelo caminho. Fechei os olhos. O tempo da colheita estava acabando e o destino que se avizinhava sobre mim era nebuloso. Logo chegaria a festa de Pentecostes e eu não sabia como garantir o meu sustento e de Noemi. Será que conseguiria trabalho em outro tipo de plantação? Eu poderia apanhar azeitonas, uvas ou qualquer outro alimento da próxima época, mas tinha medo de estar no meio de estranhos. Sabia que, por ser moabita, poderia não ser respeitada entre eles. Boaz não estaria em outros campos para dar ordens aos servos para que não me violassem. A solução mais segura era aceitar outro remidor, mas só de pensar nessa possibilidade meu estômago revirava. Eu havia me casado por amor da primeira vez. Seria pedir muito que isso acontecesse de novo?

— Oh, Senhor, ajuda-me...

Sentia-me à beira de um precipício. Fraca demais para continuar, pressionei a testa contra a pedra, com o coração batendo forte. Soluços profundos surgiram de dentro de mim e sacudiram meu corpo em um pranto doído. Minha vontade era de me sentar ali e morrer, mas eu sabia que Noemi precisava de mim. Não podia me entregar ao desespero. Além do que, eu já havia aprendido que só Deus era Aquele que podia preencher as minhas lacunas, mas isso não evitava que algumas dores da vida não fossem difíceis para o meu coração. Ergui as mãos para o céu antes de prosseguir.

— Perdoa-me, Senhor. Perdoa a minha fraqueza, a minha visão limitada. Sei que Tu és bom e os teus planos para mim são excelentes. Ajuda-me a enxergá-los, a despeito do meu sofrimento. O Senhor é a minha força, guia-me pelas Suas veredas.

Senti uma leve brisa no rosto que acalmou o meu coração.

Bendito seja o Senhor.

Após alguns segundos respirei fundo e continuei a tecer o meu caminho, vigiando os pedregulhos iluminados pela lamparina e entoando um cântico em minha mente.

Quando cheguei ao vilarejo, as barracas que ladeavam as ruas já estavam vazias. Apenas um mercador que vendia anzóis, lanças e espadas estava recolhendo suas coisas. Avistei Noemi sentada no terraço de nossa casa, olhando para a rua. Ela acenou para mim e cumprimentei-a de volta. Terminei de me arrastar até lá e larguei a lamparina no chão perto da entrada, depois subi as escadas. A filha de Afra estava coberta e adormecida ao seu lado.

— Como foi o seu dia? — indaguei, após beijar sua face e me sentar ao seu lado.

— Do jeito que pode ser com uma velha que carregou um bebê nos braços chorando de cólica o dia todo — reclamou, mas logo sorriu. Eu sabia o quanto ela amava cuidar da menina. — Tome. — Pegou uma vasilha de barro ao seu lado, que continha grão-de-bico cozido. — Guardei isso para você.

Mirei minha refeição simples com o coração apertado. Não que me importasse de desfrutar de um prato tão humilde — eu era grata ao Senhor por todo Seu cuidado conosco —, mas porque me lembrei do jantar que poderia ter tido se tudo fosse diferente com Boaz.

— Troquei alguns grãos de cevada no mercado por isso. Estava farta de comer feijão quase todos os dias — contou Noemi.

— Está com um cheiro maravilhoso. Obrigada, minha sogra.

— Você precisa parar de me chamar assim. — Ela foi implacável.

Mirei seu rosto, aturdida. O movimento rápido fez o meu véu cair da cabeça nos ombros.

— Não me olhe desse jeito — ela continuou. — Sabe muito bem do que estou falando. Malom já morreu, você não é mais a esposa dele.

Senti meus olhos esquentarem, magoada.

— Acaso está tentando me expulsar da sua vida outra vez? — Pousei o prato no chão.

Noemi me empurrou com o ombro.

— É claro que não, sua tola, só quero colocar as coisas no lugar. Somos amigas, eu não sou mais sua sogra.

Fixei os olhos nela.

— É muito mais do que uma amiga para mim, sabe disso. A senhora é como se fosse minha mãe.

Minha companheira abriu um sorriso terno.

— Pois esse cargo eu aceito. Agora coma, antes que esfrie.

Obedeci, mesmo sem apetite, e virei a vasilha na boca, dando um gole barulhento no caldo e puxando alguns grãos para roer. Olhei para o céu enquanto mastigava. Só quando a comida bateu no meu estômago percebi como ainda estava com fome.

— E como foi o seu dia? — Ela quis saber, quando reparou que eu estava muito silenciosa.

Meus ombros subiram e desceram em uma respiração.

— Também não foi dos melhores.

Uma de suas mãos apertou o meu joelho.

— O trabalho na colheita é muito pesado, filha. Você precisa descansar mais. Posso ficar com a bebê esta noite.

Inspirei fundo. Por mais que eu adorasse a ideia de não passar a noite toda espantando as moscas de cima da neném, precisava ser sincera com ela.

— Não é isso.

— Então, o que é?

Virei a cabeça para a frente, mirando a rua.

— Estive com Boaz hoje mais cedo.

— E?

— E que ele sugeriu que eu procurasse outro remidor. Era isso, ou ele nos ajudaria financeiramente no que pudesse.

Noemi ficou olhando para mim, sem nada dizer.

— Tem certeza de que foi isso que ele falou?

— Sim.

— Estranho...

— Por quê?

— Porque quando Nadav veio me trazer outra esteira de presente, disse que havia sido enviada pelo senhor Boaz. Eu esqueci de lhe contar isso na ocasião. E ele também me falou que o patrão foi bastante severo quando recomendou aos capatazes que ninguém poderia tocar um dedo em você. Disse também que Boaz avisou para jogarem boas espigas no chão e deixarem por lá, para que não ficássemos só com as destruídas. Com tanta consideração, eu podia jurar que ele estava interessado em você.

Senti meus olhos arderem.

— O patrão é assim mesmo, minha sogra. — Ela me olhou feio. — Ex-sogra. — Revirei os olhos. — É um homem bom e com senso de justiça. Boaz apenas teve misericórdia de nós porque somos parentes distantes.

Os lábios dela se apertaram, causando rugas profundas em torno deles.

— Ainda não estou convencida...

Virei meu corpo mais para ela e abri as mãos ao lado do corpo.

— Olhe para mim. Por que um senhor como ele iria se interessar por uma mulher como eu?

Noemi me mirou com firmeza.

— O Deus de Israel não vê as pessoas como nós vemos, Rute. Talvez Boaz esteja lhe vendo como Deus vê, além das aparências. Tenho certeza de que, em termos de coração, não há uma mulher na plantação mais bela do que você.

— Está dizendo isso porque você gosta de mim.

Uma batida em nossa porta nos fez ficar em silêncio. Instintivamente, Noemi pôs a mão por cima do bebê e eu, por conta da decência, cobri minha cabeça com o lenço. Quem poderia ser àquela hora?

Fiquei de quatro no telhado e engatinhei para a beira dele. Com cuidado, espiei o primeiro andar de fora da casa. Avistei, perplexa, dentro de um vestido de seda, a senhorita Naama esperando para ser atendida.

Expirei pesadamente e sentei-me em um baque surdo. Mal podia acreditar no que tinha visto... Por que ela resolvera vir me atormentar logo naquele dia, quando minha condição física e emocional estava tão enfraquecida? Eu não estava simplesmente cansada, estava esgotada, e ainda teria uma longa noite pela frente com o bebê.

— Quem é? — Noemi sussurrou.

Inclinei-me para perto dela.

— É Naama, uma jovem parente do senhor Boaz. Ela mora com ele desde que os pais morreram.

O sorriso dela se abriu, esperançoso.

— Ela pode estar trazendo algum recado do seu senhor...

— Mais fácil estar trazendo um pote de veneno. Pelo visto, eu me meti num ninho de vespa.

— O quê? — Noemi uniu as sobrancelhas.

— Ela me detesta. Já me chamou de fruto de um incesto, disse que eu poluo o ar que ela respira e um monte de outras coisas.

— Mas por quê? — Minha companheira não conseguiu entender.

Ergui os ombros.

— Dizem que é apaixonada pelo senhor Boaz, e ela nos encontrou jantando juntos daquela vez. Fez um escândalo e ele teve que repreendê-la. Além disso, ela é uma esnobe.

Noemi fez uma careta.

— Odeio esse tipo de gente que nos olha com desprezo só porque seus cofres são mais pesados.

Passei uma mão pela testa.

— Naama ainda é muito jovem, vai aprender com a vida. Na verdade, tenho pena dela por ser tão amarga já nessa idade...

— Tem alguém aí? — A menina gritou e bateu na porta mais uma vez, fazendo seus braceletes cintilarem como sinos.

Olhei para minha sogra.

— Vamos descer.

Preferimos deixar a bebê onde estava por alguns minutos, uma vez que ainda não tinha aprendido a rolar e dormia como um anjinho. Descemos as escadas e minha sogra passou a minha frente, fazendo questão de abrir a porta. Quando o fez, Naama a examinou de baixo para cima.

— Quem é você?

Minha ex-sogra cruzou os braços e ergueu um pouco o queixo.

— Shalom, senhorita. Sou a dona desta casa. E você, quem é?

Fiquei tão surpresa com a hostilidade de Noemi que tive vontade de rir. Sua atuação como um ser arrogante estava sendo horrorosa.

— Preciso falar com a Rute. Ela está?

Minha amiga deu um passo para trás e virou o corpo de lado. A convidada ficou parada na porta, olhando para ela.

— A vasilha está ali. — Apontou a mãe de meu falecido marido. — Não espere que eu me abaixe para lavar os seus pés.

A garota apertou os lábios e entrou de sandálias, em um claro desrespeito ao nosso lar. Seu perfume floral espalhou-se pelo ambiente. Depois passou os olhos ao redor com aversão, examinando o aposento, como se estivesse sujando seus calçados lustrados. Uma joia delicada prendia seu véu rosado aos cabelos. Estudei seu perfil. Naama era como um botão de flor se abrindo, suculento e doce. Uma mulher de não pouca beleza. Como Boaz podia não se deixar seduzir? Eu sabia que podia me livrar da sujeira na minha pele, mas jamais conseguiria me equiparar a ela, nem com todo polimento do mundo.

— Era de se esperar que você vivesse em um lugar como esse — comentou, e então eu me lembrei porque ele não gostava dela.

Naama podia decorar-se com colares e pulseiras adornadas de pedras preciosas, mas suas características mais feias sempre sobressaíam. Precisei de todo meu autocontrole para não responder da mesma maneira.

— Em que posso lhe ajudar, minha senhora?

Seus olhos cor de esmeralda pararam em mim.

— Eu é que vim lhe ajudar.

Voltei o rosto para a porta e franzi o cenho.

— A senhora veio caminhando, a essa hora da noite, para fazer algo por uma simples serva como eu?

— Sim. — Ela cruzou as mãos na frente do corpo. Quase ri novamente quando tentou forçar uma pose de anjo.

— E veio andando sozinha? — Ergui uma sobrancelha. — Como sabia onde eu morava?

— Eu a segui.

Estreitei os cílios.

— Por quê?

— Eu ouvi a sua conversa com Boaz esta noite — confessou descaradamente, como se tivesse todo o direito. — E vim lhe apresentar uma alternativa.

— Alternativa? — Minha voz soou incrédula.

— Exato. — Apontou um dedo. — Tenho uma irmã casada, que mora na outra extremidade de Belém. Ela deu à luz há pouco tempo e precisa de alguém para ajudar nas tarefas de casa. Se eu lhe mandar até ela amanhã com uma carta de recomendação, com certeza irá lhe contratar. E você pode levar a sua... — Mirou Noemi com desprezo. —... velha. Ela deve servir para alguma coisa.

Minha vontade era pular no pescoço daquela menina, mas eu apenas dei um sorriso forçado. *Senhor, ajude-me a não estrangulá-la...*

— É muito generoso da sua parte pensar em mim e vir até aqui, arriscando-se no deserto, para me oferecer tal oportunidade. Nunca poderei ser grata por sua imensa afeição. — Para a minha vergonha, o sarcasmo em minha voz estava evidente. — Entretanto, eu me comprometi com o senhor Boaz de ficar até o final da colheita. Preciso cumprir a minha palavra.

Seus olhos verdes ficaram duros e ela colocou as mãos na cintura.

— Não seja tola! O trabalho nos campos só dura um momento, estou lhe oferecendo uma chance de ter o sustento para o resto da vida.

— Sua irmã se parece com você? — interferiu Noemi, chamando a nossa atenção.

— Um pouco — Naama respondeu, relutante.

— Então, agradecemos o convite, mas não estamos interessadas. — Minha amiga abriu mais a porta.

Naama alternou o olhar entre nós, com os lábios em um bico apertado. Eu quase podia ver a fumaça saindo dos seus ouvidos. Teria rido se ela não estivesse a ponto de quebrar a pouca louça que havia na casa.

— Vai se arrepender de ser tão insensata — ameaçou.

Curvei-me levemente diante dela.

— Tenha uma boa noite, senhora Naama. Shalom.

Apertando os punhos, a jovem marchou para fora e Noemi fechou a porta atrás dela. Depois olhou para mim e colocou as mãos no pescoço, simulando um gesto de estrangulamento. Caímos na gargalhada.

— Pelo menos ela alegrou nossa noite. — O tom de minha ex-sogra era jocoso. — Você viu a cara dela quando saiu? Pensei que seus olhos fossem saltar para fora, de tão esbugalhados...

— Pois é... — Enxuguei os meus, divertida, mesmo sabendo que podia sofrer alguma consequência por tê-la antagonizado. — E você, hein... Depois de tantos anos, eu ainda não conhecia esse seu lado cruel.

— Ninguém mexe com a minha menina. — O semblante de Noemi ficou sério de novo. — Aquela garota não teme ao Deus de Israel, logo se vê pela sua postura. Ela nos olhava como se fôssemos inferiores. Esquece que se não tivesse sido adotada por um parente, hoje seria uma prostituta, ou quem sabe mendiga.

Fiz uma careta com o comentário maldoso. Noemi estava afiada naquela noite.

— Que horror!

Seus olhos voltaram-se para mim, estudando meu rosto.

— Acha que o senhor Boaz sabe que ela veio aqui?

Neguei com a cabeça.

— Tenho certeza que não.

Noemi continuou a me perscrutar, pensativa. Em seguida esticou os lábios.

— Você disse que a menina é apaixonada por ele?

— Sim, foi o que me contaram.

— Interessante... — Minha ex-sogra começou a desenrolar a esteira e lançou o enigma: — Por que será que ela está tão interessada em mandar você para longe daqui?

Mirei sua expressão forçadamente inocente, com uma pequena chama acendendo em meu interior, mas logo encolhi meus joelhos contra o peito e os abracei, caindo na realidade.

— Naama nunca se sentiria ameaçada por mim — decretei.

— Será?

— Pare de tentar colocar minhocas na minha cabeça!

— Não estou tentando nada disso, só quero que tire suas próprias conclusões.

— Sei... — Espremi os olhos. — A senhora quer é me levar pela ponta do nariz até a *sua* conclusão. E só está vendo o que quer. Boaz já deixou claro quais são as minhas opções. E nenhuma delas incluía me casar com ele. Quer saber? Estou farta desse assunto. Eu vou lá em cima pegar a menina. — Levantei-me para me afastar, mas Noemi me segurou pelo cotovelo.

— Você deveria ter sido franca com ele, filha. Poderia ter dito a Boaz como você se sentia e o que esperava.

Meus olhos ficaram nublados.

— Para quê? Para ser humilhada outra vez? Eu não suportaria ouvi-lo dizer com todas as letras que não me queria.

— Pelo menos você saberia a verdade e não ficaria se baseando em suposições. O fato de ele ter lhe apresentado outras escolhas não significa que se casar com ele não seja uma delas.

Parei por um momento ao ouvir aquilo. De fato, houve um momento em que Boaz perguntou o que *eu* queria, e eu disse "não sei". Não deveria ter respondido, concluí com um gosto amargo na boca. Deveria ter pedido para orar sobre uma resposta, assim teria tempo para refletir e pedir a orientação do Senhor. Fui precipitada quando deixei minhas emoções feridas me dominarem.

Virei de frente para minha amiga e, perdendo as forças, fechei os olhos e me joguei em seus braços.

— Eu tenho medo, Noemi. Você não entende... — Funguei. — Tenho medo de ser rejeitada. Eu o amo tanto que prefiro conviver com a dúvida. É melhor tudo continuar do jeito que está.

— Eu entendo, minha criança... — Ela se afastou e emoldurou minha face com as mãos. — Mas você não pode viver a vida se baseando naquilo que é mais seguro. E se Boaz sente o mesmo que você? E se ele simplesmente não soube se expressar?

Metade de mim achava aquela ideia ridícula. Um homem poderoso como ele amar uma mulher como eu era inconcebível na minha cabeça. Entretanto, uma pequena centelha de entusiasmo queria se agarrar àquela esperança.

— Vou orar sobre isso — prometi.

Minha sogra assentiu e me deu um beijo carinhoso na testa. Em seguida, subi as escadas até o telhado, onde enrolei o lenço em torno dos ombros e examinei o firmamento, imaginando se algum dia eu poderia contemplar aquela linda constelação ao lado do homem que amava.

Capítulo 22

Deus faz com que o solitário habite em família, e liberta aquele que está preso em grilhões...

(Salmo 68:6)

Acabei dormindo na parte de cima da casa, desmoronando naquela suave poeira da esteira esticada em nosso telhado. O dia anterior havia sido cansativo e dormi feito uma morta, quase sem me mexer. Quando abri os olhos, a luz do sol se esgueirava por minha face. Senti um sobressalto no coração quando virei a cabeça de lado e não vi a bebê, mas depois me acalmei, imaginando que Noemi havia pegado a menina para me deixar descansar. Ou a levado para a ama de leite.

Suspirando, olhei para o céu, quente e azul. Era sábado, dia de descanso, e todos já deviam estar descalços pela cidade.

Pensei na noite anterior e na proposta de Naama. Talvez não fosse uma má ideia ir me confinar longe dali e ser dona da minha vida. Assim, eu poderia nos sustentar e não precisaria me casar com ninguém. Ou, no futuro, poderia até me interessar por outro rapaz. Naquela parte de Belém, no entanto, perto de Boaz, seria impossível.

Minha sogra costumava dizer que, se gaiola fosse muito dourada, as pessoas se acostumavam à escravidão. Foi por isso que alguns hebreus quiseram voltar ao Egito depois de estarem livres no deserto. A presença de Boaz tinha um efeito devastador sobre mim e eu tinha medo de ficar presa naquela gaiola. Os sentimentos que ele me despertava eram penetrantes demais. Eu era fraca para encará-lo, não conseguiria evitar amá-lo.

Fortalece-me, senhor. Não sei o que fazer.

Resolvendo aproveitar o meu dia livre, deixei esse dilema de lado e me levantei para descer as escadas. A visão que encontrei no cômodo embaixo me comoveu e parou minha respiração. Nadav estava sentado na esteira, em silêncio, admirando a filhinha em seus braços.

Olhei para Noemi, que retirava os miúdos de um frango e os colocava dentro de uma vasilha. Imaginei que o alimento fosse um presente dele. Ela simplesmente sorriu e indicou a visita inesperada com a cabeça. Aproximei-me de mansinho e me acomodei perto dele. Minha companheira abandonou as tarefas e saiu pela porta de casa, para nos dar privacidade para falar.

— Seja bem-vindo de volta, meu amigo.

Seus olhos negros se voltaram para mim, vermelhos e cheios de lágrimas. Ele me abriu um sorriso branco, que emanava gratidão.

— Não sei como lhe agradecer...

— Não precisa. — Toquei a mãozinha da bebê com um dedo, surpresa que ela ainda estivesse dormindo. — Como foi a sua viagem?

Suas sobrancelhas se ergueram e ele enxugou o rosto com uma mão.

— Dura. Inesquecível.

Espremi os lábios.

— É difícil ver aqueles que amamos irem embora sem questionarmos a fé.

Nadav negou com a cabeça.

— Foi muito mais do que isso para mim. Entendi que quando a gente chega ao fim de si mesmo, é porque está no começo de Deus.

Exibi um sorriso largo, cheio de ternura.

— Fico feliz que o Senhor tenha falado ao seu coração.

— Ele falou. Deus mudou toda a minha perspectiva das coisas nessa jornada. Eu tinha a minha vida toda programada, cada detalhe. Queria ter muitos filhos com Afra, queria construir uma casa maior aqui na cidade e quem sabe ter alguns animais. — Seu olhar vagou para um tempo distante. Por um momento, me perguntei se as suas memórias tinham se tornado tão reais quando a minha presença. — Sonhávamos juntos com as nossas futuras plantações. Eu estava trabalhando muito para isso. Enriquecer e ser dono das minhas próprias terras sempre foi o meu único foco.

— Boaz sabe disso? — indaguei, pensando em como o patrão o estimava.

— Não só sabe, como incentiva. Ele me disse que, se eu continuasse o servindo com a mesma excelência, ele mesmo me daria o meu primeiro pedaço de terra. Por isso que Boaz sempre me deu tantas funções importantes na sua casa, como organizar o pagamento dos trabalhadores. Ele quer que eu aprenda a administrar coisas grandes. Sempre teve muita fé na minha capacidade.

— Você é mesmo um funcionário exemplar — elogiei com sinceridade.

Nadav deu um suspiro profundo.

— Pois é. Mas eu acreditava que tudo que queria conseguir dependia exclusivamente de mim, dos meus esforços. Que Deus estava ocupado demais para observar os meus sonhos. Era como se eu fosse um idólatra, mas de mim mesmo. Eu era o meu próprio Deus. Aí, então, todos os meus planos foram por água abaixo quando minha esposa morreu. — Sua voz diminuiu o volume — Fiquei completamente perdido. De que adiantaria conquistar tudo aquilo se eu não tinha mais Afra para compartilhar? Todas as riquezas perderam o sentido. Minha própria vida perdeu o significado por algumas semanas. Andei por essas estradas sem medo de morrer. Uma parte de mim desejou que os inimigos de Israel me achassem e me matassem. — Mirou-me intensamente. — E eles me acharam.

— Oh, Nadav... — Toquei a lateral de sua cabeça.

Seu rosto negro se virou para a frente.

— Eu estava em cima do meu cavalo quando senti uma dor lancinante atrás da cabeça e caí no chão. Havia levado uma pedrada por trás. — Mirei o turbante enrolado em torno do seu crânio. Muitos judeus andavam com esse ornamento, não pensei que estivesse funcionando como um curativo. — Minha visão ficou nublada por vários minutos depois que caí, então eles se aproveitaram. Acho que eram uns cinco ladrões. Pegaram os poucos recursos que eu tinha. A minha bolsa de dinheiro com as moedas de prata que Boaz havia me dado, meu odre com água, minha comida, meu cavalo... — Enumerava com os dedos. — Fiquei somente com a roupa do corpo.

Levei as duas mãos para cobrir a boca, com os olhos arregalados.

— E como conseguiu escapar?

Nadav riu e balançou a cabeça para os lados, olhando para o chão.

— Se Deus não tivesse vindo em meu socorro, acho mesmo que eu teria morrido. Um dos assaltantes chegou a levantar uma faca para me matar. Nesse momento, lembrei-me de minha filha. Senti um desejo desesperado de viver para protegê-la. Então, clamei a Deus em minha mente, pedindo perdão ao Senhor por ter desvalorizado a minha vida. Foi tudo muito rápido — Nadav se virou para mim. — De repente, ouvi um dos ladrões assobiar muito alto, então todos montaram em seus cavalos e saíram com muita pressa. Quando consegui me recuperar, eu me sentei e quase desmaiei novamente quando olhei para trás. A dois metros de mim, deitado calmamente à sombra de uma pedra, havia um leão. — Sua expressão acendeu-se com a lembrança. — Fiquei completamente apavorado. Imaginei que os malfeitores fugiram ao ver o animal se aproximar. Mas a fera nem sequer chegou perto de mim, só ficou ali parado, me vigiando. — Riu com um suspiro. — Eu comecei a me levantar devagar, pensando em como fugir. Quando o leão se moveu, pensei que era o meu fim. Ele deu um rugido tão alto que petrificou cada órgão do meu corpo. Mas, depois, simplesmente virou as costas e foi embora.

"Quando me dei conta do que havia acontecido, simplesmente caí de joelhos e agradeci ao Senhor. Foi como se Ele tivesse enviado aquela fera somente para me dar outra chance. Jeová teve misericórdia de um judeu relapso como eu."

Cheia de compaixão, coloquei uma mão em seu ombro. Sua história era tão linda que uma lágrima já descia pelo meu rosto.

— Você é um bom homem, Nadav. E Deus sabe disso.

Ele negou a afirmação com um movimento de cabeça.

— Eu sou uma fraude, Rute. Um hipócrita. Nunca me dei conta de o quanto já era abençoado pelo Senhor. Estava sempre sonhando com mais, sempre insatisfeito com o pouco que tinha. Acho que parte disso foi porque cresci na casa de Boaz, vendo todo o luxo que havia ao redor dele. Mesmo que o senhor Salmom fosse muito generoso comigo, eu era invejoso. Não me entenda mal. — Ergueu uma mão. — Eu sempre gostei deles. Boaz é como um irmão para mim. Mas ver tudo o que eles tinham fazia eu me sentir injustiçado. — Mirou-me com os olhos enevoados. Era difícil ver um homem forte como Nadav tão vulnerável. — O mal estava nos meus olhos, entende? Na eterna comparação. Durante toda a minha vida, eu mal orei para agradecer por tudo que eu tinha. Meus pais eram pobres, mas eram amorosos. Nunca nos faltou nada. Mais tarde, me casei com uma mulher maravilhosa. Mesmo assim, eu estava afastado de Deus e do Seu amor. Mas Ele é tão bom que me deu a oportunidade de ver a sua glória nessa viagem. E o Seu zelo por mim. Eu não merecia, mas Ele me salvou e me permitiu estar com a minha filha novamente. Nunca mais deixarei Sara para trás.

Enxuguei o rosto após seu relato, emocionada. Era tão bom ver as maravilhas que Deus podia operar em nossos maiores momentos de luta!

— Sara? — brinquei, apontando o queixo para a pequena.

Nadav pousou o olhar carinhoso em sua filha.

— Sim, Sara, minha princesa. A partir de hoje, viverei para protegê-la e transformá-la em uma mulher forte como sua mãe e, acima de tudo, grata e temente a Deus, como eu quero ser daqui para a frente.

Apertei os lábios, orgulhosa do meu amigo.

— Afra teria muito orgulho de você. E se bem a conheci, ela ficaria muito feliz de saber que foi para junto do Senhor para que você pudesse se voltar para Ele.

— Eu sei disso. — Nadav sorriu, mas logo depois me encarou com seriedade. — Não sei mesmo como posso lhe pagar por ter cuidado da minha menina.

Examinei-a dormindo. Já estava com saudades dela só de pensar em devolvê-la para o pai.

— Foi uma honra poder cuidar da filha da minha amiga. Vocês foram muito bons para mim e minha sogra quando chegamos aqui. Serão sempre bem-vindos em minha casa. Pode contar comigo para tudo que precisar.

Nadav apoiou a mão na cabecinha da bebê, ajeitando-a mais em seu colo. Levaria tempo para se acostumar àquele novo cenário.

— Acho que isso não será necessário — revelou. — Vou levá-la para o outro lado de Belém, para perto da minha mãe e irmãs. Sara precisará de referências femininas. Elas vão cuidar da menina durante o dia para eu trabalhar durante a semana e nos dias de descanso eu mesmo vou cuidar da minha filha.

Meu coração apertou com aquela notícia.

— Vou sentir falta dela.

A bebezinha se remexeu nos braços do pai, aconchegando-se mais em seu peito, e esboçou um sorrisinho dormindo. Estava envolta em um pano branco e sua expressão estava tão serena que nem parecia a mesma criança que berrava a plenos pulmões com cólicas na madrugada. Aproximei-me e beijei sua testinha.

— Que o Senhor esteja sempre contigo, Sara. Com você e com o seu pai. — Olhei para o meu amigo.

O pai de Sara acenou positivamente e começou a se levantar no mesmo minuto em que minha sogra voltou para casa, equilibrando uma cesta de figos no crânio.

— Olha só o que deixaram na nossa porta... — E parou de falar ao ver Nadav de pé com a menina no colo. Seus olhos se abriram. — Oh, você vai levá-la embora? Pensei que fôssemos cuidar dela para você trabalhar...

— Já está na hora de dar descanso a vocês — ele disse baixinho.

O rosto de Noemi contorceu-se em pesar. Aquela era a sua ocupação preferida do dia: cuidar da menina. Agora, sua vida voltaria a se concentrar nos serviços domésticos: cozinhar, tecer e lavar as roupas. Desde que minha ex-sogra perdera os dois filhos, precisava de uma criança como Sara para exercitar o seu lado materno. Agora, Noemi se sentiria oca de novo.

— Eu entendo. — Ela disse, colocando o cesto no chão e chegando mais perto da bebê. — Espero que ela volte para nos visitar.

— Prometo que a trarei sempre para ver a senhora. Será como uma segunda avó para ela.

Com os olhos úmidos, minha companheira de lar forçou o sorriso e acenou com a cabeça que sim.

— Que Deus o abençoe, meu filho. E que, no tempo certo, Ele possa lhe trazer uma nova esposa.

Nadav baixou os olhos.

— Não quero pensar sobre isso agora. Talvez um dia. — Depois espiou o meu rosto. — Eu trouxe algumas coisas de Afra para você, como agradecimento pelo tempo que cuidou de Sara.

— Não precisava...

— Eu faço questão. Entreguei à sua sogra um vidro de óleo de mirra e aloés quando cheguei de manhã, além de algumas roupas. A mãe de Afra deu tudo a ela no dia do nosso casamento.

Percebi que ele queria evitar ficar com aquelas recordações.

— Tudo bem, Nadav. Eu agradeço muito. Será uma honra receber esses presentes.

O servo mais fiel de Boaz aconchegou mais a filha no colo, que parecia um anjinho a dormir. Ele não tinha a menor ideia do que enfrentaria na madrugada.

— E você. — Ele me resgatou dos meus pensamentos. — Também pensa em se casar novamente?

Ao ouvir a pergunta, engoli a saliva e entrelacei as mãos com força na frente do corpo.

— Meu destino está nas mãos do Senhor, eu me conformarei com a Sua vontade.

A cabeça do homem negro caiu ligeiramente de lado, me analisando com seus olhos cor de carvão. Ficou pensativo por um momento.

— Muitas vezes, quando estamos nos afogando, Deus nos envia um barco, mas continuamos achando que o milagre cairá do céu em nossos braços e nos recusamos a subir na embarcação. Olhe à sua volta com atenção, Rute. Você pode estar tentando nadar sozinha com tanta força que não quer enxergar o que Deus preparou para você. Ele tem planos muito melhores do que os nossos.

Com os olhos subitamente quentes, mirei seus pés. Eu não queria ser uma rede pesada que Boaz precisasse carregar em um barco a remo. Preferia deixá-lo livre.

— Tenho certeza disso, Nadav.

Eu sabia que os dois eram muito próximos. Talvez o amigo de infância já tivesse comentado com ele que pretendia me ajudar financeiramente ou me direcionar para ser resgatada por outro. Entretanto, nenhuma dessas situações traria paz ao meu coração. Em meu íntimo, eu sabia o que queria. E não tomaria nenhuma decisão antes que Deus removesse do meu coração os sentimentos profundos que eu nutria por meu senhor.

Nossa visita deu um suspiro desanimado.

— Bom, vou me adiantar. Preciso devolver a carroça ao patrão amanhã bem cedinho. — E dirigiu-se para a saída, mas, antes de partir, olhou para trás e me encarou. — Espero que desfrute da cesta de figos. — Depois trancou a porta atrás de si.

Olhei as frutas com uma pontada no coração. Ele deveria ter trazido aquilo mais cedo a pedido de Boaz. Talvez fossem os mesmos figos que eu havia visto no nosso jantar. *Mais uma caridade*, imaginei com tristeza, enquanto minha sogra jogava as frutas dentro de uma bacia com água para lavá-las.

— Amanhã vou passar o dia todo a secar esses figos no terraço. Vão ficar uma beleza! — Ela se animou, ignorando o meu estado de espírito.

Tentei sorrir e passei o dia ajudando-a nas tarefas de casa, mas não havia muito o que limpar. À tarde demos uma volta pela cidade e conversamos com algumas vizinhas, assuntos ordinários de cunho estritamente doméstico. Nenhum deles conseguir reter completamente a minha atenção, de modo que passei a maior parte do tempo junto delas, recostada na parede, balançando a mandíbula de um lado para o outro e examinando o movimento da rua enquanto elas tagarelavam. Em seguida, nos unimos a um grupo feminino para orar, entoar louvores e recitar as escrituras. Neste momento, sim, consegui trazer minha mente para o presente.

Naquela noite consegui dormir profundamente, pela primeira vez em dias. Sonhei que estava à deriva no mar, sem enxergar nenhuma linha costeira. E não havia nenhum barco à minha volta para me resgatar.

Capítulo 23

Assim, ajuntou-se com as moças de Boaz, para colher, até que a sega das cevadas e dos trigos se acabou; e ficou com a sua sogra.

(Rute 2:23)

Esquivando-me das emoções que a proximidade com aquela casa trazia, tornei a realizar o meu trabalho diligentemente nos dias seguintes. Finquei a foice na terra com força para fugir dos meus pensamentos atormentadores. O sol estava forte o suficiente para fazer uma manada de cavalos selvagem desmaiar. Estávamos caminhando para o fim da colheita e a tarefa árdua me dava a desculpa perfeita para não deixar minha mente vagar para muito longe.

Bufando, fiz uma pausa e coloquei uma mão em meu decote, puxando-o para baixo para ganhar um pouco de ar. Mirei a casa grande discretamente e parei os olhos na entrada por algum tempo. Foi o suficiente para Leah e sua amiga darem risadinhas:

— Não lhe falei? Você me deve dez espigas. — A primeira disse para a outra.

Olhei para minha amiga.

— Que foi?

Estávamos apostando quanto tempo você demoraria para voltar a espiar aquela porta.

Apertei os lábios, irritada.

— Eu não estava espionando ninguém.

Leah fez um estalo com a boca.

— Não precisa mentir para nós. Você chegou bem carrancuda hoje cedo. Pelo visto, seu jantar naquele dia não correu como você esperava...

Inspirei fundo e me coloquei ereta diante dela, segurando o cabo na frente do corpo, como se fosse um cajado.

— Eu não quero mais falar sobre isso. Estou disposta a terminar o meu trabalho hoje, até o final da colheita. Sei que todos contam com a minha ajuda. Pelo menos, aqui, eu sei que valho alguma coisa.

Minha companheira examinou o meu rosto, entristecendo sua expressão.

— Você não vale alguma coisa por conta do seu esforço, Rute. O Senhor a ama pelo que você é, não pelos seus talentos. Quando Ele criou Adão e Eva no jardim do Éden, eles ainda não haviam feito nada. O Senhor olhou para eles e simplesmente disse: isso é muito bom. Deus falava da sua criação ser semelhante a Ele. Você não é o que você faz, você é uma alma querida aos olhos de Deus. E tenho certeza de que Ele tem planos maravilhosos para você, por isso que lhe trouxe até aqui. Sua visão limitada só não está conseguindo enxergar esses planos agora.

Baixei os olhos, envergonhada. Eu sabia que poderia me sentir completa apenas tendo o Senhor, mas isso não impedia que houvesse desejos frustrados em meu coração.

— Sei que sim, mas já percebi que esses planos não envolvem o dono dessas terras. Então, por favor, não fale mais sobre isso. — Tornei a me mover.

Leah me lançou um olhar cheio de compaixão e indicou à amiga que retornasse às atividades. Ficamos em silêncio por longo tempo. Meus olhos enevoaram-se diversas vezes e não foi por conta do tempo abafado. Toda vez que ideias românticas sobre Boaz rondavam a minha mente, escancaravam a porta e entravam. Eu tentava manter o foco no meu serviço e até conseguia evitar esses pensamentos por algum tempo, mas então o rosto dele aparecia novamente para mim. Lembrava-me de seu sorriso misterioso, do seu jeito firme de andar, de sua generosidade... Eu procurava analisar e expulsar as imagens menos honrosas, as mais carnais, mas elas continuavam surgindo, torturando-me.

Era mais fácil quando eu ficava dolorida do serviço e precisava me esticar. Então, Boaz aparecia pela janela, ou montado a cavalo, ou praticando arco e flecha com Nadav do lado da casa, e eu desmoronava de novo. Pensava nisso quando tomei um susto com o brado de Leah.

— Chega! — Ela encravou a foice na terra.

Mirei-a com os olhos franzidos e a boca em formato de o.

— O que significa isso?

A velha senhora cruzou os braços.

— Não vou ficar aqui vendo você com essa cara de funeral e o seu Boaz aparecendo naquela janela de minuto em minuto.

Meu coração acelerou em meu peito.

— Ele apareceu na janela de novo? — Evitei olhar para a casa.

— Umas vinte vezes na última hora. E umas trezentas nos últimos dias. O que está acontecendo com vocês? Desembucha.

A outra trabalhadora que estava perto de nós parou sua tarefa e apoiou o queixo no cabo da pá, interessada no assunto. Eu suspirei.

— Jantamos juntos naquela noite e ele deixou bem claro que quer me ajudar, mas não falou nada sobre me redimir.

— Hum... — Os lábios e olhos negros de Leah se apertaram, pensativos. — Não faz muito sentido. Eu sou boa em enxergar essas coisas. Seu Boaz está interessado em você. Conseguimos ver isso na maneira como ele lhe olha.

— É verdade — opinou a outra garota, sentindo-se parte do assunto. — Já existem até apostas aqui no campo de que agora o seu Boaz desencalha de vez.

Senti um rubor subindo pelo pescoço. Os dilemas da minha vida estavam virando motivo de entretenimento dos camponeses. Passei uma mão na testa e fechei os olhos. Aquele assunto estava mesmo me desgastando.

— Eu não quero mais saber sobre ele. — Minha voz soou cansada. Ambas continuaram me fitando. — Hoje a colheita irá acabar e vou procurar outras coisas para fazer. — Voltei a colher espigas, mas podia sentir o olhar das duas na minha nuca. — Parem de sorrir e voltem a trabalhar — recomendei, mas elas continuaram rindo e me examinando aos cochichos, como duas adolescentes encantadas. Espiei seus olhinhos brilhantes e expirei. — Veja se ele está na janela — pedi, acenando com a mão.

A tal menina deu três pulinhos.

— Olha lá ele.

Mirei a casa pelo canto dos olhos e lá estava o alvo do meu amor. Assim que percebeu que eu o observava, Boaz virou a cabeça, como se contemplasse uma paisagem distante. Segurei o riso e espiei as meninas, que também deram risadinhas. Quando tornei a olhar para ele, contudo, vi que analisava duas servas que passavam por debaixo da janela e meu sorriso diminuiu.

Doía em minha pele imaginar que um dia ele se casaria com outra. Ou, pior, que nunca o faria, apenas passaria a vida desfrutando da companhia de várias moças. Aquela suposição me matava por dentro. Não só por ele estar com outras mulheres, mas por imaginá-lo em uma vida de pecado e devassidão. Boaz, para mim, representava tudo de melhor e decente que havia em um homem temente a Deus. Desfazer aquela figura que criei em minha cabeça seria perder a fé na humanidade em geral.

No fim do último dia levamos os grãos debulhados para a eira, uma área plana onde os cereais eram açoitados com uma vara para que se soltassem da casca. Nadav me explicou que aquele tratamento às hastes dos cereais eram também um símbolo de como os inimigos de Israel eram golpeados e despedaçados. Por outro lado, disse ele, Boaz sempre dizia aos trabalhadores que aquilo também representava o tratamento esmagador que alguns homens impingiam a outros do próprio povo. A separação da palha, explicou meu amigo, era a ilustração da separação de justos e iníquos por meio do julgamento do nosso Deus. Aquela colheita abundante denotava prosperidade e a bênção do Senhor sobre aquela terra. Esses significados eram muito fortes para os judeus. E tudo isso seria celebrado na festa que logo se aproximava.

O trigo que fosse ficar na casa era armazenado em grandes vasilhames e guardado em um silo subterrâneo, junto com as primícias que seriam oferecidas na festa das colheitas a Deus. Nenhum cereal colhido podia ser utilizado antes desse dia. O resto era separado para ser vendido a comerciantes e uma pequena parte ficava reservada para ser entregue aos sacerdotes.

Quando fomos ao local onde guardávamos as ferramentas, os trabalhadores estavam alegres por terem chegado ao final e cumprido com sua tarefa. Leah cutucou meu cotovelo com o dela.

— A senhora Naama está olhando para cá com cara de poucos amigos.

Ergui a cabeça e avistei a menina na frente da porta da casa, fulminando-me com os olhos e com as mãos na cintura.

— Deixe que olhe. — Desviei, encostando minha foice perto de um celeiro.

Eu não me importaria de terminar o dia sob o seu escrutínio. A sega já havia acabado. Sabia que ela não era nada clemente e teria como objetivo infernizar a minha vida, mas jamais imaginei que seria abordada de uma forma tão brusca.

— Rute! — berrou ela e me contraí ao ouvir aquela voz

Naama percorreu a longa distância entre nós, furiosa, marchando por entre os trabalhadores. Algumas mulheres puxaram os filhos para perto para si, como galinhas protegendo os pintinhos de um predador. Um camponês que direcionava um jumento acelerou quando atravessava o caminho dela, com medo de ser atropelado. A jovem chegou perto de mim e agarrou um dos meus braços com força.

— Ei! — Ela ignorou a minha interjeição e me puxou para caminhar. Mirei sua mão em mim. — O que é isso?

Naama não virou para trás enquanto avançava para a casa.

— É a sua recompensa pelo trabalho de hoje. — Sua voz gotejava sarcasmo.

Eu não era dotada de uma alma bravata, mas finquei os pés no chão e não deixei que me arrastasse adiante.

— O que quer que tenha para falar comigo, pode falar aqui — decretei.

— Tem certeza? — Ela cruzou os bracos, deixando um bracelete dourado reluzindo à luz do sol e quase me cegando.

— Quer mesmo que os seus colegas saibam que anda tentando seduzir o dono dessas terras para conseguir privilégios? — mentiu.

Senti um nó se formar em minha garganta e minhas mãos começaram a tremer. Eu não era muito boa em confrontos diretos.

— Por favor, senhora Naama, não faça isso. — Baixei o tom de voz e meus olhos ficaram cheios de lágrimas com aquela acusação insultante. — Sabe muito bem que isso não é verdade. Eu respeito muito o senhor Boaz. Ele é nada menos do que o meu patrão.

— Então, por que não aceitou a oferta generosa que lhe fiz? Qualquer uma dessas criadas — espalmou a mão ao redor com menosprezo — daria a vida por um oportunidade como essa. O que lhe prende desse lado de Belém?

Fiquei em silêncio, mirando as pessoas ao nosso redor. O calor que eu já sentia antes começou a me sufocar e senti tudo girar à volta. Pisquei para desanuviar a visão.

— Isso mesmo. — Naama puxou minha mão com violência. — Você fica melhor caladinha. Vamos tratar já da sua transferência para a casa da minha irmã.

Outra pessoa me puxou pelo braço livre.

— Ela não vai a lugar nenhum. — Ouvi uma voz possante falar, depois virei o rosto e dei de cara com Nadav. — Rute não é sua propriedade para decidir o que fazer com ela.

Naama deu um puxão no meu antebraço, fazendo cabo de guerra. Meu ombro estalou.

— Quem você pensa que é para me dar ordens, seu criado insolente? Solte já essa serva ou vai se arrepender.

— Desculpe, senhora Naama, mas quem vai se arrepender é a senhora assim que o patrão souber o que está fazendo. Sabe muito bem como ele preza seus empregados.

À menção de Boaz, Naama finalmente me libertou. Meus braços tinham manchas vermelhas por conta dos seus dedos. Depois me fitou com os olhos apertados e girou nos calcanhares para dentro de casa. Pisava o solo com tanta energia que o tecido de sua túnica parecia dançar em torno das pernas. Quando finalmente sumiu da minha vista, fitei o rosto de Nadav, agradecida.

— Voltem a trabalhar! — Ele ordenou aos trabalhadores que nos olhavam, curiosos e chocados com o que viram. Depois virou-se para mim. — Você está muito pálida, Rute. Sente-se bem? — Amparou minhas costas.

Meus pensamentos ainda estavam tumultuados.

— Eu... não sei. — As palavras saíram falhas.

— Acho melhor levar você para dentro, para sair desse sol e tomar um copo de vinho com água.

— Não! — protestei, reparando o cenário à minha volta começar a rodar novamente. — Não quero ver a senhora Naama de novo.

— Não se preocupe com ela — Nadav garantiu. — A infeliz vai passar umas boas horas socando almofadas nos seus aposentos. Tenho pena de suas servas. Ela vira uma megera quando é contrariada.

— Mesmo assim, acho que prefiro... — E essas foram as minhas últimas palavras antes de mergulhar na escuridão e desabar dos braços de Nadav no solo quente.

Capítulo 24

O Senhor *galardoe o teu feito, e seja cumprido o teu galardão do* Senhor*, Deus de Israel, sob cujas asas te vieste abrigar.*

(Rute 2:12)

Eu usava um vestido de linho fino, azul-turquesa, caminhando por um imenso corredor por cima de lindos tapetes pintados à mão. Eu já estava familiarizada com o padrão colorido daqueles tapetes. Meus dedos, cheios de joias, deslizavam pelas paredes cobertas de cal enquanto eu sentia o peso de um colar de pedras pendurado no meu pescoço. Sobre o meu véu cor de uva havia uma coroa dourada, que cobria parte da minha testa. A passos lentos, ouvindo somente o som reconfortante do movimento da água, eu me aproximava do átrio.

Ao chegar lá, deparei-me com a visão exuberante de Boaz emergindo de dentro do tanque com os olhos fechados e a face voltada para o céu. Seu peito estava nú e molhado e ele cobria-se da cintura para baixo. Vi pingos caírem da sua barba no peito quando abriu os olhos e afundou os dedos pelos cabelos. Senti a língua secar, cheia de sede. Suas pernas fortes passaram para fora das águas e pousaram no piso de pedra. O respeito que eu sentia por ele foi substituído por uma onda de calor.

Uma serva começou a enxugá-lo e outra o ajudou a colocar sua túnica. Uma delas passou o cinto em sua cintura e depois o auxiliou a calçar os sapatos. Boaz olhava para a frente, distraído em pensamentos. Parecia ter vivido sempre daquela maneira, cercado de cuidados, de modo que achava natural. Senti minhas mãos formigarem quando a mais nova colocou sua capa e alisou os ombros dele para ajeitá-la, descendo as mãos até seus cotovelos, como se tivesse aproveitando-se aquele momento para acariciá-lo. Eu teria prazer em fazer aquilo todos os dias se isso significasse ficar mais perto de Boaz. Meu coração quase parou quando ele me avistou por debaixo dos cílios claros e sorriu, exibindo suas covinhas. Seu olhar doce e cheio de intimidade era um convite para eu me aproximar. Com o peito retumbante, eu pensava em fazer isso quando uma voz grossa me chamou pelo nome:

— Rute...

Foi como um eco indesejável. Um som vindo de muito longe.

— Rute...

Presa em um transe que entre o sonho e a realidade, comecei a me erguer das névoas da imaginação.

— Rute, querida, acorde! — Senti tapinhas em meu rosto e apertei mais os olhos. Não queria retornar para a vida real. Preferia me manter presa nos resíduos da inconsciência.

— Acho que ela está acordando. — Ouvi uma voz feminina.

Pisquei duas vezes, tentando focar os olhos turvos. Alguém me providenciou um copo de barro com água, que eu bebi com as mãos trêmulas. Fui com tanta sede ao pote que engasguei e tossi. Em segundos, as imagens daquela garota me difamando na frente de todos retornou em minha mente com força total.

Enxuguei a boca com as costas da mão, respirei fundo e repousei a cabeça. Meu corpo ardia por toda parte. Minhas costas estavam deitadas de maneira confortável e o ar fresco à minha volta invadiu-me as narinas, trazendo minha alma de volta à vida. Procurei ajustar a visão. A imagem borrada da face negra de Nadav começou a se firmar, delineando seus traços protuberantes. Mirei as dobras do tecido branco enrolado em sua cabeça. Ele segurava minha nuca com delicadeza e uma das servas de Boaz, de cabelos e sobrancelhas cor de laranja, me analisava com curiosidade por cima dele.

— Onde estou? — sussurrei com voz fraca.

— Na casa do senhor Boaz — avisou-me Nadav, jogando sua trança encorpada para trás. — Você desmaiou por causa do sol. Está desidratada.

— Eu não quero ficar aqui. — Tentei me levantar rapidamente, mas tudo começou a girar outra vez.

Nadav me empurrou de volta para o tapete, que cobria um colchão de pele de ovelha. Coloquei o antebraço bronzeado sobre os olhos.

— De quem é este aposento? — quis saber.

— É para visitas.

— O senhor Boaz sabe que estou aqui?

Eu não queria que ele me visse naquele estado.

— Não, ele já havia saído quando tudo aconteceu. Deve retornar a qualquer momento.

Melhor assim...

— E a senhora Naama? — insisti.

— Não se preocupe com ela.

Retirei o punho de um dos olhos e mirei meu amigo.

— Seu patrão não vai gostar nada disso. É melhor eu ir embora antes de ele chegar aqui.

Nadav negou com a cabeça e indicou para que a menina de ombros ossudos e quadris estreitos lhe pegasse um pano molhado. Ela mergulhou-o na jarra de prata e depois o torceu, entregando-o ao criado, que o colocou sobre minha testa.

— Boaz jamais me perdoaria se eu não acudisse um de seus servos num momento de dificuldade. Pelo que conhece dele, já deveria saber disso.

Achei comovente o fato de Nadav ter deixado escapar a palavra "Boaz", e não "senhor Boaz", como a maioria dos servos. Eles eram mesmo muito íntimos. Virei meu rosto na direção oposta ao seu.

— Às vezes penso que o conheço, mas depois descubro que não.

O viúvo de Afra segurou o meu queixo de leve e o trouxe para si. Seus lábios grossos e negros se apertaram.

— O senhor Boaz é um bom homem e ponto final. Você é que tem sido muito teimosa.

Meus olhos se arregalaram, revoltados. Já começava a me sentir normal novamente.

— Eu? — Pus uma mão sobre o peito, indignada. — Não sou eu quem vive mandando mensagens contraditórias sobre o que sinto por ele.

Nadav conteve um sorriso e cruzou os antebraços sobre um dos joelhos, ainda agachado.

— E o que você sente?

Enrubesci imediatamente. Não queria expor meus sentimentos para Nadav, muito menos para aquela desconhecida.

— Eu... Eu... não sei.

Sua sobrancelha se ergueu.

— Depois ele é que é confuso...

Exibi uma carranca infantil e a ajudante deu uma risadinha.

— Você não entende — resmunguei como uma criança.

— Entendo mais do que você pensa. — Nadav sorriu e ficou em pé. — Vou buscar alguma coisa para você comer. Tome conta dela — indicou com o dedo para a criada de cabelos da cor do sol, que sentou-se obedientemente perto de mim.

Esperei os passos dele se afastarem, pensando em um estratagema. Quando se fez silêncio no corredor, mirei a face da menina branquela e abri um sorriso falso.

— Obrigada por estar cuidando de mim — falei e gemi.

A boa moça acenou com a cabeça e colocou uma mão sobre a minha testa.

— A senhora está com frio?

— Um pouco... — menti. — Pode me pegar uma manta grossa?

— Deve estar ficando febril. — Ela girou o rosto magro e inspecionou ao redor. — Não há nenhuma por aqui.

— Deve haver em outro lugar, por favvvor... — Tremi os lábios mais uma vez, envergonhada com minha atuação mentirosa. *Senhor, me perdoe...*

Ela hesitou por um segundo, depois sorriu com ternura.

— Claro. — Fiquei inundada de culpa quando a inocente criada saiu do aposento.

Como a pessoa mais covarde que respirou desse lado do rio Jordão, comecei a me levantar devagar e fiquei feliz ao ver que minha visão estava estabilizada. Coloquei-me de pé e fui andando na ponta dos pés até o lado de fora. Felizmente, não havia ninguém no corredor. Tudo o que eu não queria era esbarrar com um de seus moradores, já havia confusão suficiente na minha vida. Decidida, caminhei para fora ligeiramente, sem fazer nenhum barulho.

Caminhei com cautela pela casa, com os ouvidos atentos a qualquer sinal de pessoas. Ao passar pelo átrio, lembrei do meu sonho e parei um instante, imaginando se Boaz realmente banhava-se naquelas águas. Esquecendo-me momentaneamente da minha fuga, meu instinto me impulsionou a me aproximar para examinar as pedras que cercavam o tanque. Saí das sombras e a luz natural cobriu a minha cabeça. Já perto, examinei a minha imagem sobre o espelho molhado. Quando o toquei com dois dedos, pequenas ondas deformaram minhas feições e senti a água gelada envolvê-los. Tencionava mergulhar minha mão coberta de vergões vermelhos quando ouvi os passos de sandálias taconadas aproximarem-se dali.

No susto, ergui a cabeça me deparei com Boaz me estudando, com o cenho enrugado. Prendi a respiração e senti como se as paredes que cercavam o átrio se fechassem sobre mim. Como explicaria minha presença em sua casa? E a minha intrepidez em passear por sua área particular?

Perdi as palavras com aquele flagrante da minha intrusão e desejei desmaiar outra vez. Passados alguns segundos desconfortantes, o dono da casa deixou o pergaminho aberto em suas mãos enrolar-se e andou até mim.

— O que está fazendo aqui? — perguntou, mas seu tom não era acusador, e sim supreendido.

Arrumei a manga torta da minha túnica e estiquei a coluna. Em seguida, cheia de culpa, curvei-me quase até o chão em cumprimento. Depois dei dois passos até ele, com o coração cheio de resistência. Baixei os olhos para o chão antes de falar.

— Eu desmaiei na plantação por conta do sol e Nadav me trouxe para cá, meu senhor. Eu não sabia que estava aqui quando acordei. Já estava de saída.

— Oh... — Ele largou o pergaminho na margem do tanque com uma expressão preocupada. Uma de suas mãos se ergueu para encostar em meu braço, mas não chegou a tocá-lo. — Já se sente melhor?

— Sim, meu senhor.

Sua cabeça moveu para cima e para baixo.

— Fico feliz.

Mirei-o rapidamente.

— Perdoe-me por estar nesta área da sua casa, eu...

— Não precisa de desculpar. Você é bem-vinda aqui.

Ficamos calados por mais um momento constrangedor e comecei a sentir minha nuca formigar. Sabia que os olhos dele ainda estavam sobre mim. Nem parecia que há poucos dias conversávamos tão animadamente naquele jantar. Foi tão fácil esquecer o seu contexto privilegiado... Sua companhia havia sido receptiva e não deixou sobressair a minha ignorância. Agora, no entanto, era como se houvesse um abismo entre nós. Olhar para aquele tanque me fazia perceber o quão ingênua eu havia sido. Seria impossível uma mulher como eu se encaixar em seu mundo. O pensamento me deu vontade de chorar.

Para quebrar o silêncio, Boaz puxou o lóbulo da orelha e ofereceu:

— Se quiser, pode ficar aqui por mais algum tempo até se recuperar.

Antes que eu respondesse, ambos nos assustamos.

— Era só o que me faltava... — Naama ergueu as duas mãos para o alto e veio andando em nossa direção. Ao ouvir sua voz, senti um calafrio e espiei-a rapidamente. Seus olhos verdes estavam vermelhos e inchados, como se tivesse chorado. Boaz apenas lhe lançou um olhar sombrio, insatisfeito com a interrupção. — Você só pode estar brincando por querer alojar essa morta de fome sob o mesmo teto que eu.

Avistei nele um movimento intransigente da mandíbula, que eu já conhecia muito bem.

— Quem você pensa que é para falar assim com uma das minhas hóspedes? — O tom de Boaz se tornou severo entre os dentes. Ela era a única pessoa que conseguia tirá-lo dos seus modos sempre brandos. — Eu sou o dono desta casa, Naama. Não se esqueça que você é uma convidada.

Sua parente recuou um passo e colocou uma mão sobre o peito de modo dramático.

— Está ameaçando me colocar na rua por causa do seu apreço descabido por uma serva? — indagou com amargura.

Em um ato impensado, Boaz segurou-a pelos pulsos e seus olhos queimaram sobre ela, intensos. Até eu fiquei assustada.

— Quando é que vai perceber que Rute é muito mais do que uma serva para mim?

Senti um sobressalto no estômago e minha bochechas se esquentaram de tal forma que minha pele morena deve ter mudado de tom para o roxo. Os olhos da menina se arregalaram, chocados.

— O que está dizendo? Acaso pensa em resgatar uma mulher usada? É isso que idealiza para a sua primeira esposa? Ela é uma viúva! Já pertenceu a outro homem...

— Outro homem muito digno — Boaz rebateu —, que teve a sorte de amar uma mulher como ela, doce, forte e gentil, capaz de abandonar a própria terra para cuidar da mãe dele quando mais precisava. Rute é muito diferente de você, por isso jamais conseguiria enxergar sua beleza.

A partir daquele momento não havia dúvida sobre as intenções de Boaz. Afinal, de alguma forma, eu era mais do que uma serva para ele. Eu não sabia como controlar as minhas emoções depois daquelas palavras. Ele via-me diferente de todas as outras criadas... Eu gostaria de pular no pescoço de Naama e agradecer pois, com suas acusações beligerantes, fizera o meu senhor confessar seus sentimentos por mim.

Tentei limpar o sorriso do meu rosto, sabendo que poderia agredi-la com a minha felicidade. Por dentro, eu tinha vontade de pular e dançar. Por fora, me segurava para refletir comedimento.

— Isso é um desatino! — Ela puxou o braço com força. — Você só pode estar louco! Como pode me comparar com uma estrangeira de mãos sujas? Eu sou da tribo de Judá, pertenço ao seu clã.

Boaz apertou os lábios e apontou um dedo para o seu rosto.

— Você é judia no sangue, mas não no coração. Neste sentido, Rute é muito mais judia do que você. Ela é solícita, amável, incapaz de proferir a represália que você merece. Você sabia que ela sempre ora no fim do dia para agradecer pelas espigas que pegou no chão? Essa estrangeira tem muito menos do que você, mas parece muito mais rica.

Naama deu um passo para a frente e levantou a mão para estapear o rosto do meu senhor, mas ele pegou seu pulso no ar.

Coloquei as mãos sobre a boca, absolutamente perplexa, e temi pela moça. Por muito menos do que isso uma mulher poderia ser apedrejada nas ruas de Belém. A garota não tinha mesmo limites. Seus modos com o dono da casa eram deploráveis.

— Chega! — Boaz empurrou-a pelo punho para longe. — Estou farto da sua ousadia. Vou já tratar do seu casamento.

A expressão de Naama foi tomada de horror.

— Casamento? Que casamento? Com quem? — Sua voz saiu esganiçada.

— Com o primeiro que quiser lhe levar para casa — respondeu, resoluto.

Examinei o rosto exaltado do meu senhor. Ele não podia estar falando sério com ela. Boaz não me parecia o tipo de homem que quebrava promessas, mesmo que fosse guiado pela emoção. Entretanto, parece que Naama acreditou, pois começou a dar passos para trás com as mãos fazendo gestos frenéticos.

— Eu me mato, está me ouvindo? Se fizer isso, eu me mato!

Boaz ignorou a ameaça e virou-se para mim.

— Venha comigo — Ofereceu um braço dobrado.

Fiquei olhando para ele, atordoada com aquela confusão.

— Para onde?

— Apenas venha — solicitou. — Você já ficou exposta demais a essa cena patética. E eu estava mesmo precisando falar com você.

Ignorando os insultos que Naama começou a bradar, passei a mão pelo interior do seu cotovelo e tive que imprimir ritmo para acompanhá-lo até seus aposentos.

Chegamos em um compartimento mais acolhedor da casa, longe dos gritos da menina. Havia um chão de madeira, várias almofadas sobre um tapete e quatro jarros dourados com flores, um em cada canto. Duas cortinas enormes margeavam uma pequena janela, cuja maravilhosa vista dava para o jardim. O sol brilhava alto e claro, compartilhando o céu com algumas nuvens gordas e brancas. Assim que paramos no meio do cômodo, afastei-me devagar e vi que a expressão de Boaz tornou-se cabisbaixa.

— Sinto muito por isso tudo — ele murmurou.

Dei um passo para diminuir a distância entre nós.

— O comportamento dela não é culpa sua, senhor. Naama é muito jovem para saber retribuir a sua bondade.

Boaz deu uma risada amarga e examinou o meu rosto. Depois correu a mão pelos cabelos despenteados.

— Só você mesma para defendê-la depois de tudo.

— Eu não costumo guardar rancores. Quando era mais nova, guardei muito tempo da minha mãe e só perdi com tudo isso. Eu sei como Naama se sente.

Boaz ergueu uma sobrancelha, intrigado.

— Sabe?

Apertei os lábios e mordi a bochecha por dentro. *Eu e minha língua comprida!* Como poderia explicar que sabia como era amá-lo em segredo?

— Eu também já fui jovem e inconsequente — foi o que improvisei.

Ele soltou um muxoxo.

— Naama não é jovem e inconsequente, ela é astuta. Uma criatura descarada. Desde que chegou aqui fica maquinando formas de afastar as pessoas de mim.

— E acha que existe algum motivo especial para isso? — instiguei. Boaz não me respondeu, apenas esfregou o rosto energicamente. — Eu acho que a menina é apaixonada pelo senhor — soltei de uma vez.

Seus olhos marrons se voltaram para mim e suas mãos se abriram na frente do corpo, com um ar de repugnância.

— Ela tem idade para ser minha filha.

— Mas não é — atestei. — É uma jovem bonita e da sua tribo.

— Naama não me ama. — Negou com a cabeça. — Ela *acha* que ama. É muito inexperiente e não teve muito contato com o mundo. Ela perdeu o pai muito cedo e está confundindo as coisas.

— Mas ela não é mais uma criança, senhor. Talvez fosse conveniente pensar se essa união não seria de alguma forma vantajosa para você...— Eu o amava tanto que estava disposta a perdê-lo, se fosse em seu benefício. — Um casamento com uma senhorita da sua tribo poderia...

— Não! — ele bradou, erguendo a mão na frente do rosto. — Eu não suportaria conviver para sempre com uma mulher tão rixosa. Já é um sacrifício tê-la por aqui neste momento. Só a mantenho debaixo do meu teto para honrar a promessa que fiz.

Claro que fiquei aliviada com o seu desinteresse pela prima, mas, para minha surpresa, me preocupei com o futuro da moça. Talvez, sua verdadeira natureza não fosse tão rude. Por baixo daquela carapuça insuportável, quem sabe não havia apenas uma garotinha com medo? Era como Boaz dizia, Naama havia ficado órfã muito cedo. Não tinha uma mãe para lhe aconselhar. Sua irmã morava longe. Suas perspectivas, sob seu ponto de vista sonhador, eram muito limitadas. Ela só tinha Boaz como ponto de segurança e tinha receio de perdê-lo. Isso não era natural? Lembrei-me de como eu mesma me senti ameaçada quando Orfa casou-se com Quiliom, do meu medo irracional de perder o afeto de Noemi. Fazer Naama casar-se com qualquer um parecia cômodo, mas não a ajudaria em nada.

Amarás ao teu próximo como a ti mesmo, recordei um dos dez mandamentos.

Por isso, suavizei o meu tom de voz e indaquei com parcimônia.

— O senhor vai mesmo obrigá-la a casar?

Boaz apertou os olhos fechados com os dedos.

— Sim. Talvez... — Expirou pesadamente, claramente relutante. — Vou tornar a procurar alguns pretendentes, mas já sei que essa rebelde vai enxotar um por um. Mulheres são uma dor de cabeça. Depois me perguntam por que ainda não sou casado... — Mirou-me com um ar divertido por um momento. — Quer dizer, então, que você também já foi uma adolescente rebelde?

Sorri.

— Tão rebelde quanto Naama, mas talvez não tão abusada. Já até fugi de casa uma vez.

Ele riu.

— Não consigo imaginar essa Rute.

Segurei a risada com o rumo daquela conversa, que aliviou as tensões.

— Por que não?

Boaz esticou uma mão para mim, fazendo um gesto de cima para baixo.

— Você me parece tão... certinha. — Tinha um brilho jocoso em seus olhos.

Cruzei os braços, achando sua opinião sobre mim engraçada.

— Bom, o que posso dizer é que fico feliz que não tenha conhecido a adolescente que fui em Moabe, ou nunca me deixaria trabalhar nos seus campos. Se não fosse por Noemi, não sei o que seria de mim.

Ainda rindo, Boaz passou uma mão pela barba, depois enfiou os polegares no cinto e ficou sério outra vez.

— Rute, eu queria lhe dizer uma coisa. — Sua voz ficou grave.

Meu coração começou a retumbar mais forte no peito. Será que finalmente iria se declarar para mim? Estiquei os braços ao lado do corpo, receando ter alguma reação exagerada.

— Diga, meu senhor.

Ele pigarreou.

— Você sabe que sempre teve a minha estima. — Desviou o olhar para o piso e começou a andar de um lado para o outro. — Sei que é uma mulher impecável, digna, que merece ser tratada com todo respeito...

Dentro de mim, eu me debatia. *Não é isso que eu quero ouvir, seu idiota! Diga logo que me ama! Diga logo que me quer!*

Boaz espiou meu rosto com atenção, estudando minhas reações.

— A verdade é que eu me sinto muito sozinho, mesmo cercado de tantos criados — confessou de repente.

Totalmente cega para a beleza do aposento que me cercava, fixei meus olhos nele, esperando pela sua almejada proposta. Apertei o polegar na mão esquerda com a direita com tanta força que achei que fosse arrancá-lo. Ele continuou:

— O que quero dizer... — Coçou atrás da cabeça. — Na verdade... — Alargou as narinas e estacou à minha frente, com as mãos na cintura. Depois seu peito se expandiu, como se estivesse reunindo forças. — Eu sei que você deve se sentir sozinha também, ainda mais morando em uma terra estranha. E também sei que prefere se casar com alguém mais jovem do que eu, por isso falei com Baruque, nosso parente. É um de seus redentores e virá aqui na festa das colheitas na semana que vem para conhecê-la. Ele tem muitas posses e poderá lhe dar uma vida confortável, para você e para Noemi. Deve ter quase a sua idade.

Senti minhas pernas enfraquecerem e comecei a ficar enjoada. Será possível que eu tinha entendido tudo errado outra vez? Desesperada com a notícia desastrosa, dei um passo para a frente e ergui uma mão.

— Mas, eu...

— Não, Rute. — Ele foi taxativo. — Eu pensei muito sobre isso e me sinto responsável por vocês. — Boaz afastou-se e olhou através da janela. — Sei que não se sente preparada para se casar, mas não acho bom uma mulher atraente como você ficar sozinha por esses campos. E quando acabar a sega? — Ele virou o rosto parcialmente iluminado para trás para me encarar, enquanto eu ainda processava o fato de que Boaz me achava atraente. — Eu não estarei em outras colheitas para te proteger.

Meus olhos ficaram enevoados. A ideia de pertencer a outro homem encheu-me de tanto pânico que comecei a tremer.

— Você não deveria ter convidado esse homem sem ter falado comigo primeiro. — Havia mágoa na minha voz.

Seus olhos se enterneceram.

— Sei que fui impulsivo, Rute, mas é para o seu próprio bem. Nadav vai levá-la às servas, que vão lhe preparar para conhecê-lo. — Apontou a saída e vi que Nadav me esperava ao lado da porta.

— Me preparar? — Pisquei duas vezes. — Como assim? — Eu ainda olhava para o criado.

— Separamos roupas e joias para você. Passará por tratamentos de beleza com óleos especiais e coisas do tipo. Não que eu ache que você precise disso... — Boaz enfatizou e virei-me para ele, como se estivesse a falar outro idioma. — Mas não posso ofender o nosso parente apresentando a senhora de qualquer forma. Nem todo homem julga as pessoas pelo caráter, alguns se guiam pelas aparências...

Senti um nó se formar em minha garganta.

— E é para esse tipo de homem que você quer me empurrar?

Os olhos dele se abriram mais, angustiados.

— Eu...

— Pois eu não vou! — Bati o pé e me aproximei de Boaz com o queixo erguido, a um palmo do seu rosto. — Eu me recuso a conhecer esse tal de Baruque. Não vou ser empacotada e entregue a um homem que mal conheço. Ainda tenho poder de escolha.

Os dentes dele cerraram-se quando sua mandíbula se contraiu.

— Não seja teimosa. Não vê que faço isso por você?

— Teimoso é você! — Irritei-me, sem me dar conta da intimidade daquele diálogo. Eu nunca o havia tratado por outra coisa senão "senhor". — Não pode simplesmente me colocar em uma bandeja e me oferecer para outro. Eu sei cuidar de mim mesma, posso trabalhar, já disse isso um milhão de vezes!

Sem pensar, Boaz levantou uma mão e tocou minha face, enxugando uma lágrima. Sua palma estava quente e macia.

— Eu gostaria de explicar para mim mesmo por que estou tão determinado a protegê-la, Rute, mas não consigo. Só sei que desde que coloquei os olhos em você eu tive esse instinto. É como se esse fosse o meu destino, meu dever. Como se o próprio Deus estivesse me pedindo para fazer isso. Você tem uma aparência simples, mas é como se uma aura de luz lhe rodeasse toda vez que a vejo. Eu soube que tinha algo de especial desde a primeira vez que a vi. Não posso deixar que corra riscos em Belém, simplesmente não posso. — Seu olhar estava doído. — Prefiro vê-la se adaptar a um casamento arranjado do que ser atacada por algum trabalhador nesses campos. Eu sinto muito, está decidido. — Ele se aproximou e pousou os lábios em minha testa, em um beijo demorado. Seu cheiro me envolveu de tal forma que pensei que meu coração fosse parar de bater.

Antes que eu dissesse alguma coisa, Boaz afastou-se.

— Cuide dela — ordenou a Nadav e saiu do cômodo, sem olhar para trás.

Eu só tive tempo de ouvir o seu cavalo disparar para longe da casa antes de cair de joelhos no chão, começando a chorar.

Capítulo 25

Lava-te, pois, e unge-te, e veste as tuas vestes, e desce à eira; porém *não te dês a conhecer ao homem, até que tenha acabado de comer e beber.*

(Rute 3:3)

Algumas horas depois, assim que abri a porta de casa, Noemi me recebeu com um estranho sorriso de dentes vermelhos.

— Filha, olha que maravilha! Recebemos isso hoje de presente! — Ergueu um jarro cheio de vinho. Na outra mão, o copo estava vazio e rubro por dentro. — A mãe de Nadav estava passando nesta parte da cidade e veio pessoalmente nos agradecer por termos cuidado de sua netinha. E ainda trouxe a menina para eu ver. Sarinha estava tão linda e esperta! E seus olhos já estavam bem abertos. — Gesticulou e continuou a tagarelar. Atribuí sua alegria contagiante a duas ou três doses da bebida. — Venha, sente-se aqui comigo na esteira — pediu, ignorando completamente a minha cara de derrota. — Ela também trouxe esse pote de azeitonas da própria oliveira. Vou lhe servir uma taça também. Vai ser bom para relaxar.

Com um movimento desajeitado ela se levantou e cambaleou com dificuldade até a zona perto do forno, para pegar outro copo. Tropeçou uma vez nós próprios pés. Seu cabelo comprido e grisalho estava preso em uma trança desarranjada e cheia de fios soltos. Dei uma breve risada do seu estado e sentei-me na esteira, com mau humor vazando de mim. Eu nunca havia visto Noemi daquela maneira, mas ela não podia ter escolhido um dia melhor para espairecer. Minha companheira sentou-se ao meu lado e serviu uma taça completa.

— À uma vida cheia de alegrias daqui para a frente. — Ela ergueu a dela e bebeu outro gole. — Aaaa... a família de Nadav sabe como fazer um bom vinho.

Divertida, dei um gole na minha bebida. Estava mesmo deliciosa. Seria bom ficar ali um bocadinho a bebericar e espantar os maus pensamentos.

De repente, percebi Noemi me examinando com os olhos intensos. Logo bateu na própria perna com muita força.

— Vamos acabar logo com isso — proferiu.

Prendi o riso e saiu vinho pelo meu nariz.

— Acabar com o quê? — Enxuguei em cima do lábio superior e bebi outro gole.

— Com essa sua cara de depressão, de uma vez por todas. Eu tenho um plano. — Levantou um dedo no ar. — Pensei nisso o dia todo!

— Plano? — Engasguei-me. — Que plano?

Noemi olhou firme em meus olhos, com um ar de suspense.

— Semana que vem é a festa das colheitas — começou a relatar em tom conspirador. — Todos vão estar animados e alegres, inclusive nosso parente Boaz. Até lá, vamos lhe preparar uma surpresinha.

Se eu fosse um cachorro, minhas orelhas teriam se eriçado ao ouvir aquele nome. Engoli em seco, começando a gostar desse lado peralta da minha ex-sogra.

— E no que a senhora está pensando, exatamente?

Ela apontou o indicador para o meu rosto.

— Você vai se preparar. — Começou a passar os olhos pelos meu corpo. — Vamos arrumar esse seu cabelo, as unhas, vamos te dar um bom banho com óleos aromáticos e ajustar o vestido de Afra ao seu corpo, aquele que Nadav lhe deu. Também vamos usar o precioso perfume que herdou.

Uma ruga apareceu entre minhas sobrancelhas.

— E para que tudo isso? — indaguei.

— Para o senhor Boaz. — Ela abriu mais os olhos avermelhados, como se fosse óbvio. — Vamos deixar você irresistível para ele.

Recuei a cabeça e fiz uma careta.

— Esqueça isso, Noemi. Ele chamou outro remidor para me conhecer nessa festa. Inclusive queria que eu passasse uma semana me preparando para conhecê-lo.

— Ótimo! — Minha ex-sogra abriu um largo sorriso e tornou a beber.

— Como ótimo? — Mirei-a, chocada. — Não quero me casar com um estranho.

— E nem vai. Escute o que vou lhe dizer. — Deixou a taça de lado e pousou as mãos idosas em meus joelhos, não sei se para me apoiar ou se para equilibrar o próprio tronco. — Aceite tudo. Todos os tratamentos de beleza. Mas, no dia da festa, você irá até Boaz.

Passei a língua pelos lábios, começando a gostar daquele plano.

— De fato, tem uma coisa que ainda não lhe contei. — Deixei minha tristeza de lado e virei-me mais para ela. — Boaz falou coisas hoje mais cedo quando estive com ele. Palavras que me deram certeza de que ele gosta de mim, mas pensa que eu não correspondo aos seus sentimentos.

Para a minha surpresa, Noemi estapeou a lateral da minha cabeça e eu me desequilibrei para o lado, rindo mais ainda. Ela estava completamente alterada, mas de um modo engraçado.

— Eu disse. — Ela ergueu as mãos para o céu. — Baruch Adonai! — Segurou o meu rosto e apertou as bochechas, de modo que me obrigou a fazer um biquinho. — Deixe que ele continue pensando assim. — Seu hálito de álcool se espalhava por minha face. — Vá até as servas dele e deixe que lhe preparem. Use tudo que elas lhe oferecerem. Fique linda. No dia da festa, lhe direi o que deve fazer. Você terá o casamento que merece, minha filha. Não vou ter o dissabor de ver você se matando naquela colheita pelo resto da vida. E não vou descansar enquanto não lhe ver completamente realizada. Você é a única filha que me resta.

Suas palavras carinhosas aqueceram o meu coração e uma energia vibrante começou a se espalhar dentro de mim.

— Acha mesmo que vai funcionar? — indaguei através da boca espremida.

Ela riu e deu dois tapinhas amorosos em minhas bochechas.

— Por tudo que já sei, Boaz jamais lhe atiraria o sapato. — Noemi me soltou, em seguida mordeu uma azeitona e drenou o resto da bebida em seu copo. Quando percebeu que eu ainda examinava o meu coração antes de concordar, segurou o meu queixo, ligeiramente mais sóbria. — Escute, filha, é claro que há possibilidade se dar tudo de errado, sempre haverá. Mas não podemos passar a vida tomando decisões somente sobre aquilo que é cem por cento seguro. Um dia, você vai querer olhar para trás e saber que tentou desfrutar do melhor, que exerceu a sua fé. Ou então terá uma vida cheia de arrependimentos.

Esfreguei os lados da face, que estavam doloridos. Suas palavras verdadeiras solidificaram o propósito em meu coração.

— A senhora tem razão, vou fazer tudo que me disse. E o que faço com o outro parente? O nome dele é Baruque.

Ignorando a minha preocupação, Noemi piscou e me deu um beijo molhado na testa.

— Deixe esse assunto comigo, criança. Só se preocupe em ficar mais linda do que já é. — Depois deitou-se na esteira, de onde não saiu mais até o dia seguinte.

O que para muitas mulheres soaria como a melhor parte do dia, eu imaginava ser uma penúria. Havia chegado bem cedo na casa de Boaz no dia seguinte, fugindo de sua presença. Fui direto até Nadav, que me indicou o caminho do quarto de beleza separado para mim. Não queria que o dono da casa me visse antes da festa. Estava disposta a me isolar pelos próximos dias da minha transformação.

— Ele sabe que estou aqui? — indaguei ao empregado que me guiava.

Nadav respondeu com um ar pesaroso.

— Sabe. Meu senhor não dormiu esta noite. Ficou andando de um lado para o outro do quarto, como uma fera ferida. Acho que, no fundo, tinha esperança de que você não viesse.

Contive um sorriso de autossatisfação. O plano daria certo. Se Boaz ficou desapontado porque cheguei, era porque, no fundo, não queria que eu me preparasse para outro resgatador.

Bom, ele havia convidado Baruque sem me consultar. Pois, então, agora que remoesse esse assunto mais um pouquinho. Isso iria ensiná-lo a não tomar decisões sobre mim sem me perguntar no futuro. Agora, era a minha vez de surpreendê-lo.

Quando cheguei ao local preparado, vi que era o mesmo aposento onde eu havia conversado com Boaz na última vez, com a janela de vista fantástica. Entretanto, agora estavam dispostas mais almofadas e uma enorme bacia de prata com água, cuja profundidade batia nos meus joelhos. O vapor que subia dela liberava um cheiro de rosas que envolvia cada canto do quarto. A perspectiva de tomar um banho quente encheu-me de ansiedade. Alguns tecidos acumulavam-se, perfeitamente dobrados sobre o tapete, e uma pequena mesa estava coberta de frascos de cores diversas. Imaginei serem os cosméticos que seriam aplicados em mim: unguentos, pinturas, resinas e óleos especiais.

Duas meninas, paradas lado a lado, aguardavam-me. Meu rosto corou quando notei que uma delas era a garota que havia ido buscar o meu cobertor durante a minha recente tentativa de fuga. Antes que eu abrisse a boca para me desculpar, ambas as jovens curvaram-se diante de mim.

— Estamos aqui para servi-la nos próximos dias, senhora.

Eu não sabia que Boaz tinha o hábito de compartilhar suas servas particulares, mas eu, com certeza, não tinha o hábito de ter uma, que dirá duas! De modo que fiquei ali parada, sem saber o que fazer. Nadav percebeu meu acanhamento e intercedeu.

— Rute, essa é Ana, a que me ajudou ontem quando você desmaiou. E essa é Rachel, sua nova ajudante.

— Shalom. — Curvei-me desajeitadamente diante delas, como tinha por hábito, sempre que era apresentada a alguém. Depois me desculpei e mirei meu amigo, pois não sabia se o meu comportamento era certo.

— Fique à vontade com elas — Ele recomendou, achando graça. — Faça como o senhor Boaz faz com seus servos: trate-as como amigas.

Isso eu certamente poderia fazer.

— Pode nos deixar a sós? — indaguei para ele, tentando mostrar segurança.

Nadav sorriu e inclinou o tronco para a frente, com o antebraço abraçando a própria cintura, depois foi embora. Franzi o cenho, achando sua despedida esquisita. Depois virei-me novamente para as meninas.

Minhas meninas!

Ai, Senhor... O que eu faria com elas? Achei melhor quebrar o silêncio entre nós.

— Agradeço muito que tenham vindo me ajudar esses dias. Como podem ver — apontei o meu corpo gasto de trabalhar —, não sou muito boa no quesito embelezamento. Preciso muito da vossa ajuda. E, por falar nisso — dirigi meu olhar de desculpas para Ana —, perdoe minha atitude de ontem. Eu não queria ter mentido para você, mas estava tão nervosa com a possibilidade de encontrar a senhora Naama...

O sorriso caloroso de Ana se abriu, exibindo lábios finos e dentes protuberantes. Devia ser poucos anos mais nova do que eu.

— Não se preocupe com isso, eu estava observando quando a senhora saiu, me escondi atrás da cortina. Eu mesma lhe cedi a oportunidade para escapar.

Um sorriso agradecido apareceu em meu rosto, então peguei sua mão.

— Obrigada por compreender. E por ter me ajudado.

Ela acenou com a cabeça de modo positivo.

— Sei como a senhora Naama pode ser destrutiva.

Respirei fundo ao lembrar-me da moça.

— Ela sabe que estou aqui?

Ambas se entreolharam.

— Achamos que não — Rachel falou pela primeira vez. Era mais baixa do que Ana e tinha um sinal marcante bem no meio da testa morena, dando-lhe um ar exótico. — Não se preocupe, ela não costuma vir para este lado da casa. Se formos silenciosas, Naama nunca saberá que a senhora está aqui.

Pensei por mais um momento.

— A parente de seu Boaz não tem servas próprias?

— Tem uma — Ana ergueu um dedo para mim —, mas a criada a detesta. Com certeza, não levará a notícia.

Inspirei profundamente, decidida a ter a estadia mais discreta possível.

— Bom, melhor fazermos tudo em silêncio, então.

A primeira coisa que as duas servas fizeram foi me colocar em pé em cima da enorme bacia de prata e tirar minha roupa. Mergulhei os pés nela e depois me sentei, relaxando as costas contra a borda prateada. A água morna me abraçou de tal forma que liberei um suspiro de prazer. Todos os nós de tensão que eu vinha carregando se desfizeram. Afundei a cabeça na água e, quando imergi, meus segundos de prazer acabaram.

Nos momentos seguintes, fui esfregada por cerca de duas horas. Meus pés, cheios de calos, foram lixados até quase perderem o resto da pele. Minhas mãos foram esfoliadas com argila vermelha e o cabelo desembaraçado fio por fio. Só o ato de me deixar limpa demandou muito tempo. Depois, fui banhada em óleo de nardo com mirra e massageada dos pés à cabeça. Gostei dessa parte, principalmente porque adorei o perfume dele e tinha dores por todo corpo.

Depois as meninas limparam meus dentes, esfregando-os com uma mistura de cominho e carvão. Fui proibida de beber bebida forte até o dia da festa. Meus longos cabelos negros foram encharcados com um creme espesso, banco e macio, que não me atrevi a perguntar o que era, mas cheirava muito bem. Logo meu cabelo foi mergulhado na água morna para retirar o excesso e, depois de seco, amarrado em um belo coque na base da nuca.

Para finalizar o dia, foi-me oferecido um robe de pele de ovelha para eu dormir. A orientação era para que eu relaxasse nos dias seguintes, uma vez que a colheita já havia chegado ao final e — segundo elas — dormir bem fazia parte do tratamento. Aproveitei para renovar minhas energias para o grande dia em que "seduziria" Boaz. Eu ria por dentro só de pensar se teria coragem.

Naquela noite, orei ao Senhor sobre tudo que iria fazer e mandei uma mensagem para minha sogra por meio de Ana, avisando que ficaria naquela casa até o dia da festa, e pedi que viesse ter comigo um dia antes da celebração.

Confesso que recebi muito bem essa parte de descansar, principalmente quando fiquei sozinha em meu aposento, deitada de lado em um colchão cheio de penas e com uma bandeja repleta de iguarias preparadas especialmente para mim: doce de tâmaras, folhas de uva recheadas com húmus, codornas defumadas... Era como se eu estivesse vivendo em um sonho. Eu conseguia enxergar a mão amorosa do Senhor em cada detalhe. Agradeci-Lhe pelo seu cuidado comigo, depois de tantas dificuldades. Também reparei, com um brilho nos olhos, a variedade de doces à base de figos que havia sobre a bandeja.

Boaz havia se lembrado. Sua gentileza comigo parecia infinita.

Passados alguns minutos, uma terceira serva foi enviada à minha área privada para tocar um pouco de flauta. Ela se sentou silenciosamente em um canto e começou a entoar uma melodia calmante, com os olhos fechados. Seu véu fino e azul espalhava-se no chão como um pequeno lago ao redor do quadril. Absorvi aquele som tomando um copo de leite de cabra com mel.

Estava tudo tão perfeito que eu resisti quando o sono chegou. Não queria que aquele dia acabasse. Eu nunca havia sido tratada daquela maneira, Boaz havia superado todas as minhas expectativas. Por ele, valeria a pena cada esfregada dolorosa à qual eu ainda seria submetida nos dias seguintes. Eu iria fazê-lo compreender, de forma contundente, que para mim não havia outro resgatador a não ser o dono daquelas terras. A não ser ele, o dono irreversível do meu coração.

Capítulo 26

E há de ser que, quando ele se deitar, notarás o lugar em que se deitar; então, entra, e descobrir-lhe-ás os pés, e te deitarás, e ele te fará saber o que deves fazer.

(Rute 3:4)

No dia anterior ao que eu iria colocar o plano de Noemi em ação, mergulhei em dores no estômago e náuseas. Ela viria me visitar a qualquer instante no fim da tarde e eu estava aflita, caminhando de uma ponta para outra do cômodo, fazendo um x. Estávamos no período da Santa Convocação. Ninguém era obrigado a trabalhar naqueles dias, pois era considerado um período solene de alegria a ações de graça pela proteção e cuidado de Deus. Mesmo assim, Raquel estava ali comigo naquele momento, tentando me acalmar.

Apesar das muitas horas de oração suplicante que dediquei a Deus naqueles últimos dias, os tratamentos de beleza e descanso haviam me dado muito tempo para pensar, cimentando algumas dúvidas na minha mente, que se enredaram como serpentes em volta do meu otimismo.

Afinal, e se não houver tempo para eu me declarar a Boaz?

E se ele me apresentar ao tal de Baruque logo no meio da festa?

E se o outro resgatador me quiser?

Essa cadeia de incertezas me angustiou. Minhas mãos com unhas pintadas de roxo passavam uma por cima da outra, como se eu estivesse passando óleo sobre delas. Eu tinha medo de que meu precário plano falhasse. Ou pior, que eu estivesse equivocada em relação às intenções de Boaz. Parte de mim ainda se achava insuficiente para ele, que não me amava de verdade como mulher... Se meu senhor me rejeitasse daquela vez, eu achava que morreria. Esses pensamentos apavorantes corriam pela minha mente como um rio subterrâneo.

Em contrapartida, o tempo também havia servido para sedimentar a minha amizade com as meninas. Sim, eu agora as chamava de amigas. Sabia que Ana era a mais velha de dez filhos de uma senhora viúva e que Raquel era casada com um dos segadores que havia trabalhado comigo. Embora ainda não aparentasse, estava grávida há poucas luas do seu primeiro bebê. Ambas sabiam do meu plano e dos meus sentimentos pelo dono da casa. Conheciam a minha história e eu a delas. Minha pequena Ana estava desenvolvendo sentimentos profundos por Nadav, que aparecia com uma regularidade espantosa na porta do meu quarto. Esse fato me trouxe grande alegria. Trocamos confidências e formamos laços, mas, o melhor de tudo, foi que viramos parceiras de oração. Pelo menos uma vez por dia orávamos juntas e eu me sentia fortalecida com aquela amizade.

Parei na janela e apertei os olhos contra os raios de sol enquanto mirava as árvores, circunspecta, tentando acalmar meu coração. Eu estava me contorcendo de curiosidade para saber o que Boaz estava pensando. Salvo uma vez em que fui até a cozinha e, no caminho, o espreitei através da cortina enquanto estava escrevendo em uma tábua de argila, não havíamos nos visto um minuto sequer desde que eu havia me hospedado em sua casa.

Quase me engasguei de alegria quando ouvi um barulho e avistei de soslaio minha ex-sogra passar pela porta. Literalmente pulei no seu pescoço, morrendo de saudades. Desde que saímos de Moabe, nunca havíamos ficado tanto tempo separadas. Noemi recebeu meu abraço desesperado com um olhar surpreso. Primeiro fez um passeio com o olhar pelo aposento, depois examinou o meu rosto, com a boca em formato de "O". Só então me lembrei que minha pele devia estar diferente depois de dias de hidratação.

— Rute, o que aconteceu com você? — Segurou os meus braços e me empurrou para trás, inspecionando minha túnica cor de açafrão de cima abaixo. — Você está... tão diferente.

Pela sua entonação, comecei a duvidar se isso significava uma coisa boa.

— Diferente como? — A pergunta saiu vacilante.

Ela sorriu pela primeira fez, provocando rugas profundas em torno dos olhos. Então, tocou o meu rosto.

— Diferente maravilhoso, minha querida! Você está tão linda que quase não a reconheci... E essas mãos, tão delicadas e com unhas feitas! É como se você fosse a senhora da casa. — Seu comentário gentil fez minha pele cor de oliva enrubescer. — E os seus cabelos... — Ela virou-me de costas, ainda sem me soltar. — Estão ondulados na ponta, como os meus, mas com muito melhor aspecto. — Apoiou o próprio queixo em uma das mãos. — Seu cabelo negro é tão cumprido e pesado. Como fizeram isso? — Virou o pescoço para Rachel.

A gestante sorriu com modéstia.

— Com os cosméticos certos, conseguimos fazer qualquer coisa.

Noemi retribuiu com um sorriso encantado e voltou-se para mim. Em seguida, assustando-me, colocou uma mão sobre a boca e seu rosto se contorceu, começando a chorar. Apertei os seus ombros, preocupada.

— Noemi, o que foi?

— Nada. — Ela descartou com a mão, dando as costas para mim.

— Como nada? A senhora estava tão sorridente. Tem alguma coisa de errado comigo? — Tentei inspecionar minhas costas.

— Não, não, é... — Ela virou o rosto molhado e secou os olhos. — Eu só.. — Mirou a terceira pessoa no cômodo, relutante. — Eu gostaria que Malom pudesse ver como você está linda.

Como fumaça em um dia sem vento, a imagem do rosto de meu falecido marido assaltou a minha mente com uma clareza desconcertante. Eu me vi à beira das lágrimas. Lembrei-me dele caindo sentado em um balde quando me pediu em casamento. Dele sorrindo em nossas bodas, vestindo sua linda túnica de linho azul. Lembrei-me de quando ele chegava em casa e esfregava o pescoço por trás, dolorido pelo dia de trabalho. Do seu sorriso de menino travesso toda vez que roubava comida da panela. Do jeito como me olhava quando eu me trocava na frente dele. Das nossas risadas. Das nossas mãos unidas antes de dormir, olhando as estrelas... Meus olhos arderam e um bolo se formou em minha garganta. Eu ainda o amava, sempre amaria. Haveria um lugar especial em meu coração onde eu guardaria com carinho nossas lembranças da juventude. Porém, eu não podia ficar agarrada ao passado. Eu estava viva, por vontade de Deus. Com o coração em prantos, segurei as mãos de Noemi nas minhas e as beijei.

— Eu também gostaria, minha sogra, mas os planos do Senhor foram diferentes e eu já aprendi a aceitar os Seus desígnios. — Enxuguei uma lágrima que caía. — Em Kir, eu conhecia o Deus de Israel através das histórias que você me contava. Mas agora, depois de todo sofrimento que passamos, eu conheci verdadeiramente o Deus provedor. O Deus amigo. Eu nunca tinha tido tanto medo e nunca precisei exercer tanto a minha fé quanto quando deixamos Moabe e caminhamos pelo deserto. Nós podíamos ter morrido, sido assaltadas, roubadas, tido todo tipo de apuros... mas Deus cuidou de nós durante todo o caminho. E depois cuidou de nós através de Afra quando chegamos aqui. Esse Deus curou as feridas da minha infância e meu deu uma nova mãe. — Acariciei o seu rosto emocionado, percebendo que as palavras que eu dizia a ela estavam acalmando ao meu próprio coração. — Olhando para trás, percebo que eu nunca seria quem que sou se não tivesse passado por isso tudo. E o mais incrível é que Ele me deu esperança de ser feliz novamente. E eu sou feliz, independentemente de ter um marido ou não. É claro que amo Boaz e adoraria me casar com ele, mas se não acontecer, eu vou me conformar. Assim como sei que sempre sentirei saudades de Malom. Não podemos ter tudo, mas precisamos enxergar com gratidão aquilo que temos. E sobre hoje — apertei suas mãos novamente, o sorrido tingido de esperança —, não se esqueça de que estamos fazendo isso por Malom, para suscitar a sua descendência e recuperar as terras do meu sogro. Se assim for a vontade de Deus, assim será.

Noemi me puxou para um abraço apertado. Ficamos assim por algum tempo, de olhos fechados e expurgando as nossas dores. Depois ela deu dois tapinhas em minhas costas e se afastou.

— Perdoe-me. — Passou as mãos enrugadas pelo rosto. — Foi apenas um momento de fraqueza. O coração amolecido de uma mãe enlutada. — Depois examinou meu vestido esticado sobre o colchão e bateu palma forte uma vez. — Mas que beleza de túnica é essa! — Distraiu a todas nós e aproximou-se para pegá-la.

Era uma veste feminina, verde e roxa, ricamente bordada com um fio roxo escuro no tronco e na borda. O lenço que eu iria colocar na cabeça, que era da mesma cor, tinhas as pontas bordadas com fios de ouro. Brincos, pulseiras e colar tinham pedras no mesmo tom de uva. Noemi abaixou-se e pegou a enorme capa de veludo que iria me cobrir do pescoço até o sapato, dando-me um ar de realeza. Seus olhos deslumbrados voltaram-se para mim.

— Eu nunca vi nada tão suntuoso — falou.

— Nem eu. — Dei uma risadinha.

— Vai ser impossível o senhor Boaz resistir — opinou Raquel, com um tom colorido na voz.

Minha sogra sorriu para ela, percebendo que estava do nosso lado.

— Pelo visto, já ficaram amigas.

Constrangida, minha serva fiel baixou a cabeça. Noemi tocou sua mão.

— Não estou criticando, menina. Acho ótimo que Rute tenha tido alguma companhia feminina por aqui. — Virou-se para mim quando Raquel relaxou, com um ar sarcástico. — E por falar em companhia feminina, como está aquela menina agradável que também mora aqui?

Minha amiga deu risada pelo nariz e balancei a cabeça em reprovação.

— Eu não cruzei com a senhora Naama — avisei, tentando demonstrar algum respeito pela parente do meu senhor.

Noemi ergueu os dois ombros e largou a capa na cama.

— Melhor assim — disse e sentou-se em uma almofada, estendendo a mão para mim. Sentei-me ao seu lado e dispensei Raquel com um aceno de mão. Assim que a menina saiu, Noemi continuou: — Vamos agora para a segunda parte do plano.

Acenei positivamente.

— Não apareça para Boaz durante essa festa — ela começou. — Espere que ele fale com os convidados, cumpra todos os protocolos e converse com os amigos.

Logo fomos interrompidas quando Ana apareceu com uma bandeja e duas taças de vinho.

— Com os cumprimentos do senhor Boaz. — Serviu uma para Noemi.

Com a sobrancelha erguida, Noemi pegou sua taça de prata e segurou um sorriso, olhando para mim. Assim que Ana saiu, fiz um aceno com a cabeça, encorajando minha ex-sogra a prosseguir.

— Acho que alguém está de olho na minha nora — ela comentou, dando um gole na bebida e depois murmurando de prazer pela qualidade do vinho. — Esse tratamento quer dizer alguma coisa. — Arregalei os olhos, ansiosa, então ela continuou: — No final da festa, com certeza Boaz já estará mais relaxado e vai se recolher para descansar. É aí que você entra...

Recuei a cabeça, como se com isso pudesse clarear as ideias.

— Vou ficar a festa toda esperando aqui dentro? — Indaguei, revoltada. Afinal, eu havia participado daquela colheita e também gostaria de celebrá-la. — E se Boaz me chamar antes para conhecer o tal de Baruque?

Minha sogra deu um sorriso perverso por trás de seu copo.

— Não se preocupe com isso, Baruque não virá.

Eu pisquei.

— Não?

— Não. — Aproximou o tronco do meu. — Por acaso, eu conheço sua primeira esposa e fiz com que chegasse aos ouvidos dela o motivo pelo qual Baruque queria vir à festa. Mira é sobrinha de uma amiga minha de anos. Ela levou a notícia e disse que a mulher enlouqueceu! Não quer de jeito nenhum dividir o marido com outra. Muito menos a herança dos quatro filhos. Pode ter certeza de que ela vai dar um jeito de impedi-lo de vir.

— Quanta maquinação... — Balancei a cabeça, com um sorriso agradecido. — Não sabia que você era do tipo que jogava sal no terreno do inimigo.

— Só quando é necessário. — A velha piscou.

— E então, o que eu faço depois? — Abri as mãos na frente do corpo.

— Você pode estar na festa, só não deixe que ele lhe veja. — Noemi largou sua taça para gesticular enquanto falava. — Quando seu patrão for descansar, repare bem para onde ele vai dormir e o siga. Quando ele estiver deitado, entre no recinto onde ele estiver e descubra os pés dele. Depois, deite-se ali. Esse ato de sujeição vai deixar claro para Boaz que você está requerendo dele uma atitude em relação à lei do Levirato. E então finalmente saberemos se ele a quer ou não. Boaz lhe dirá o que deve fazer.

Enrubesci como uma rosa vermelha. O pensamento de encarar Boaz face a face depois de tantos dias já me petrificava. Quanto mais sozinhos, em um momento tão íntimo e particular. E ainda me declarar de maneira tão franca fazia o meu coração se encolher, cheio de medo.

Lembrei-me de Moisés e de como ele se sentiu incapaz de cumprir a sua missão por ser limitado com as palavras, e de como Deus lhe garantiu que estaria com ele durante o caminho, de todos os obstáculos que enfrentou e das maravilhas que Deus fizera por meio dele. Olhei firmemente para a minha ex-sogra.

— Farei tudo como me disse.

Ela sorriu e acariciou um lado da minha face.

— Amanhã, a essa hora, você planejará o seu casamento — profetizou.

Ou amanhã, a essa hora, eu posso estar chorando escondida em algum celeiro, pensei temerosa.

Capítulo 27

Havendo, pois, Boaz comido e bebido, e estando já o seu coração alegre, veio deitar-se ao pé de um monte de cereais*; então, veio ela de mansinho...*

(Rute 3:7)

O desespero de minhas ajudantes foi segurar os meus fios para longe do rosto enquanto eu vomitava na manhã do dia da festa. Elas haviam cacheado mais as pontas dos meus cabelos na noite anterior, para que o penteado ficasse perfeito. Minha cabeça estava dentro do vasilhame de barro, colocando todo o meu jantar da véspera para fora. A tranquilidade que eu havia sentido na presença de minha sogra tinha se evaporado.

Tomei toneladas de chá para acalmar meu estômago. No início da tarde já me sentia melhor, mas com uma constante dor de cabeça. Consegui ingerir um prato de sopa e comer um pouco de doce de marmelo. Enquanto me passavam mais hidratantes, eu já podia ouvir ao longe os cânticos de boas-vindas que penetravam os campos, recebendo os trabalhadores. Grandes grupos de agricultores afluíam de todas as províncias para aquele evento. Belém havia adquirido um aspecto animado e pitoresco. Os peregrinos chegavam todos os dias a armavam acampamento ao redor da celebração. Ana me disse que eles marchavam para cá acompanhados pelos alegres sons das flautas durante todo o caminho.

Olhei em direção à janela e vi, através da cortina fina, dois sacerdotes na entrada da festa recolhendo os cestos decorados com fitas e flores. Cada convidado conduzia a eles suas oferendas: primícias do trigo, cevada, uvas, figos, romãs, azeitonas e tâmaras, produtos que davam renome ao solo de Belém. A cerimônia se completava com hinos, toques de harpas e outros instrumentos. Apesar de ser uma festa caseira, minhas servas tinham visto na cozinha uma grande fartura de alimentos para servir. Boaz não havia economizado.

Algum tempo depois aproximei-me mais da paisagem lá fora, acompanhada de Raquel, e puxei a cortina. Um sacerdote movia ritualmente um feixe de trigo no meio do grande grupo, para que fossem aceitos perante o Senhor, e o povo assistia a tudo em silêncio. Muitos erguiam as mãos para o alto, alguns sorrindo e chorando ao mesmo tempo, murmurando agradecimentos. Em seguida, foi oferecido um holocausto com sete cordeiros sem mancha e com um ano de idade, depois um novilho e mais dois carneiros. Apresentaram também uma oferta de cereal de dois jarros com farinha amassada com óleo, preparada no fogo, que fez se espalhar um aroma agradável por toda a plantação. Então, derramaram uma oferta de um litro de vinho.

As ofertas ainda continuavam a ser oferecidas quando recuei e meu coração ficou aflito por não ter nada a oferecer ao meu possível resgatador, além de mim mesma. Raquel, descontraidamente, havia me contado que entre os hebreus era costume que, quando uma moça se aproximava da idade de se casar, sua família comprava um vaso de alabastro e depositava nele óleos preciosos. O tamanho do vaso e o valor do óleo dependia das condições financeiras da família. Ele era parte de seu dote. Quando um jovem vinha pedir-lhe a mão em casamento, a moça tomava o vaso e quebrava-o a seus pés. Essa unção dos pés do noivo era uma demonstração de honra. No meu caso, eu não tinha óleo. Não tinha família. Não tinha nada, além de um parente do passado ligado a Boaz.

Fiquei divagando porque Malom não havia me dito nada sobre isso naquela época. Provavelmente, para não me constranger... pois sabia que eu não tinha nenhum vaso desses guardado.

Ana percebeu o meu olhar perdido e me virou para ela.

— Seja confiante! O Senhor está com você. Agora, vamos colocar o vestido.

Tudo havia sido preparado de modo meticuloso. Túnica, capa e joias combinavam perfeitamente. Meus cabelos foram presos pela metade, deixando cachos longos e negros caindo por meus ombros. O lenço em minha cabeça foi preso com uma coroa pesada, que me fez lembrar do meu sonho quando me observei no espelho de prata polida. Por fim, depois de colocar o perfume, usaram um pigmento chamado Kohl para escurecer levemente os meus cílios e uma pomada cremosa para realçar a cor dos meus lábios.

Quando eu já estava completamente pronta, virei-me para a porta. Examinei o desenho do piso do corredor antes de sair do meu quarto. Tudo estava perfeito em mim, eu cheirava a flor de laranjeira. Nunca havia estado tão apresentável na vida. Porém, no meu interior, eu ainda era uma estrangeira que achava que estava sonhando alto demais. Minhas amigas perceberam a minha hesitação e vieram para o meu lado.

— Vamos orar — sugeriu Raquel, e meus olhos ficaram úmidos com a sua iniciativa.

Demos as mãos em triângulo e pedimos a ajuda do Senhor naquele momento, para que guiasse as minhas atitudes e tudo o que eu fosse falar. Quando terminamos, uma delas colocou a capa luxuosa sobre o meu ombro, que se estendeu até meus tornozelos, por cima do vestido. Senti o meu coração em paz e decidi ir sorrateiramente para a festa.

Ana e Raquel saíram do quarto na minha frente, para verificar o caminho até a saída. Conforme viam que estava livre, faziam um sinal com a mão para que eu as seguisse. Quando os últimos raios de sol alcançavam o céu, finalmente alcancei a paisagem lá fora. O dia estava lindo, digno de uma festa. Era como se o próprio Deus tivesse colaborado com aquele cenário. Nós três nos abraçamos e depois elas foram andando na minha frente.

Escureceu muito rápido. Caminhei entre as tochas acesas até o lugar da celebração. Conforme me aproximava, pisando nas pequenas pedras que pavimentavam o caminho até a clareira, a música animada e o som de palmas ficavam mais nítidos. Eu já podia ver, em torno de uma grande fogueira, casais dançando e circulando-a com as faces alegres, iluminadas pelo fogo.

Fui inundada por uma energia contagiante. Minha dor de cabeça já havia passado. A maneira como as pessoas sorriam e comemoravam o nosso trabalho de meses era comovente. As mulheres cantavam alto os louvores em coro, rodando em suas saias enquanto batiam palmas. Algumas já deviam estar fazendo isso há tanto tempo que suas bochechas estavam coradas. Suas vozes unidas em aramaico eram a coisa mais linda de se ouvir. Alguns homens tocavam flauta e, às vezes, também paravam para cantar. Vi Raquel beijar a bochecha de um deles, um sujeito de queixo comprido, e imaginei ser o seu companheiro. As crianças corriam por todos os lados e o cheiro de assado que subia até mim estava maravilhoso. Centenas de lamparinas iluminavam suas cabeças, como se juntassem as estrelas do céu.

Aquela era uma festa aberta para todos os produtores e seus familiares. Tanto pobres, como levitas e estrangeiros eram bem-vindos. Todo o povo se apresentava com gratidão diante de Deus, confirmando o compromisso de fraternidade entre o povo hebreu e aqueles que, como eu, juntavam-se a eles. Era quando se fortaleciam os laços comunitários.

Um pequeno cone cheio de óleo perfumado havia sido colocado na cabeça dos convidados. Eu já havia visto aquilo nas celebrações hebraicas que fazíamos com os judeus na casa de Elimeleque. Durante a festa, aquilo derreteria e se espalharia por suas roupas, aromatizando-os. Mesmo as famílias pobres tinham unguentos valiosos guardados para momentos especiais, mas Boaz havia servido cones com mirra. Era uma atitude dispendiosa da parte dele, mas isso honrava seus convidados e dava a Nadav, que produzira esse pequeno presente, algumas moedas de prata a mais. Eu não esperava nada menos do senhor daquelas terras.

Meneei a cabeça em saudação para cumprimentar algumas companheiras de trabalho quando cheguei perto da festa, tentando ser discreta. Contudo, percebi que muitas cabeças se viraram quando passei, agitados com a minha presença. Os segadores me notavam com grande admiração e as mulheres cochichavam entre elas. Entretanto, eu estava nervosa demais para ficar constrangida. Procurei um canto menos evidente perto de um arvoredo.

Mordendo o lábio inferior, estiquei o pescoço para ver mais e avistei uma longa mesa cheia de iguarias e jarras de vinho na frente de uma grande tenda vermelha, com a cortina aberta na frente. De onde eu estava, não conseguia ver o que havia debaixo dela, mas conforme me aproximei pela lateral, a imagem de Boaz foi se revelando para mim por entre os troncos das oliveiras.

Ele estava deitado de lado em um tapete recheado de almofadas, com um cotovelo apoiando o peso do tronco e uma taça de vinho na mão. Vestia uma belíssima túnica listrada coberta por uma capa com mangas longas cor de carmim, do mesmo tecido da faixa que circulava sua cabeça. O senhor daquelas terras observava os convidados. Seus olhos enigmáticos passeavam pelos rostos da multidão, contendo a ansiedade, mas eu podia vê-la ali. Algo dentro de mim soube que ele estava me procurando.

Algumas trabalhadoras sentavam-se ao redor de sua pequena mesa particular e expunham partes da perna.

Para minha alegria, Boaz as ignorava. Eu já havia visto algumas delas se oferecerem para ele com uma persistência embaraçosa, ansiosas por lhe fazerem favores especiais. Passavam o dia no seu cangote, tentando chamar atenção. Uma delas teve o atrevimento de pegar um bago de uva e colocar sedutoramente na boca do meu senhor. Senti um desconforto abdominal e cruzei os braços sobre o estômago. Para o meu terror solitário, ele aceitou a fruta, mas depois lhe ofereceu apenas um sorriso lateral, sem brilho. Já o sorriso dela para ele era como uma isca para um urso faminto. Felizmente para mim, ela não despertou o seu apetite.

Senti por Boaz um desejo ardente. A maioria dos homens eram escravos de suas paixões, mas ele era decidido. Mesmo quando estava com a mente relaxada pelo vinho, sabia o que queria e o que não queria. Ele era forte de todas as maneiras que um homem poderia ser.

Inquieto, meu senhor bebeu outro gole com uma rápida inclinação de cabeça para trás e depois pegou outra jarra que passava na mão de um servo. Eu nunca havia tocado Boaz com intimidade, mas sentia falta dele na minha pele. Minha vontade era sair correndo e me jogar aos seus pés naquele mesmo momento. Eu tremia inteira só de pensar no que eu iria fazer, sentia os joelhos frouxos. Ele parecia tão poderoso debaixo daquela tenda, tão distante de mim... Se ele me deixasse ir embora naquela noite, eu achava que morreria.

Cego para a vulgaridade à sua volta, Boaz inclinou-se para a pequena mesa que ficava em seu tapete e enfiou a mão em um pote com amendoim e pistaches. Perto dele, um rapaz que tocava uma harpa com bojo de vidro e metal tentou alegrá-lo com um sorriso, batendo o pé enquanto tocava. Soturno, Boaz não devolveu o sorriso, apenas observou a bandeja com cordeiro cozido com nozes, pasta de tâmaras, uvas, figos e romãs, que cercavam um generoso pedaço de queijo de ovelha. Em outro prato raso, havia vagens e ervilhas em torno de codornas, perdizes e carne de veado.

De repente, os casais se afastaram da fogueira e um grupo de mulheres vestidas da mesma maneira colocaram-se diante da grande tenda. Escondi-me atrás de uma árvore para observar o que iriam fazer. As hebreias usavam testeiras douradas e vestidos verdes com saias cumpridas e leves. Os braços e colos estavam desnudos. Quando a música começou, todas giraram em movimentos rodopiantes, que deixavam seus tornozelos à mostra. Pequenas tornozeleiras tilintavam em seus calcanhares. Uma delas, com um enfeite no nariz, aproximou-se da tenda e flertou com o meu senhor enquanto dançava, curvando as costas para trás até encostar os enormes cabelos no chão.

Indignada, olhei para Boaz, que sorriu diante de sua taça antes de dar um novo gole e sentou-se com a coluna reta, distraído com aqueles movimentos ondulantes dos quadris e rodopios de véus coloridos, o canalha. Minha vontade era ir até lá e lhe jogar brasas nos olhos.

Para piorar, Naama apareceu em meio a gargalhadas descontraídas com duas amigas, girando uma tulipa entre os dedos, e sentou-se bem perto do meu senhor, pressionando o quadril em sua direção. Estava linda como sempre, com um vestido escarlate apertado e cheio de bordados dourados. Naama era uma jovem brilhante como as cores do amanhecer.

Fresca, nova e cheia de oportunidades. Meus ombros arriaram e fiquei boquiaberta ao ver Boaz sorrir para ela daquele jeito que podia derreter um bloco de neve. Por que estava sendo tão amistoso? Até onde eu sabia, ele a detestava.

Só pode ser por causa do vinho, pensei.

Uma das amigas de Naama sentou-se do outro lado de Boaz. Tinha um ar sofisticado e desinteressado. Observava os trabalhadores de modo indolente, como se estivesse suportando um enorme tédio. A outra começou a atacar a bandeja.

Ressentida, observei o perfil perfeito de Boaz quando ele se virou para conversar com a prima, analisando seu nariz reto e afilado. A barba, que lhe atribuía um ar de maturidade, e seus olhos miravam a boca dela enquanto falava. De repente, Naama lhe falou algo ao pé do ouvido e eu agarrei firme no tronco da árvore, até meus dedos ficarem dormentes. Boaz apenas deu um leve suspiro e balançou a cabeça, negando, depois pegou uma erva da mesa para mastigar.

O medo me dominou e comecei a suar frio. Apertei bem os olhos para pensar. Será que ele havia mudado de ideia sobre a jovem que vivia sob seu teto?

Não!, eu disse a mim mesma. Eu não podia permitir que mais aquela inconsistência no comportamento de Boaz impedisse o que eu iria fazer. Eu precisava confiar nele, precisava confiar nos planos do Senhor.

Eu ainda estava imersa em meu devaneio particular quando alguém próximo a mim tossiu violentamente. Virei a cabeça e vi que era Ana, apontando o nariz cheio de sardas em direção à tenda. Confuso, Nadav, que estava perto dela, deu dois tapinhas em suas costas. Logo avistei Boaz levantando-se das almofadas com alguma dificuldade e pegando uma lamparina, causando murmúrios lamuriosos em suas admiradoras.

Uma súbita onda de emoção explodiu dentro de mim. Aquele era o meu momento, eu teria de ir até ele. Aquele próximo gesto definiria todo o rumo da minha vida. Eu já tinha pensado em umas cinquenta versões diferentes do que eu iria dizer, mas descartei todas elas. Era melhor confiar no Criador.

Esperei que Boaz se afastasse, cumprimentando alguns amigos pelo caminho. Parecia meio atordoado e chegou a dançar um pouco quando passou no meio de um grupo que estava tocando instrumentos, erguendo as mãos para o alto. Tomei coragem e segui-o furtivamente. Quando passei perto da mesa, peguei um copo de vinho e levei o líquido vermelho à boca, mas não cheguei a beber. Estava não apavorada que tinha medo de vomitar. Coloquei o copo de volta.

Em vez de ir para casa, Boaz seguiu para o local onde aconteciam as operações normais de debulha, que ficava em um terreno mais alto, exposto ao vento. As luzes da festa ficaram para trás. Eu me camuflei como uma gata silenciosa na escuridão enquanto o seguia. Ele chegou primeiro no topo da área circular e plana, feita de terra batida.

As eiras geralmente não eram propriedades particulares, mas para uso comum das pessoas da vila, porém Boaz tinha a sua própria. Visto que seu espaço era aberto e reto, muitas vezes eram usadas para outras finalidades. Naquele dia, porém, meu senhor decidiu que ali seria o lugar perfeito para dormir, talvez por conta do maravilhoso céu estrelado que se estendia sobre nossas cabeças.

Antes de se deitar sobre o monte de trigo colhido, Boaz colocou a lamparina no chão e ficou de pé, imóvel, o perfil iluminado pelo luar. Parecia aflito, com os braços estendidos ao lado do corpo e as mãos apertadas. Seus músculos do antebraço estavam tensos e saltados por debaixo do bracelete de ouro. Lentamente, ele abaixou a cabeça e fechou os olhos. Pensei que estivesse orando, mas depois ele se ajoelhou e desabou o corpo de costas no colchão de cereais, como uma árvore que tivesse sido tombada.

Fiz um estudo cuidadoso dos meus sapatos antes de me aproximar, orando pela última vez ao Senhor. Era agora, eu precisava agir conforme o combinado. Meu coração acelerou mil batidas. Mais uma vez, eu estaria sozinha com Boaz, mas em uma situação muito mais comprometedora. Entretanto, o Deus de Israel conhecia a motivação do meu coração. Eu já havia orado sobre o que pretendia fazer e Ele havia me dado coragem para executar o meu plano. Não podia direcionar minha vida preocupada com o julgamento dos outros. Só o que o meu Criador pensava sobre mim era do meu interesse.

No entanto, por questão de recato, olhei à volta para ter certeza de que não havia ninguém por ali. O lugar estava tão solitário que o barulho suave dos meus pés sobre o trigo esmagado quando comecei a andar reverberou pela plantação, mas Boaz sequer se moveu. Olhei para as luzes da festividade à distância, tendo certeza de que ninguém nos ouvia.

Quando cheguei perto e observei meu senhor dormindo, senti um aperto no peito, algo parecido com uma saudade. Mas como poderia ser, se ele estava bem ali, deitado na minha frente? Fiquei surpresa ao descobrir que meus sentimentos por Boaz eram muito mais fortes do que os que eu havia sentido por Malom.

Calmamente, sentei-me aos seus pés, sentindo os olhos arderem. Eu não sabia que destino me aguardava, mas queria memorizar a imagem dele repousando serenamente. Com todo respeito, meus dedos seguraram a ponta da capa que cobria seus pés. Eu a ergui e retirei seus sapatos com muito cuidado. Não resisti ao toque de sua pele e acariciei-lhe o peito do pé, mesmo empoeirado. Deslizei três dedos até seu tornozelo e senti uma lágrima descer pelo meu rosto. Sentindo a carícia, Boaz se remexeu. Minhas sobrancelhas ergueram-se tão alto quanto a torre de Babel quando ele apoiou-se sobre os cotovelos, sonolento, e espremeu os olhos para mim, tentando ajustar a visão.

— Quem é você? — perguntou, tirando o turbante da cabeça. Seus cachos estavam docemente descabelados.

Procurei me acalmar. Eu conseguia sentir o meu coração bater na garganta.

— Sou eu, Rute.

— Rute! — Ele se sentou bruscamente, depois coçou os olhos sonolentos. — Onde você estava? Procurei por você a noite toda...

Sorri por dentro com aquela informação.

— Perdoe minha longa ausência, senhor, mas eu precisava falar com você a sós.

Confuso, Boaz pegou a lamparina e a colocou entre nossos troncos, para me ver melhor. Precisei ajustar os meus olhos à luz. Quando o fiz, percebi que minha aparência o atingiu como um raio. Boaz imobilizou-se abruptamente. Examinou o meu corpo, meu vestido, meus cabelos... Em seguida, ficou intensamente corado e seu olhar explodiu em um incêndio repentino, as palavras presas na garganta. Encaramos um ao outro por um momento silencioso.

— O que está fazendo aqui? — perguntou de repente, mirando seus pés descalços.

Enchi o peito de ar antes de falar e enxuguei um lado do rosto.

— Estende a sua capa sobre mim, Boaz. Eu quero que o senhor me resgate.

— O quê?

— Eu amo você — confessei de uma vez.

Seus olhos ficaram perdidos por cinco batidas de coração, passeando por nós dois. Parecia não acreditar em meu apelo apaixonado. Porém, logo colocou a lamparina de lado e ficou de joelhos, mais próximo a mim. Tive que olhar para cima para ver seu rosto quando seus dedos tocaram o meu.

— Tem certeza de que é isso que você quer? — Seu hálito cheirava a hortelã e canela.

Sorri com ternura sob um de seus dedos.

— Foi o que sempre quis — confirmei.

Boaz sentou-se sobre os calcanhares, seus olhos se enevoaram e os lábios apertaram-se antes de dizer:

— O Senhor lhe abençoe, Rute. Você podia ter escolhido um homem mais jovem, mais rico, qualquer um dessa festa, mas escolheu a mim. É claro que eu lhe quero como esposa, sempre quis. Todo mundo sabe disso. Como poderia ser diferente? Você é a mulher mais cheia de virtudes que pisou em Belém. Eu faria qualquer coisa que você me pedisse.

Não consegui conter as lágrimas que caíram livres com aquela declaração. Tive vontade de fazer um sacrifício de gratidão ao Senhor ali mesmo.

— Então, por que não fez isso antes? Por que queria me empurrar para outro?

— Porque é a lei. — Boaz ficou sério. Eu sabia que muitos judeus interpretam as leis conforme os próprios desejos, mas isso não tinha nada a ver com o homem à minha frente. — Baruque é o parente mais próximo de Malom, eu só posso lhe resgatar se ele renunciar a você.

Franzi o cenho.

— E achou que tratamentos de beleza o ajudariam a me rejeitar? — Exibi um sorriso intrigado.

— Claro que não. — Boaz pareceu descontente. — Eu havia convidado a esposa dele também. Mira é muito ciumenta e, se você não estivesse apresentada adequadamente, ela não a veria como uma ameaça. Mas, do jeito que está agora, com certeza veria. — Abriu um sorriso predatório ao analisar o pingente em formato de gota de chuva que ornamentava o meu pescoço até a altura dos seios. Coloquei uma mão sobre o cordão e senti uma quentura no ventre. Boaz ergueu o olhar para mim, quase pedindo perdão. — Com certeza, Baruque não iria pagar o preço de aturar Mira se martirizando para o resto da vida. Por algum motivo desconhecido, ele gosta mesmo da esposa controladora. Meu plano era que você ficasse livre hoje à noite, mas, infelizmente, ele não veio.

Pensei em minha sogra interferindo nos planos de Deus. Se ela não tivesse executado seus esquemas, Baruque teria vindo e tudo já estaria resolvido. Rindo, apertei de leve o braço dele.

— E se o outro resgatador tivesse me aceitado? — indaguei. — E se ele me quisesse assim mesmo?

Um lado da boca dele se ergueu.

— Bem, nesse caso, acho que a cabeça dele apareceria na ponta de alguma lança. — Rimos juntos, mas depois seu sorriso sumiu. — Eu não estava preparado para lhe perder, Rute. Passei a noite acordado pensando nessa possibilidade. Depois, na festa, eu estava tão nervoso que não conseguia parar de beber.

— De fato, você fez incursões impressionantes ao copo de vinho — brinquei.

Uma de suas mãos passou pelo próprio cabelo.

— Eu estava louco com a chegada de Baruque. Minha vontade era lhe colocar no cavalo e fugir para bem longe daqui.

— E eu pensava que você não gostava de mim. Você teve tantas chances de dizer que me amava, mas nunca disse.

Boaz deu um suspiro profundo.

— Eu tentei dizer, mas sempre que eu tentava dava tudo errado. — Pegando-me de surpresa, ele me puxou pela cintura para mais perto e beijou a lágrima que descia por minha face. Fechei os olhos por um segundo, me sentindo no céu. — Perdoe-me por isso, Rute. Minha linda Rute... — Seu hálito fresco tocou minha boca. — Nunca fui muito bom com as palavras. Nunca me declarei para outra mulher. Você roubou meu coração naquele campo antes mesmo que eu tivesse chance de recuperar o ar.

Aquela proximidade com Boaz despertou um retumbar profundo dentro de mim, como o pulsar de uma fera primitiva. Abri os olhos e examinei-o através do véu dos meus cílios. Eu queria sorver cada som, cada visão e momento.

— Eu podia ter escolhido ir embora com Baruque — provoquei-o. — Nunca pensou nisso?

Um sorriso convencido apareceu por detrás da barba.

— Você não iria. Mesmo antes de me dizer, você já demonstrou que me amava de muitas formas.

Não me dei ao trabalho de refutá-lo.

— Mas e se eu achasse que você não me amava? E se eu e Noemi não tivéssemos solução? E se eu tivesse pensado que...

Boaz interrompeu o meu dilúvio de palavras encostando sua boca na minha.

— Shhh... — sussurrou. — Eu estava doido para sentir o seu cheiro de perto.

Derreti em seus braços, ambos com os olhos abertos, mas depois segurei em seus ombros largos e musculosos. Boaz abriu a minha boca com a dele e fechou os olhos, eu fiz o mesmo. Nosso beijo foi suave no início, depois intenso. Infiltrei meus dedos em seus cachos e meu corpo grudou ao dele em um abraço apertado. Seu peito era sólido e quente e suas batidas do coração pareciam tão aceleradas quantos as minhas. Quando ambos percebemos que aquilo não acabaria bem, Boaz me afastou pelos cotovelos. Eu sentia a pulsação em meu pescoço. Ao fundo, músicas alegres eram cantadas por nossos amigos. Sorrimos ambos, com os rostos afogueados e iluminados pela lamparina, recuperando a respiração. Não entendi quando a expressão dele tornou-se sombria de novo.

— Baruque... — murmurou em um tom assustado.

— O quê? — Olhei para trás para ver a festa.

— Não. — Boaz focou os olhos em mim. — Ele não veio, mas ainda está em nosso caminho.

Senti meu sangue gelar e virei-me novamente.

— Ele ainda tem direitos sobre você. — Boaz completou, depois segurou o meu rosto nas mãos. — Juro pelo nome do Senhor que farei de tudo para ele desistir de você. E, assim que ele fizer isso, você será definitivamente minha. Amanhã mesmo resolverei essa questão.

Apreensiva, eu o encarei com os olhos molhados. Preferia ter a *minha* cabeça na ponta de uma lança a me casar com outro homem.

— Não posso nem pensar em viver sem você — declarei com sinceridade.

— Isso não vai acontecer. — Boaz me puxou para seus braços, apoiando minha nuca em uma das mãos. Dessa vez, fui eu quem buscou os seus lábios. Eu queria decorar o seu gosto e marcar o seu cheiro na minha pele. Quando nos separamos, ele colocou a mão em meus ombros por debaixo da capa. — Durma aqui comigo hoje à noite, Rute. Nada vai acontecer entre nós, eu prometo. Eu só quero olhar para você durante a madrugada e imaginar que, pelo menos hoje, você é minha mulher.

Com os olhos lacrimejantes, acenei com a cabeça que sim. Lentamente, nós nos deitamos lado a lado, olhando um para o outro. Estávamos em silêncio, mas os nossos corações estavam falando. Boaz pegou uma de minhas mãos e entrelaçamos os dedos na frente do peito. Tive a impressão de que, como eu, ele estava internamente clamando ao Senhor. Lágrimas silenciosas desciam do canto de meus olhos para as orelhas. Eu não acreditava que seria capaz de dormir ali, com o homem que amava ao meu lado sem saber se seria a última vez. Só Deus o sabia. Pensando nisso, decidi confiar nEle. E, para minha surpresa, assim que fechei os olhos caí em um sono profundo e reconfortante.

Capítulo 28

Ficou deitada a seus pés até pela manhã e levantou-se antes que pudesse um conhecer a outro.

(Rute 3:14)

Em algum momento da noite meu cabelo havia se despenteado e meus cachos agora estavam soltos, caindo em um lado da minha face. Pisquei algumas vezes antes de abrir os olhos, acomodando a visão à luz. O sol estava nascendo a leste, lançando raios magníficos para anunciar sua entrada. Aquela visão gloriosa em rosa e laranja não foi nada comparada à que tive quando virei o rosto para o lado. Boaz estava virado para mim, seus cachos castanhos intensos lindamente desordenados. Uma de suas mãos apoiava a lateral da cabeça e ele me examinava com os olhos repuxados e um meio sorriso. Parecia bem descansado. Assim que avistou meus olhos abertos, passou um dedo pela ponta do meu nariz.

— Você ronca. — Foi a primeira coisa que me falou, com um tom divertido.

Senti meu rosto esquentar, mas abri um sorriso. Depois apertei os cílios para ele e, para minha vergonha, enxuguei um pouco de baba no canto da minha boca.

— Esse é o seu comentário romântico na primeira vez que dormimos juntos? — Fiz uma careta decepcionada. — Espero que não esteja pensando em me entregar a Baruque por conta desse pequeno defeito.

— É claro que não. — Seu tronco inclinou-se para cima de mim e me deu um estalinho na testa. Depois passou a mão pelos meus cabelos emaranhados, olhando-me com angústia. — Sabe, Rute, de tudo que já tive que obedecer ao Senhor, hoje será o meu maior sacrifício.

Meus olhos entristeceram ao ouvir aquilo, mas tentei semear esperança.

— Vamos ter fé, meu amor. O Senhor sabe o desejo do nosso coração, e também conhece o de Mira. Ele está no controle de tudo.

O sorriso de Boaz subiu de um único lado.

— É exatamente por isso que amo você. — E me beijou apaixonadamente enquanto eu processava o fato de que ele me amava. Quando recuou a cabeça, Boaz sentou-se e me ajudou a me levantar.

— Tire sua capa — pediu.

— Para quê?

— Só faça o que estou pedindo, mulher.

Ri e obedeci. Meu senhor colocou nela seis medidas de cevada.

— Para que tudo isso?

— Leve para a sua sogra. É um adiantamento de presente de casamento.

— Do *nosso* casamento? — eu quis confirmar, com um sorriso receptivo à ideia.

— E que outro seria? — Boaz esticou o pescoço e me deu um último beijo rápido. — Agora vá. Não quero que ninguém lhe veja aqui na eira, para não manchar a sua reputação. Muitos casais se refugiam aqui nas noites de festas para fazer indecências.

Ergui uma sobrancelha.

— E como o senhor sabe disso?

Boaz sorriu com os olhos, depois me enxotou com a mão.

— Vá. Mando notícias por Nadav.

Espremi os olhos para ele e, para evitar o escândalo, recolhi a minha capa e parti.

Durante o caminho, por dentro, uma parte de mim saltava de alegria. Se não fosse pelo problema a resolver com Baruque, eu podia rodopiar até a minha casa. Assim que entrei, Noemi deu um pulo do banquinho onde estava sentada. Deu para perceber que ela estava dormindo.

— E então, minha filha, como foi? — Sua cara estava toda amassada.

Pousei minha capa repleta de trigo no chão.

— Ele me ama. — Sorri para ela.

Noemi estufou o peito e seus olhos brilharam, como se eu tivesse lhe feito um elogio. Depois golpeou o ar com o punho.

— Eu sabia! — Segurou e beijou minha face. — Quem não se apaixona pela minha menina?

Um rubor impregnou as minhas bochechas.

— Eu dormi com ele na eira — contei de uma vez.

Os olhos dela se arregalaram e recuou um passo para trás.

— Mas nada aconteceu entre nós! — garanti, erguendo as mãos em defesa. — Quer dizer, quase nada. Ele me beijou. — Minha voz saiu em um sussurro.

Rindo, Noemi segurou a cintura e deixou a cabeça cair para um lado.

— Muitas vezes?

Meus ombros arriaram.

— O suficiente para me arrebatar. — Meu rosto se contorceu e sentei-me na esteira. — Mas e agora, minha sogra, o que vou fazer? Boaz vai encontrar hoje o meu primeiro resgatador. Se o tal de Baruque me quiser, estou perdida. Aliás... — apontei um dedo para ela — ...Boaz também tinha um plano envolvendo Mira.

— Tinha? — Noemi acomodou-se, curiosa, ao meu lado.

Contei à minha ex-sogra tudo o que acontecera na noite de véspera, detalhe por detalhe. Ela ouvia tudo alternando as expressões. Fiquei feliz por ser uma fonte de entretenimento para uma velha entediada, cujo destino de certa forma agora estava nas minhas mãos. Quando acabei, ela me segurou pelos pulsos.

— Tenha calma, filha. Por tudo que me contou, Boaz não sossegará até resolver tudo isso hoje.

Ainda com as mãos presas, ruí minha unha do polegar.

— Mas eu não vou aguentar ficar aqui esperando — grunhi.

Mal acabei de dizer isso, ouvimos duas batidas na porta. Eu e Noemi nos entreolhamos e ela levantou-se para atender. Ana e Raquel estavam do lado de fora, uma agarrada no braço da outra e dando pulinhos.

— Meninas... — Levantei-me e fui até elas para abraçá-las.

— Não pudemos esperar para saber o que aconteceu — confessou Ana.

— Vamos, entrem... — convidou Noemi. — Vou preparar um chá para as três. Pelo visto, vão ter muito o que conversar.

Na hora seguinte tive que relatar as aventuras da minha noite. Entre gritinhos e gemidos de excitação, as duas ouviram tudo acompanhadas por Noemi, que se divertia pela segunda vez. Quando terminei, Raquel me puxou pelo braço para que eu ficasse de pé.

— Eu sei onde vai ser o encontro dos anciãos. Toda a cidade já sabe.

Recuei um passo.

— Mas acha que eu posso ir?

— Você foi bem sorrateira ontem à noite quando seguiu seu senhor, ninguém precisa te ver — Ana instigou.

Mordi os lábios e olhei para Noemi.

— Se você não for, eu vou com elas — ameaçou a velha xereta.

Eu estava mesmo a ponto de explodir. Precisava saber o que estava acontecendo. Então, peguei meu xale e saímos de casa.

Cobri meu rosto pela metade para não ser reconhecida pelo caminho. Por conta das festividades, não havia ambulantes trabalhando e a cidade estava um bocado deserta, exceto pelos telhados lotados de pessoas interagindo. Muitos ainda se recuperavam das estripulias da festa das colheitas, ou estavam apreciando a família. Uma das irmãs de Raquel, Abigail, morava nas muralhas da cidade. De sua janela, não muito alta, conseguiríamos assistir a tudo. Fomos muito bem recebidas quando chegamos e corremos as três para nos espremermos na pequena abertura.

De lá, avistei um enorme pátio redondo de terra batida, cercado por edifícios de pedra erguidos sobre colunas. Senti-me completamente indefesa ao avistar Boaz cumprimentar dez anciões com um beijo no rosto e também um homem mais jovem. Depois de se saudarem com o devido respeito, todos sentaram-se em círculo para decidir o futuro da moabita, em frente ao portão da cidade. Quando começaram a conversar, examinei o rosto de Baruque em busca de algum interesse.

Duas coisas roubaram a minha respiração: primeiro, era que Baruque era um homem muito bonito, mais jovem do que Boaz. Seus olhos da cor do mar reluziam ao sol e seu cabelo era preto e brilhante. Fiquei pensando que, se eu o tivesse conhecido antes, poderia até mesmo ter ficado encantada. Entretanto, agora não lhe cabia qualquer espaço em meu coração. Segundo, depois de ouvir o relato do meu senhor, ele pareceu bastante interessado no que Boaz estava a dizer, pois um sorriso pretensioso se insinuou em seus lábios quando falou:

— Eu a resgatarei.

Temi o pior e levei uma mão espalmada ao peito, dando um passo para trás, sentindo uma leve tontura. As meninas me ampararam pelos braços e a dona da casa me trouxe um copo de barro com água.

— Calma. — Abanou-me Ana, tirando o copo vazio da minha mão. — Eles ainda estão conversando...

Voltei relutante para a janela, com um nó na garganta e as pernas tremendo. À resposta de Baruque, fez-se um silêncio opressivo entre todos os homens de branco. Boaz passou as duas mãos na cabeça e olhou para trás. Vi seus olhos se fecharem, angustiados. Meu coração quase parou de bater.

Tardiamente lembrei-me de que Baruque ainda não havia me visto e poderia estar apenas curioso em conhecer uma nova mulher. Depois, caso não gostasse de mim, poderia me negligenciar para junto de suas servas.

Limpei a garganta, temerosa do que estava por vir. No sol, a lâmina da faca que Boaz trazia no cinto brilhava como um raio em sua cintura. Em um canto periférico da minha mente, desejei que ele matasse Baruque. Depois sacudi a cabeça para espantar os pensamentos maliciosos. Aquilo não provinha de Deus. E eu iria aceitar a vontade dEle para mim, fosse qual fosse...

Mas não sem lutar.

Puxei as barras da minha túnica para cima e saí correndo da casa de Abigail, indo em direção à praça onde eles estavam. Ana e Raquel me seguiram pelos corredores do grande edifício. Nossos véus voavam ao vento e o meu chegou a sair da cabeça e ficar para trás quando desci as escadas. Eu estava prestes a correr até eles quando minhas amigas me seguraram por trás e me esconderam em uma grande coluna de pedra.

— Ele precisa me ver! — Eu me debati, conseguindo ir para o lado para enxergar o grupo novamente, mas ainda na sombra. — Baruque precisa ver em meus olhos que eu não o desejo.

Raquel se interpôs na minha frente.

— Você não pode interromper uma reunião dos anciãos, Rute. O que iriam pensar de você?

— Eu não me importo! — Comecei a chorar.

Ana enlaçou meus braços por trás, abraçando-me pelas costas.

— Confie no nosso Deus — sussurrou entre os meus cabelos. — Não vai ser pela sua força, vai ser pela força dEle.

Fechei os olhos e parei de me debater, chorando ainda mais. Quando os abri, vi que Boaz me encarava de longe, com os olhos aflitos. Fios soltos do meu cabelo grudavam em meu rosto repleto de lágrimas. Nenhum dos outros homens havia me visto, não sei como ele me achou à distância. Forcei um passo até ele, mas meu senhor abriu mais os olhos e balançou a cabeça que não. Frustrada, caí de joelhos na terra quente. Vendo o meu desespero, Boaz respirou fundo e ficou de pé, virando-se de frente para Baruque. Depois recomeçou a argumentar.

Meu primeiro remidor era realmente atraente, mais tinha uma postura orgulhosa e um olhar calculista. Sobre a pele clara, vestia uma túnica azul de seda primorosamente tecida. Ouvia tudo atentamente, passando uma mão pela boca bem desenhada e acenando de vez em quando. Quando Boaz lhe disse alguma coisa, Baruque ficou rígido e fixou nele um ar de pavor. Suas sobrancelhas negras subiram tão alto que pensei que fossem sair da cabeça. Em seguida, uma pequena expressão de desgosto tocou seus lábios.

Comecei a ter esperança de novo quando ele finalmente se abaixou e tirou um dos sapatos, depois ficou de pé e o entregou a Boaz. Eu sabia que aquela era uma maneira de oficializar os tratados entre os hebreus. Meu senhor teve que se abaixar um pouco para lhe dar um abraço apertado. Em seguida ergueu o calçado no alto, fazendo sua manga da túnica recuar em torno do braço forte, e começou a gritar no meio da praça:

— Vocês hoje são testemunhas de que estou adquirindo toda a propriedade de Elimeleque, Quiliom e Malom. Também estou adquirindo o direito de ter como minha mulher a moabita Rute, viúva de Malom, para manter o nome dele sobre a sua herança e para que o seu nome não desapareça dos registros da cidade.

Todos os líderes confirmaram:

— Somos testemunhas.

Fechei os olhos e prostrei meu rosto no chão, agradecendo ao Senhor e pedindo perdão pela minha falta de confiança. Minhas costas sacudiam com meus soluços, causados pelo pranto de alegria. Minhas amigas se jogavam sobre mim em um abraço confuso. Ficamos ali reunidas, dando glórias e aleluias. Quando finalmente levantei a face do solo, minha testa estava suja de terra, o nariz escorrendo e meus olhos vermelhos.

Por fim, um dos anciões levantou-se e pousou sua bengala na frente do corpo, falando em alta voz para Boaz:

— Faça o Senhor com essa mulher que está entrando em sua família como fez com Raquel e Lia, que, juntas, formaram as tribos de Israel. Seja poderoso em Efrata e ganhe fama em Belém! E com os filhos que o Senhor conceder a você dessa jovem, seja a sua família como a de Perez, que Tamar deu a Judá!

Boaz curvou a metade do corpo em reverência para agradecer pela bênção, depois virou o rosto de lado e sorriu para mim, exibindo suas lindas covinhas e acenando vitorioso com o sapato.

Capítulo 29

Então, as mulheres disseram a Noemi:
Bendito seja *o* Senhor, *que não deixou, hoje, de te dar remidor, e seja o seu nome afamado em Israel.*

(Rute 4:14)

Meia hora depois Noemi estava no telhado da nossa casa anunciando o meu casamento até os confins de Belém, que aconteceria em um par de semanas. Eu e Boaz a assistíamos a tudo lá de baixo, minha mão estava pousada no braço dele e um grupo de moradores havia se reunido à nossa volta para comemorar, assim como Ana, Raquel e Nadav. Em certo momento, meu noivo me mirou com os olhos suaves.

— Acho melhor eu ir começar a preparação. Pelo visto, nosso povo gostou da notícia e vai esperar por uma grande festa de matrimônio.

Fiquei olhando sua linda face por um momento. Mal podia acreditar que em poucos dias seríamos marido e mulher.

— Como conseguiu convencê-lo? — indaguei, referindo-me a Baruque.

Boaz olhou para a frente e deu um sorriso sagaz.

— Eu apenas lembrei a ele como sua adorada esposa iria ficar contente por dividir a herança dos filhos dela com outra.

Segurei a risada.

— Preciso tomar cuidado com esse seu lado manipulador.

Meu noivo beijou a minha bochecha e chegou perto do meu ouvido.

— Tarde demais, meu amor, em poucos dias já será minha esposa.

Empurrei o seu ombro com o meu, depois fiquei séria de novo.

— Naama já sabe disso?

— Em breve ela saberá. — Boaz pareceu relaxado. — Aliás, eu ainda não agradeci a você.

Mirei seu perfil, com as sobrancelhas unidas.

— Agradecer o quê?

— Prestei atenção em tudo que me disse sobre ela — Boaz revelou. — Naama estava mesmo muito perdida, se sentindo insegura. Uma noite, ela descobriu que você estava hospedada na nossa casa e veio tirar satisfação comigo em meus aposentos. Geralmente, eu me aborreceria com ela. Mas, dessa vez, não me irritei. Eu vinha orando ao Senhor sobre como abordá-la. Puxei-a pela mão para se sentar e conversei com ela olhando nos olhos. Expliquei que eu a amava como uma filha, apesar de Naama tornar os meus dias um caos.

"No início, ela se enraiveceu, mas depois foi se acalmando e me escutou com mais atenção. Eu lhe garanti que nunca a forçarei a se casar com ninguém. E que, mesmo se eu me casasse, continuaria cuidando dela por ser minha prima. Parece que minhas palavras lhe trouxeram um pouco de paz, pois desde então parou de me perseguir e ficou um pouco mais gentil com os criados. — Virou o rosto pasmo para mim. — Sabia que ela ficou toda boba na festa por ter ganhado uma tulipa de algum rapaz? Preciso descobrir logo quem foi o sortudo que a agradou...

Eu ri. Não podia descrever a alegria que senti ao ouvir aquela notícia. Afinal, Naama era como eu pensava. Deus havia colocado em mim uma empatia inexplicável por ela. Talvez porque, no fundo, ninguém poderia compreendê-la como eu. Comecei a imaginar que os planos de Deus para eu entrar naquela família iam muito além de suprir as minhas próprias necessidades. Decidi tentar ser para Naama a referência de mulher que Noemi havia sido para mim.

No fim da tarde de alguns dias depois, eu saía de casa carregada em minha liteira e cercada pelas minhas amigas. Noemi havia colocado uma tiara de flores em minha cabeça para segurar o fino véu que cobria o meu rosto. Meus amigos da cidade me cercaram, tocando tamborins e cantando até a casa do noivo.

Quando chegamos perto da plantação, avistei de longe Boaz e o sacerdote debaixo da Rupá, uma espécie de toldo que simbolizava a união de Isaque e Rebeca, quando ele simplesmente pegou sua mão e a levou para a tenda da mãe, tornando-se lá marido e mulher. A nossa tenda, no entanto, estava cercada de rostos queridos, sem nenhuma privacidade.

Os convidados me esperavam pelo caminho, sacudindo folhas de palmeiras e segurando tochas de fogo. Entre eles, avistei o rosto de meu querido amigo Nadav, que curvou-se para mim na altura da cintura quando a minha liteira passou.

Olhei para a frente novamente, captando o olhar do meu noivo. Suas mãos estavam cruzadas na frente da sua túnica muito bem elaborada, de cor púrpura. Os braceletes de ouro que carregava no pulso cruzavam-se uns por cima dos outros. Suas botas de couro estavam impecáveis, como se as usasse pela primeira vez, e ele tinha sobre os cabelos um turbante tão imponente quanto o do sacerdote. Nada disso, porém, comparava-se com a beleza que vislumbrei quando Boaz sorriu para mim.

Balançando em minha liteira, não pude deixar de sorrir de volta. Era como se toda a minha história tivesse pavimentado meu caminho até ali. Na verdade, nossos votos matrimoniais já haviam sido feitos secretamente, no noivado oficial, na frente do sacerdote. Essa nova festa seria somente para alegrar os amigos. Afinal, Boaz tinha sangue hebreu, e, como tal, adorava uma comemoração.

A cerimônia foi rápida, regada pelas lágrimas de Noemi. Em seguida, eu e meu marido sentamo-nos debaixo da tenda coberta de narcisos brancos e amarelos. Nossos convidados divertiam-se por todo lugar. Alguns comiam, dançavam, outros cantavam, e alguns paravam na nossa frente e recitavam partes das escrituras como maneira de nos honrar, me deixando emocionada.

Observei com alegria Nadav e Ana dançando juntos, alternando as palmas das mãos enquanto rodopiavam em meio círculo. Eu sabia que meu amigo sempre sentiria falta de Afra, assim como eu de Malom, mas também sabia, olhando para o meu noivo, que Nadav poderia ser feliz novamente.

Finalmente a noite chegou e com ela um friozinho abençoado.

— Minha senhora... — Boaz chamou a minha atenção.

Virei o rosto para ele. Uma de suas mãos estava na minha e a outra carregava uma taça de vinho.

— Suportei com paciência a congratulação de todos os nossos convidados. Acho que agora prefiro me recolher aos nossos aposentos.

Senti meu sangue esquentar e mirei-o com um olhar de lebre assustada.

— Mas já? Eu... — Cocei o nariz. — Acho que preciso me preparar um pouco primeiro.

— Você terá o tempo que eu terei para terminar de beber essa taça. — Ele ergueu o copo e piscou.

Prendi a respiração e olhei para a frente, tentando parecer completamente segura. Eu não estava com medo de ter relações. A parte boa de não ser mais uma dama era que eu já sabia o que me esperava. Meu medo era não satisfazer as expectativas do meu novo marido. Não demorou muito para Boaz beber o resto do vinho e colocar seu recipiente de lado.

— Vamos? — Estendeu uma mão para mim, cheio de pressa.

Quando viu que eu hesitei, Boaz deu um sorriso de lado e apoiou o cotovelo no braço da cadeira, achando graça.

— Bom... — Olhou para a festa. — Você pode ir com Baruque, se preferir. — Apontou o jovem dançando com a esposa. — Basta convencer a chata da Mira.

Soltei uma risada pelo nariz. Depois resolvi entrar na brincadeira.

— Olha que ele é bem atraente... — comentei.

Boaz apertou os olhos castanhos, com um brilho sardônico. Depois chegou bem perto do meu ouvido.

— Não, sua malandrinha, ou virá comigo ou com mais ninguém. — E então me puxou para ficar de pé ao mesmo tempo que ele.

Enquanto a festa continuava, Boaz pegou minha mão e colocou-a em seu braço. Depois me conduziu para o meu novo lar. Pelo caminho, algumas pessoas sorriram e nos jogaram sementes, desejando que o casamento fosse frutífero. Isso era tudo o que eu mais desejava.

Lá dentro, já havia um quarto preparado para nos receber. Entrei primeiro. Não era o mesmo cômodo que meu marido usava quando não era casado, era um aposento maior. Estava lindamente enfeitado com flores e velas ao redor de um colchão de peles aparentemente muito macio. Meu coração encheu-se de alegria ao saber que todos os dias eu o veria ali.

Quando virei-me para trás para olhá-lo, meu marido me mirava com olhos intensos. Segui até ele, com o queixo começando a tremer. Delicadamente, Boaz puxou o véu transparente da frente do meu rosto e o colocou para trás. Quando percebeu a minha tensão, pôs as duas mãos em meus ombros.

— O que foi? Por que está tremendo? — quis saber.

— Nada. — Baixei os olhos, com medo de desapontá-lo. Eu tinha medo de que esperasse algum tipo de desempenho diferente por eu não ser mais uma virgem. — Só não quero que crie grandes expectativas. Faz muito tempo que não estou com um homem.

Uma de suas mãos acariciou minha face suavemente. Ele esperou alguns segundos antes de me dizer:

— Toda mulher, donzela ou não, é um solo intocado que precisa ser cultivado com paciência. E, neste ponto, os poucos fios cinzas da minha barba entram em vantagem no lugar do vigor.

Espiei o seu lindo rosto próximo ao meu. Boaz falava como quem já tivesse tido experiências com várias mulheres. Será que eu seria suficiente?

— Eu tenho medo, senhor.

— Medo de quê?

— De não poder lhe dar filhos — confessei, sem reservas.

Boaz sorriu com ternura.

— Deixe essa questão para o Deus de Israel. Você é tudo de que eu preciso neste momento, Rute, e tudo que sempre vou precisar. E, se algum dia Deus nos conceder a dádiva de ter um filho, ele será de Malom, mas também será meu. Ele herdará as terras dele e as minhas. Afinal, ainda não tenho outros filhos, por hora será meu único herdeiro.

Por hora...

Virei o rosto de lado, subitamente entristecida, e amaldiçoei a mim mesma. Eu estava conseguindo arruinar a nossa noite de núpcias. *Ainda não tenho outros filhos,* ele disse. Será que Boaz pensava em se casar novamente com outras mulheres para ter uma casa cheia? Ou ter concubinas? Eu nunca havia cogitado realmente dividi-lo com outra mulher. Se isso acontecesse meu coração ficaria partido, mas eu estava disposta a aceitar em silêncio. Afinal, a bondade do meu remidor já havia se estendido sobre mim e minha sogra muito mais do que merecíamos. Eu não podia exigir nada mais.

Boaz percebeu o meu semblante caído e ergueu o meu queixo com uma mão. Lágrimas indesejadas tomaram meus olhos.

— Por que ainda está tão preocupada, carinho?

Dei um sorriso fraco e funguei.

— Não quero aborrecê-lo com meus pensamentos. Às vezes, sou muito egoísta.

Um canto de sua boca se levantou.

— Egoísmo não é uma palavra que combine com a minha esposa. Diga, Rute, o que lhe perturba?

Mordi os lábios, pensando se deveria falar. Entretanto, eu acreditava que as bases do casamento sempre deviam passar por falar a verdade. Por isso, fechei os olhos e confessei.

— Temo que eu não esteja preparada para dividir o senhor com outra mulher.

Boaz abafou uma risada, depois sua expressão ficou confusa.

— Que outra mulher?

Abri os olhos e o encarei.

— O senhor falou sobre ter outros filhos. Pensei que quisesse ter mais esposas, depois de mim.

Os olhos dele brilharam, divertidos, quando conteve uma segunda risada. Em seguida, meu marido emoldurou o meu rosto com as mãos, obrigando-me a encarar os seus olhos castanhos.

— Eu passei a vida inteira esperando que Deus me mostrasse quem seria a mulher ideal para mim. Cheguei a pensar que nunca a encontraria. Não vou negar que tentei me conformar com outras concubinas que tive, mas nenhuma delas tocou mais forte em meu coração. Entretanto, você... — Ele passeou com os olhos por minha face, como se o acariciasse. — Desde a primeira vez que lhe vi, eu sabia que tinha algo diferente. Só não sabia que era o Senhor quem havia preparado o nosso encontro. Eu esperaria por você mais mil anos se fosse preciso. Por que mais eu precisaria de outra mulher, quando tenho a que mais amo no mundo?

Suas palavras desceram como um rio quente dentro de mim. Segurei em seus pulsos, emocionada.

— Tem certeza disso?

Seus braços se libertaram e Boaz envolveu a minha cintura.

— Não vou perder tempo regateando com uma mulher teimosa.

Eu ri e sequei os olhos.

— Nunca poderei agradecer o suficiente o que vez por mim e minha sogra.

Ele lambeu os próprios lábios enquanto mirava os meus, depois abriu um sorriso travesso.

— Bem, você pode tentar — sugeriu.

Sorri timidamente.

— Tentar como?

— Seja criativa.

— Assim? — Dei um estalinho em sua boca.

Ele fechou um dos olhos.

— Acho que consegue fazer melhor do que isso.

Deixei minha cabeça cair de lado.

— Você está querendo uma boa dose de gratidão?

— Não economize — ele sugeriu.

Passei os braços pelo seu pescoço.

— Sim, meu senhor. Como o meu marido mandar.

E então deixei de lado as minhas preocupações e caímos juntos na cama.

Epílogo

Um ano e meio depois...

Da sombra de uma grande árvore eu observava uma das servas passando um pano úmido pelo rosto enquanto outra massageava o pescoço. O sol estava a pino naquele dia, durante a colheita das vinhas. Nossas videiras não poderiam estar mais recheadas. Eu havia saído para fazer o meu passeio matinal pelos campos. Sorri ao ver Nadav e Ana ao longe no jardim, podando plantas e dando risadinhas discretas um para o outro.

Diversos trabalhadores estavam espalhados por toda a região, com seus cestos de palha ao lado, entoando louvores em uma só voz. O som era tão lindo e sereno que com certeza subia aos céus como perfume suave diante de Deus. Em minha mente, eu louvava com eles. Meu coração transbordava em ações de graças.

Mesmo depois de tanto tempo, ainda me espantava com a extensão das terras cultivadas do meu marido que, na verdade, não considerava nada dele, dizia que tudo que tinha pertencia ao Deus de Israel. Eu acreditava ser este o motivo daquelas terras serem tão férteis. Nossas plantações geravam alimentos e trabalho para o povo de Deus, abrigo e comida para estrangeiros e necessitados.

"Não foi à toa que o Senhor lhe colocou nestes campos quanto a vi pela primeira vez", disse-me Boaz certa noite, "Só ele sabe como valorizo essa terra".

Pensei em minha própria trajetória até ali. Eu era vazia e infiel quando o Senhor se aproximou de mim, ainda menina. Estava perdida, sem referência de amor. Com delicadeza, o Criador apresentou-se por meio do carinho e cuidado de Noemi. Incluiu-me naquela família e eles me ajudaram a curar as feridas da minha infância, pelo poder do perdão. Eu me agarrei à oportunidade de fazer parte daquele grupo, tão diferente dos moabitas, mas muito mais porque sentia uma necessidade imperiosa de aceitação e pertencimento do que por querer conhecer o Deus verdadeiro. Minha alma ainda estava doente, pois eu havia lidado com a rejeição desde cedo. Então, para completar o Seu plano, quando Deus achou que eu já estava preparada, testou a minha fé. Ele me fez experimentar a perda, em seguida o deserto e uma sogra que já não podia ser a minha fortaleza, pois estava abatida. Ele me despojou de todas as coisas errôneas que satisfaziam os meus buracos.

Olhando para trás, percebo como o Senhor foi paciente e misericordioso comigo. Ele esperou que apenas a Sua presença matasse a fome da minha alma, e só então me apresentou a Boaz, quando, no meu coração, já não havia espaço para ídolos.

Hoje, eu desejava a presença de Deus acima de qualquer coisa. Era grata por cada raio de sol, cada pequeno momento, cada prato de comida... Deus havia produzido em mim um espírito resiliente a partir das tribulações, e agora eu poderia ajudar outras pessoas com aquele aprendizado.

Ainda refletia sobre isso quando avistei dois pezinhos titubeantes saírem dos arbustos e aparecerem em uma das fileiras de uvas. Noemi estava atrás do bebê, que tinha acabado de aprender a andar e já queria passear por todo lado. Ela estava com as costas curvadas e os braços esticados para a frente enquanto o seguia. Aquela posição lhe renderia uma boa dor nas costas no fim da tarde, mas minha ex-sogra não se importava. Desde que que havia perdido seus filhos havia uma fissura por preencher em seu coração, que só foi ocupada quando entreguei Obede em seus braços.

Fruto do meu amor e de Boaz, um presente de Deus para mim, aquela criança havia vindo trazer felicidade para todos daquela terra. Os empregados estavam mais do que satisfeitos de saber que seu patrão agora tinha um herdeiro. Confiavam que Boaz criaria nosso filho de maneira honrosa, ensinando-lhe os princípios e generosidade do pai.

Em passos cambaleantes, o menino tropeçou na barra de sua túnica branca de algodão e agarrou-se na perna de um dos trabalhadores para se equilibrar. O velho olhou para baixo e sorriu um sorriso banguela, depois lhe ofereceu um bago de uva e deu dois tapinhas em seu chapéu colorido e sem abas. Obede o pegou com contentamento e enfiou de uma vez só na pequena boca. Eu estava preocupada se ele iria se engasgar com o caroço ou não quando senti um beijo surpresa em minha bochecha.

Virei o rosto para o lado e vislumbrei Naama, que me sorriu rapidamente e passou por mim, esvoaçando seu vestido amarelo enquanto corria em direção ao bebê. Desde o meu casamento, seus muros tinham ruído lentamente e a menina havia aberto seu coração para mim. Não foi fácil no início, mas eu a conquistei aos pouquinhos, com amor e paciência, principalmente quando começou a pedir conselhos sobre como deveria agir com o rapaz que acabou tornando-se seu noivo. Iriam se casar no próximo mês. Ela ainda era geniosa, mas havia revelado um lado doce, divertido e irônico, que nos rendia boas risadas durante o jantar.

Eu estava olhando para ela quando senti duas mãos por trás me abraçando pela cintura. Abaixei a cabeça e vi braceletes de couro envolvendo dois pulsos fortes.

— Por que saiu do nosso leito sem me acordar? — resmungou meu marido após beijar minha nuca por trás. — Sabe que não gosto de acordar sem você...

— Bom, precisamos passar alguns momentos do dia fora daquele quarto, Boaz. As pessoas já estão começando a notar. — Sorri secretamente.

Uma serva que esfregava roupas na pedra do tanque ali perto sorriu para si e ficou vermelha, provavelmente por ter escutado o meu comentário. Boaz me virou de frente para ele.

— Como sabe, a senhora agora é esposa de um homem da linhagem de Judá, o que significa que pode vir a ser a mulher que dará à luz a geração do Messias. E, para abrir esse leque de possibilidades, quanto mais herdeiros tivermos melhor.

Dei risada e passei os braços no seu pescoço, fazendo minha pulseira tilintar. Boaz sempre usava aquele argumento profético para me levar de volta ao nosso leito conjugal.

— Acho melhor o senhor mudar o discurso. Esse já está ficando batido. Além do que, se essa for a vontade de Deus, o Messias poderá vir por meio de Obede, embora eu não ache que Deus escolheria uma estrangeira para ter o privilégio de participar dessa linhagem.

Meu marido mirou nosso menino ao longe, depois abriu um sorriso largo.

— Pois eu não teria tanta certeza se fosse você. — Tornou a olhar para mim. — Quando as muralhas de Jericó foram derrubadas pelos hebreus, só a casa da minha mãe ficou intacta, como sinal da proteção divina. E ela também era estrangeira. Deus não nos vê como nós vemos, Ele enxerga o nosso coração. E, tenho certeza, não existe um mais bonito do que o seu no território de Belém.

Abri um sorriso divertido.

— Seus argumentos estão melhorando... está até recorrendo ao nome da sua mãe.

— Já podemos voltar para o quarto? — Ele me beijou, para esconder o sorriso.

— Ainda não. — Girei nos calcanhares para olhar a plantação novamente. — Estou tão feliz de ver a fartura dessa colheita! Vamos ter muito vinho para as próximas festas... Os camponeses estão trabalhando com muito cuidado para não machucar as uvas.

— Eles sabem que boa parte desse vinho vai para eles — Boaz comentou.

Tornei a olhar meu marido.

— Você é um homem abençoado, Boaz. Sua existência é uma alegria para mim, para todos à sua volta — Abri os braços para enfatizar. — Seus trabalhadores fazem isso por você, não só pelo vinho. Eles lhe amam. Você é cercado de pessoas que abençoa todos os dias, se interessa pelas necessidades de cada um. Você é como esse carvalho sobre as nossas cabeças, amor. Todos nós descansamos à sua sombra.

— E eu sob a sombra de Deus. — O sorriso dele foi tímido. — Olha só que mulher linda ele plantou nesses campos... — Puxou-me para um abraço gentil, que logo se tornou caloroso. Aquele homem estava impossível.

— Por favor... — Afastei-me. — Preciso recuperar as minhas forças e respirar um pouco de ar puro. Desde que eu saí de uma gravidez você fica tentando me colocar em outra.

Suas mãos escorregaram de mim.

— Bem, se eu estou lhe perturbando tanto, posso tentar engravidar outra mulher. Ou treinar com uma cortesã.

Virei-me bruscamente para ele, com o olhar afiado. Por uma fração de segundos meu rosto deve ter refletido uma infinidade de expressões: perplexidade, medo, raiva, choque, traição e ódio mortal. A resignação de dividir ele com outra mulher, após meses de casada, já havia evaporado. Eu não seria nem um pouco condescendente à ideia agora. Boaz colocou uma mão sobre o grosso cinto de couro e deu uma gargalhada.

— Bem que Naama disse que você faria essa cara... — Ele enxugou os olhos.

Mordi um lado da minha boca em uma tentativa de controlar a raiva. Naama vivia pregando peças em todos os moradores da casa. E agora, para piorar, estava ensinando. Cruzei os braços e esperei que ele parasse de rir.

— Não gosto desse tipo de brincadeira — falei sério, mas depois uma risada conciliatória escapou do meu nariz. Pressionei minha saia nas coxas e andei até perto dele. — Lembre-se que estou praticando arco e flecha com você, e minha mira é muito boa.

— Você teria coragem de atirar em mim? — Ele colocou as duas mãos sobre o coração e abaixou um pouco a cabeça, com um sorriso de descrédito. — Logo você, a benevolente senhora Rute?

Estreitei os cílios e ergui o queixo ligeiramente.

— Não me tente. — Cutuquei-o na lateral, onde sabia que ele sentia cosquinhas. Boaz meio que riu, meio que gemeu.

— Vem aqui, minha única amada.

Ainda rindo, ele me puxou novamente para seus braços e me deu um beijo que deixou meus joelhos fracos. Esqueci momentaneamente de onde estava, mas depois comecei a ficar preocupada de estarmos sendo indecorosos.

Graças a Deus, um mensageiro pigarreou a poucos passos de nós. Meu marido afastou o rosto e rangeu os dentes baixinho, insatisfeito com a interrupção. Depois virou-se para trás com um sorriso tão amistoso que tive vontade de rir.

— O que foi? — indagou ao garoto magro.

O rapaz fez uma reverência.

— Chegou uma carta para o senhor, parece urgente.

— Obrigado. — Boaz agradeceu e pegou o pergaminho. Depois virou-se para mim. — Tenho que ir, provavelmente é a respeito de uma nova encomenda de grãos. Aproveite seu ar puro mais um pouquinho, porque à noite a senhora não me escapa. — Piscou.

Enrubesci como um tomate com o seu comentário, tão próximo do menino. Exibindo suas lindas covinhas, Boaz sorriu, beijou minha mão e rodopiou seu manto de lã, caminhando de volta para a casa seguido pelo seu mensageiro.

Com uma expressão apaixonada, tornei a admirar as vinhas. Os céus estavam completamente azuis sobre elas, esticados como um teto turquesa. Respirei o ar fresco e resolvi me unir às meninas.

Percorri a distância entre nós e, segundos depois, eu, Naama, Noemi e o bebê estávamos correndo despreocupados pela plantação, como se fôssemos todos crianças. Nós três nos escondíamos e, quando ele nos achava, tentava nos perseguir com aquela risadinha gostosa e batia palminhas. Um dos cachorros de Boaz nos viu e juntou-se à brincadeira. O som dos nossos gritinhos, dos latidos e das risadas eufóricas de Obede misturavam-se ao cântico dos trabalhadores. Durante a corrida, esmagamos alguns cachos de uvas caídos no chão, sujamos os pés e fizemos subir um cheiro maravilhoso.

Não demorou muito tempo para que eu e Noemi desabássemos debaixo de um pessegueiro ali perto, exaustas e suadas. Obede sufocou um bocejo na mão e Naama o pegou no colo, achando melhor levá-lo para casa para sua soneca matutina. Nós nos deitamos na terra para recuperar o fôlego. De repente, senti a mão idosa de Noemi segurar a minha. Mirei o seu rosto e vi que minha ex-sogra estava corada.

— Fico feliz de ver que Obede lhe colocou para fazer exercícios — brinquei.

Seus olhos se fecharam e um sorriso deliciado se abriu, enrugando a sua face de um jeito lindo.

— Não é fácil criar um filho na minha idade — ela comentou.

Eu me compadeci. Pelos costumes, eu sabia que Noemi considerava o bebê como uma representação de Malom, como um filho do seu útero, e eu não me importava em dividir o meu menino com ela.

— Fico feliz que finalmente ele tenha feito a senhora feliz.

Noemi abriu os olhos novamente e virou a cabeça para me encarar. Seu rosto estava velho, mais por conta do sofrimento pelo qual passara do que por conta da idade. Entretanto, eu ainda podia ver ali o olhar carinhoso da jovem mulher que me acolheu perto das muralhas de Kir.

— O nascimento de Obede, de fato, foi uma grande alegria — ela disse. — Mas não é só por causa dele que estou feliz. Eu queria ver você bem casada e segura, Rute. Isso trouxe muita paz à minha alma. Além do que, você, minha filha, é muito melhor do que dez filhos homens para mim. Eu nunca poderei agradecer ao Senhor o bastante por tê-la colocado em minha vida.

As tranças bem emaranhadas de Deus, pensei. Ele nunca unia pessoas, unia propósitos.

Incapaz de conter as lágrimas que me vieram aos olhos, apertei sua mão. Em seguida olhei para céu, sabendo que, de algum lugar, havia alguém que me amava ainda mais do que Noemi. Alguém que havia me permitido conhecê-la e ter a vida que jamais imaginei. Ele agora era o meu Deus. E o seu povo, era o meu povo.

E Salmom gerou a Boaz, e Boaz gerou a Obede, e Obede gerou a Jessé, e Jessé gerou a Davi.

(Rute 4:21,22)

Receitas

Como todos sabemos, a Bíblia Sagrada não é livro de receitas, mas faz uma alusão à culinária em díversas passagens. O ato de comer juntos e celebrar era comum na vida do povo de Deus. Aliás, é difícil passar por algum capítulo sem que você se depare com alguma referência a frutas, bolos, alimentos preparados e consumidos.

Apesar disso, o fato é que não existem receitas exatas na Palavra de Deus. Nesta obra adotada por cristãos em todo mundo existe, sim, citações de vários ingredientes. Os mais comuns são leite, pão e mel. Apenas um texto de Ezequiel 4:9 podemos ver uma receita de pão:

"Toma trigo, cevada, favas, lentilhas, milho, aveia e mete-os numa vasilha, e faze deles pão."

Essa é a única citação de receita que existe nas Escrituras.

Entretanto, vários pesquisadores e teólogos que fizeram viagens de Israel e Egito acabam supondo que os pratos consumidos naqueles países podem se aproximar dos que eram servidos nas mesas dos nossos ancestrais, devido a enormidade de ingredientes identificados que aparecem na Bíblia e são usados até hoje no Oriente Médio. E foi nessas pesquisas que me baseei para escrever este livro.

Se você é um entusiasta de novas receitas, como eu, pode gostar do que vem a seguir. Coloquei aqui a receita tão famosa de nossa personagem principal nesta história fictícia: o bolo de figos com mel. Coloquei também a receita do pão ázimo, usado na Páscoa até hoje na mesa dos judeus.

Espero que tenham prazer em experimentar.

PÃO AZIMO

Esse pão pode ter vários nomes como pão ázimo, ou pão sem fermento, ou pão folha ou chapati. É um pão super simples com ingredientes que são usados há muitos anos.

Somente farinha de trigo, sal, água e azeite, nada mais. Você pode fazer a massa e na mesma hora abrir e colocar os pães na frigideira, mas eu prefiro deixá-la descansar um pouquinho, porque assim a abrimos mais facilimente e o pão fica mais fininho. É um pão bem versátil. Inclusive é usado em muitas igrejas para servir na Santa Ceia.

Veja que simplicidade de receita:

Ingredientes (Rendimento: 6 pães)

1/2 xícara (de chá) de água em temperatura ambiente

1 colher (de sopa) de azeite de oliva

1/2 colher (de chá) de sal

1 xícara (de chá) de farinha de trigo

Farinha de trigo para polvilhar a mesa

DICAS:

Talvez você precise de mais farinha de trigo do que falo nos ingredientes, isso vai depender da umidade da sua farinha.

Trabalhar a massa é amassar com a palma da mão, como se estivesse esticando a massa.

Deixando a massa descansar, desenvolve o glúten da massa, fazendo-a ficar mais maleável.

Não coloque óleo e nem nada na frigideira na hora de colocar o pão.

Assim que o pão começar a assar, irão aparecer bolhas, então está na hora de virar o pão.

Para fazer Pizza de Frigideira com essa massa é só depois que o pão estiver assado colocar o molho de tomate, o queijo, azeite e orégano (ou o que você preferir) e voltar à frigideira. Só que agora tampe a frigideira para que o queijo derreta.

BOLO DE FIGOS COM MEL

Este bolo de figos com mel é uma delícia. Aproveite os figos e prepare um bolo delicioso. É perfeito para o lanche.

Ingredientes:

4 figos secos

2 colheres (sopa) de mel

150 g de farinha

125 g de açúcar

120 g manteiga sem sal

3 ovos médios

1 colher (chá) de fermento em pó

Manteiga para untar

Farinha para polvilhar

Modo de Preparo

1. Pré-aqueça o forno a 180ºc. Unte com manteiga e polvilhe com farinha uma pequena forma tipo de bolo inglês.

2. Corte os figos em rodelas médias e não muito finas. Derreta 20 g da manteiga numa frigideira ou panela larga, acrescente uma colher (sopa) do açúcar. Junte os figos fatiados e deixe caramelizar por cerca de 5 minutos. Retire e deixe arrefecer.

3. Bata a restante manteiga com o restante açúcar durante 3 minutos. Acrescente os ovos um a um, batendo bem entre cada adição. Junte a farinha peneirada com o fermento, mexendo com uma colher para incorporar tudo. Por fim, adicione o mel e mexa novamente.

4. Coloque metade da massa na forma, disponha por cima os figos caramelizados e cubra com a restante massa. Leve ao forno durante 30 minutos. Retire, deixe arrefecer e desenforme.

Bom apetite!

E fique de olho no próximo livro da *Coleção Elas:*

Ester

A escolhida

Questionário para discussão em grupos de estudos bíblicos:

1) Noemi e sua família saíram de Belém quando uma situação adversa se apresentou. Muitas vezes fazemos isso em nossas vidas: abandonamos algo ou alguém que nos possa prejudicar, sem pedir a direção do Senhor. Você alguma vez já colheu frutos amargos por tomar uma decisão como esta?

2) Rute foi uma mulher abençoada por chamar a atenção do Senhor, mesmo vindo de uma cultura pagã. Por causa de sua conduta, ela se destacou dos outros servos de Boaz, e muitos eram judeus por nascença. Você já teve a oportunidade de dar um bom testemunho e colher frutos com as pessoas que o rodeiam? Como se sentiu diante disso?

3) Boaz, apesar de ser uma pessoa influente de posses, sempre teve uma postura generosa com aqueles que trabalhavam para si. Sua fama era conhecida em Belém. Hoje em dia, basta termos qualquer fagulha de poder para sermos vítimas da arrogância. O que podemos aprender com a postura de Boaz?

4) Rute poderia ter escolhido um caminho de facilidade, voltando para sua terra quando seu primeiro marido morreu. No entanto, preferiu ser fiel a sua amizade com Noemi, cuidando da sua sogra. Seu exemplo de amor trouxe vários bons frutos na sua vida. Você já fez escolhas difíceis para honrar alguém que amava? E como foi?

5) Quando conheceu ao Deus de Israel, muitas lutas sobrevieram à vida de Rute. Entretanto, ela se manteve firme e fiel, sem reclamar. Alguma vez em sua vida você pensou em abandonar ao Senhor em tempos de tribulações?

6) Rute era grata por tudo que tinha. Mesmo colhendo espigas do chão depois de ter tido uma boa vida em Moabe, ela não se importou com sua nova condição e era agradecida ao Senhor pela colheita de cada dia. Em tempos de tanto egoísmo e inveja, como você se comporta diariamente diante de tudo que tem? É grato todos os dias, ou vive infeliz pelas coisas que não possui?